Catch a Fire

Eine Jugend zwischen
Paradies und Hölle

Roman

Mike Hellwig

Inhalt

Vorbemerkung

Die in diesem Buch verwendeten Zeitungszitate und historischen Zusammenfassungen dienen der atmosphärischen Verdichtung und spiegeln die gesellschaftliche Stimmung der jeweiligen Epoche wider.

Die geschilderten Ereignisse basieren auf wahren Begebenheiten, sind jedoch literarisch bearbeitet: Orte, Namen, Figuren – einschließlich des Namens der Hauptfigur – sowie manche Handlungsstränge wurden im Sinne der künstlerischen Freiheit verändert oder erfunden.

Dies ist ein Roman. Jede Ähnlichkeit mit realen Personen, lebend oder verstorben, ist entweder zufällig oder Ergebnis der unvermeidlichen Überlagerung von Erlebtem und Erzähltem.

TEIL 1: Jamaika (1978 – 1983)

Zeitgeschichtlicher Hintergrund:

„If the United States continues its embargo and destabilization, Jamaica may become another Cuba."
– BBC World, 28. Januar 1980

„Election violence claims 800 lives."
– The Gleaner, Kingston, 17. Oktober 1980

In den späten 1970er und frühen 1980er Jahren wurde Jamaika von massiven politischen und wirtschaftlichen Krisen erschüttert. Unter Premierminister Michael Manley eskalierten die Spannungen zwischen der sozialistischen People's National Party (PNP) und der oppositionellen Jamaica Labour Party (JLP), begleitet von bewaffneten Auseinandersetzungen, die allein 1980 über 800 Todesopfer forderten.

Ab 1980 verschärften die Vereinigten Staaten ihr Wirtschaftsembargo gegen Jamaika und setzten die Regierung unter enormen Druck. Die daraus resultierende wirtschaftliche Not – Engpässe bei Lebensmitteln, Treibstoff und Medikamenten, Inflation und Arbeitslosigkeit

– prägte das Leben der Bevölkerung ebenso wie die politische Gewalt. Nach dem Wahlsieg der JLP unter Edward Seaga beruhigte sich die Lage langsam, doch die gesellschaftlichen Narben dieser Zeit wirkten lange nach.

Kapitel 1
„Concrete Jungle“

Am Silvesterabend 1977, ich war dreizehn Jahre alt, entschloss ich mich, allein zu Hause zu bleiben. Der Freund meiner Mutter nannte mich Meike statt Mike, und ich war mir nicht sicher, ob er sich nur versprach oder mich tatsächlich für ein Mädchen hielt. Meine Mutter korrigierte ihn nicht; vielleicht hatte sie ihm auch nie erzählt, dass es sich bei mir um einen Jungen handelte.

Jedenfalls war es eine Zeit, in der ich ständig in der Angst lebte, für ein Mädchen gehalten zu werden, und ich begann, Situationen zu vermeiden, in denen es zu dieser Demütigung kommen konnte. Im Kunstunterricht meldete ich mich nicht mehr. Die Kunstlehrerin las am Anfang alle Namen vor, und das übliche Ritual bestand darin, jedes Mal erneut und dann unverhältnismäßig laut „Meike“ vorzulesen, sodass die Klasse minutenlang grölte und ich mit hochrotem Kopf dasaß und die totale Demütigung erduldete.

Mein Lösungsversuch bestand darin, mir mit dem Augenbrauenstift meiner Mutter einen Oberlippenbart zu malen. Kein richtiger Bart – ich versuchte einfach, Bartwuchs anzudeuten, um sofort zu signalisieren: Hey, ich bin ein Junge, komm gar nicht auf die Idee, mich Meike zu nennen. Natürlich erkannte aber jeder, dass ich mir einen Bart aufmalte. Ich wollte lieber für einen bekloppten Sonderling gehalten werden als für ein Mädchen.

Bei meiner Mutter und ihrem neuen Freund half auch das nichts, sie merkten es nicht oder ignorierten es. Der Freund meiner Mutter nannte mich weiterhin Meike, egal, wie dick ich den Stift auftrug.

So fuhren am Abend meine Mutter und ihr Freund zu meinem Onkel, die Tür klackte ins Schloss, und ich war allein in der Wohnung. Es fühlte sich aber nicht gut an. Draußen begannen die Böller hochzugehen, es war noch früher Abend, und plötzlich bekam ich Angst vor den Stunden, die vor mir lagen. Wäre ich doch nur mitgefahren.

Dieser Konflikt, die falsche Entscheidung getroffen zu haben und nichts mehr daran ändern zu können, machte mich fertig. Das Fernsehen half mir nicht, es unterhielt mich nicht, es sog mich nicht hinein, und dadurch wuchs der Druck, die Stunden zu überstehen, während alle anderen feierten. Ich sehnte mich nach Spaß, nach Menschen, mit denen es schön wäre, zusammen zu sein.

In meiner Einsamkeit und Verlorenheit kam ich auf die Idee, das Radio anzustellen, was ich sonst nie tat. Es erklang eine Musik, die mich sofort in den Bann schlug.

„Jah Love, Jah Love, protect us!"

Diese Musik war so warm, so tragend, so liebevoll – ich hatte noch nie so eine Musik gehört. Als sie zu Ende war, schrieb ich mir den Titel und den Sänger auf: „Positive Vibration" von Bob Marley.

Einige Tage später kam der Freund meiner Mutter nicht mehr, und es fing wieder mit ihr an. Wenn sie am späten Nachmittag von der Arbeit nach Hause kam, weinte sie bereits. In der Küche machte sie etwas zu essen, und ich hörte sie mit sich selbst sprechen – ein staccatoartiger Strom von Sätzen floss aus der Küche in mein Zimmer: wie schlimm und ungerecht das Leben war, wie sehr sie das nicht verdient hatte und dazwischen eingestreut: Ich bring mich um, jetzt bringe ich mich um.

Da stürzte ich in die Küche, jetzt saß sie weinend am Küchentisch und wiederholte: Ich kann nicht mehr, ich kann nicht mehr.

Ich hatte es geschafft, mir eine Schallplatte von Bob Marley zu kaufen. In Langenhorn-Markt, eine U-Bahn-Station von uns entfernt, gab es ein Karstadt, und sie hatten tatsächlich eine einzige Platte von Bob Marley, allerdings unsagbar teuer:

24 Mark 95. „Positive Vibration“ war nicht drauf, trotzdem kaufte ich die Platte und gab dafür das gesamte Geld aus, das ich zurückgelegt hatte, um im Notfall Geschenke für meine Mutter zu kaufen.

Auf dem Heimweg hatte ich Angst, dass die Platte nicht gut sein würde und dass ich mein letztes Geld zum Fenster rausgeschmissen hatte. Ich wusste auch, dass die Mitte des Monats überschritten war und meine Mutter bereits keine guten Sachen mehr einkaufte. Noch eine Woche, dann würde es wieder richtig hart werden: keine Schokolade, keine Chips, keine Cola, nur noch Schwarzbrot mit Butter. Und ich Idiot schmiss das Geld weg, das ich so mühsam zurückgelegt hatte. Die Schuldgefühle zerfraßen mich.

Als ich zu Hause war, hatte ich keine Lust mehr, die Platte anzuhören, ich wusste, dass es ein Fehler gewesen war, sie zu kaufen; wahrscheinlich würde auf der Platte ganz andere Musik zu hören sein. Ich weinte, ich war so wütend. Warum hatte ich nicht gewartet, bis ich irgendwo „Positive Vibration“ gefunden hätte?

Schließlich machte ich die Platte an, sie hieß „Catch a Fire“.
Sie beruhigte mich vom ersten Takt an.
„In a concrete jungle, where the living is hardest ...“
Es war doch wieder die warme Stimme von Bob Marley und dieser hypnotisierende Rhythmus, in den ich mich fallen lassen konnte.

Ich ging in die Küche, redete mit meiner Mutter, bis sie zu weinen aufhörte. Dann wusste ich, dass ich ein paar Minuten hatte, vielleicht eine halbe Stunde, bis ich mich wieder um sie kümmern musste. Ich schloss die Tür, legte mich auf meine Matratze, die mein Bett war, und machte die Platte an.

Immer wieder.

Jeden Tag.

Und jeden Abend zum Einschlafen.

*

Es kommt jener fürchterliche Nachmittag, an dem ich spüre, dass etwas Schlimmes geschehen wird. Trügerisch schön scheint die Sonne in das Wohnzimmer. Dabei staut und stockt sich doch alles.

Meine Mutter sitzt auf ihrem Bett und wirkt seltsam wach. Sie ist nicht in dem Dämmerzustand, wo sie Wörter lallt und gleich wieder einschläft. Sie sagt: Jetzt wird alles gut, sie weiß das.

Ich bekomme Hoffnung. Vielleicht ist es jetzt ja wirklich so, vielleicht werde ich einmal wieder lachen können und frei sein. Aber das Grinsen meiner Mutter ist komisch, es flößt mir Unbehagen ein.

Ich muss nur noch dieses Rezept einlösen und ihr die neuen Tabletten bringen, sagt sie und zeigt mir den Zettel, den sie schon die ganze Zeit in der Hand hält. Ich soll mit dem Zettel rüber in die Apotheke gehen und die Tabletten holen.

Ich spüre, dass etwas nicht stimmt.

Meine Eingeweide drehen sich um, der Druck in meinem Kopf wird stärker, als ob er zwischen einem Schraubstock sitzt, der zugedreht wird.

Ich sage: Ich hab Angst, ich hab Angst, dass diese Tabletten alles schlimmer machen, ich möchte sie nicht holen!

Meine Mutter versichert mir, dass ich mir keine Sorgen machen muss, dass ich jetzt aber unbedingt losgehen muss, bevor die Apotheke Mittagspause macht.

Mit dem Zettel in der Hand, den ich kaum halten, kaum anfassen mag, laufe ich in die Apotheke, und dort merkt die Apothekerin auf. Sie sagt, sie darf diese Tabletten nicht herausgeben, nicht an ein Kind.

Ich denke: Ein Glück, dann geht es eben nicht.

Für wen sind die?, fragt die Apothekerin.
Für meine Mutter, die liegt im Bett und kann gerade nicht aufstehen.

Widerstrebend, kopfschüttelnd, geht die Apothekerin nach hinten und kommt mit einer Tablettendose zurück. Ausnahmsweise, sagt sie.

Als ich mit den Tabletten in der Hand aus der Apotheke komme, ist mir so, als ob das Universum selbst den Atem anhält vor dem, was jetzt seinen Lauf nehmen soll. So sehr steht alles still, es ist, als ob ich in Zeitlupe durch diesen Beton hindurchgehe – es ist nicht aufzuhalten.

Meine Mutter freut sich, ihre Augen blitzen, sie hört gar nicht hin, als ich von den Schwierigkeiten in der Apotheke berichte.

Nun darf, nun soll ich Fußballspielen gehen.

Auf dem Heimweg fange ich an zu laufen, ganz plötzlich. Mit einem Mal ahne ich, weiß ich alles und rase los.

Es war alles falsch.

Ich hätte niemals fortgehen dürfen.

Als ich die Wohnungstür öffne, ist die Luft in der Wohnung wie eine feste Masse, die mich gar nicht reinlassen will.

Mami, Mami, schreie ich und stoße die Wohnzimmertür auf.

*

Als der Rettungswagen meine Mutter abgeholt hatte und ich allein war, dachte ich, wenn ich einfach verschwinden würde, wäre es das Beste. Ich brauchte mich nur umzubringen wie sie, nur würde ich es wirklich tun. Ich konnte es jetzt tun oder noch ein bisschen warten, es lief mir ja nicht davon. Vielleicht passierte ja doch noch etwas Schönes, etwas, wofür es wert war, gelebt zu haben und was alles andere aufwog.

Mein Onkel war noch gekommen, aber ich wollte nicht mit ihm gehen. Er sah mich an wie einen Aussätzigen; ich glaube, es war ihm ganz recht, dass ich nicht mitwollte. Er ließ mich zurück in der Wohnung, und ich war allein.

In meinem Zimmer legte ich mich auf das Bett, schaltete die Platte an und blätterte durch die beiden Broschüren über Jamaika, die ich mir vom Tourist Board of Jamaica hatte schicken lassen. Daraus sahen mich Frauen an, die gerade aus dem Wasser gekommen waren und vor Glück lachten. Sie trugen nasse T-Shirts, und über ihren großen Brüsten wölbte sich in gelben Buchstaben das Wort Jamaika.

Dort lebte mein Vater jetzt. Er hatte eine der ersten Windsurfing-Schulen in Deutschland aufgemacht und dann von einem Reiseunternehmen das Angebot erhalten, eine solche Schule auf Jamaika aufzubauen.

Das konnte kein Zufall sein! Der Tag würde kommen, wo ich zu ihm fahren würde, und dann würde ich dableiben und auch auf Jamaika leben.

Für immer.

*

„Montego Bay – annulliert" stand auf der Anzeigentafel, aber was bedeutete das?
„Nichts bedeutet das, und jetzt halt dein blödes Maul!", sagte mein Bruder.

Schlagen konnte er mich hier unter den Leuten auf dem Flughafen nicht, dazu fühlte er sich nicht sicher genug, das verrieten die roten Flecken auf seinen Wangen.

Wir wurden mit den anderen Leuten, die nach Jamaika wollten, in einem Bus zu einem Hotel außerhalb von Frankfurt gebracht. Am Abend würde der Flug gehen, hieß es, und am Abend hieß es, morgen würde der Flug gehen. So ging es drei Tage.

Am vierten Tag flogen wir spätabends nach Caracas, und als wir aus dem Flugzeug stiegen, wurden wir in einen Raum gebracht, der von Soldaten mit Maschinenpistolen bewacht wurde. Wir verbrachten dort fünf Stunden, dann betraten wir die Maschine von Air Jamaica, die uns von Caracas nach Montego Bay bringen sollte.

Als wir an Bord gingen, lächelte mich eine Stewardess an, die genauso wunderschön war wie die Frauen aus den Jamaika-Broschüren. Sie gab allen Reisenden ein Getränk, bei mir zögerte sie, aber dann gab sie mir doch den Becher. Es schmeckte süßlich-scharf, und als ich es getrunken hatte, schöpfte ich Hoffnung und lachte sogar.

Es war mitten in der Nacht, als wir in Montego Bay landeten.

Ich hatte es geschafft, ich war auf Jamaika.

Kapitel 2
Die rote Palme von Jamaika

Es ist heiß, so heiß, dass ich auf dem Sand kaum gehen kann – wirklich! Ich muss durch den Sand springen, um mir nicht die Füße zu verbrennen. Von oben lachen die Palmen herunter, während ich an ihren weißen Stämmen vorbeispringe. Aber das Lachen der Palmen ist freundlich. Mit den Füßen spiele ich im Wasser. Auch das Wasser ist freundlich; es ist warm und kühlt meine Füße zugleich. Das Rauschen der Wellen ist zu hören, aber nicht zu laut. Die Wellen brechen einige Meter vor dem Strand und kommen ganz langsam und sanft zu mir – wie Hunde, die in der Ferne furchterregend bellen und dann winselnd und mit wedelndem Schwanz herankommen.

Wenn ich den Strand entlang und dann auf das Meer blicke, ist das Wasser tatsächlich türkis. Es ist genau das strahlende Blau, das ich auf einer Postkarte gesehen habe. Ich habe mich so sehr nach diesem Blau gesehnt; jetzt liegt es vor mir, aber ich kann es doch nur in der Ferne finden. Denn wenn ich hinlaufe und hineinfassen will, hat es seinen strahlenden Glanz verloren.

Die Menschen lachen hier. Sie lachen den ganzen Tag. Und jeder begrüßt einen. Es wäre undenkbar, hier an jemandem vorbeizugehen und nicht Hi zu sagen – das kommt einem gar nicht in den Sinn. Es ist etwas Fließendes, so etwas kenne ich gar nicht. Die Welt bietet sich an, als sei sie freundlich und als könne man glücklich in ihr sein. Auch ich.

Davon, sagt mein Vater, dürfe ich mich nicht blenden lassen.

Gleich in der ersten Stunde, auf der Fahrt vom Flughafen zum Hotel, sagt er es. Die Straße führt direkt am Meer entlang – so etwas Schönes habe ich noch nie gesehen. Die ganze Zeit das Meer, mal wild gegen die Felsen prasselnd, dass die Gischt auf die Straße spritzt, mal sanft an weiße Sandbuchten plätschernd. Immer ist es schön.

„Die Schönheit der Insel ist eine Lüge", sagt mein Vater. „In Wahrheit ist die Insel gefährlich, sogar tödlich. Jeden Moment musst du aufpassen und um dein Leben kämpfen!"

Deshalb verlangt er von mir, dass ich wachsam bin, mich auf jede Art von Gefahr vorbereitet zeige. Ich solle mir vorstellen, ich wäre in einem Konzentrationslager, wo ich jederzeit und ohne Grund erschossen, vergast oder zu medizinischen Experimenten abgeholt werden könne. Das, so sagt er, sei die einzig richtige Einstellung, und um meinetwillen werde er darauf achten, dass ich diese Haltung einnehme und dauerhaft aufrechterhalte.

Immerzu, kündigt er an, werde er mich überprüfen. Besonders in den Momenten, wo ich es am wenigsten erwarte. Auf die werde er sich ausrichten, und dann, in meinem schwächsten Moment – wenn ich zum Beispiel in einem Zustand äußerster Verblendung meine, das Leben zerfalle mir in pures Glück, ha! – dann werde er zuschlagen. Aber nicht sanft, sodass es etwa als Spaß missverstanden werden könne, nein – ernsthaft!

So ernsthaft, dass ich sterbe, wenn ich mich nicht vorbereitet zeige und den Einschlag abfange.

Am Anfang, also jetzt und in den ersten zwei Stunden auf der Insel, werde er aber noch nicht in dieser lebensgefährlichen Weise zuschlagen, auch wenn es für meine schnellstmögliche Anpassung an die hiesigen Verhältnisse das Beste wäre.

Aber das bringe er jetzt noch nicht übers Herz.

*

Cheng Li ist ein Freund meines Vaters. Aber nur auf den ersten Blick.

Wenn wir Cheng Li treffen, und das geschieht jeden Tag, häufig gleich nach dem Frühstück, wird immer getrunken. Mein Vater und Cheng Li trinken am Vormittag Bier; erst am Nachmittag trinkt mein Vater Whisky und Cheng Li Planter's Punch. Wenn Cheng Li fortgegangen ist, offenbart mir mein Vater die wahre Natur von Cheng Li: Cheng Li sei, wie alle Chinesen und Halb-Chinesen auf der Insel, ein dreckiges Schwein, ein hinterhältiger Betrüger, der es nur darauf abgesehen habe, anderen schwersten Schaden zuzufügen. Man sehe es bereits an seinem Lächeln, haha. Es sei ein verlogenes Lächeln, eines, das er nie ablege und das durch seine Breite anzeige, wie groß die Gefahr sei, in der man sich bereits befinde.

Je breiter dieses Lächeln, desto größer die Gefahr! Wenn Cheng Li beide Zahnreihen zeige, dann sehe man nicht nur, dass Cheng Li ein Revolvergebiss wie das eines Hais habe – wo die hinteren Zähne den vorderen beständig Druck machen, um deren Stelle einzunehmen –, man erfahre vor allem, dass Cheng Li sich bereits am Ziel wähne. Und das Ziel sei immer, sein Gegenüber zu vernichten.

Gewöhnlich, so sagt mein Vater, habe er aber schon längst seine Vorbereitungen getroffen und in Wahrheit

Cheng Li in die Falle gelockt. So sei das ganze Trinken im Grunde nur ein vorgeschütztes Tun, das mein Vater auf sich nehme, um Cheng Li zu der irrigen Annahme zu verführen, dieser besitze die überlegene Position und habe schon so gut wie gewonnen. Dann werde Cheng Li nämlich leichtsinnig und mache eklatante Fehler!

Äußerlich würde mein Vater so tun, als sei er völlig betrunken und übersehe die Fehler Cheng Lis, innerlich aber bereite er den einen, den vernichtenden Schlag vor. Den führe er immer aus, wenn Cheng Lis Lächeln die maximale Breite erlangt habe.

Cheng Li, das müsse man ihm allerdings zugutehalten, zeige dann gewöhnlich Einsicht und erkenne seine vollkommene Niederlage an – wenngleich er es nur mühsam und unter mehreren Anläufen zustande bringe. Häufig falle er dabei vom Stuhl und brauche endlos Zeit, wieder hinaufzuklettern. Aber diese Chinesen seien zäh, man glaube es kaum, könne sich aber jeden Tag aufs Neue davon überzeugen.

Nun denke man doch, wenn an einem Tag die Machtverhältnisse so eindeutig geklärt worden seien, dass diese Klärung am nächsten Tag auch fortwirke und beim Gegner zu einer dauerhaften Anerkennung seiner unterlegenen Position führe! Das aber sei ganz und gar nicht der Fall.

Denn mit jeder Niederlage, die Cheng Li am Abend erleide, wachse sein Bestreben und Einsatzwille, am nächsten Tag doch noch den Sieg zu erringen.

Inzwischen ist sich mein Vater sicher, dass Cheng Li ihn töten will und nur noch auf den richtigen Moment wartet. Dafür gebe es ein klares Indiz: Cheng Lis zunehmende Freundlichkeit! Diese sei meinem Vater seit meiner Ankunft auffällig geworden, und sie habe, seit ich, sein Sohn, auf der Insel bin, stetig zugenommen. Das beweise ihm, dass er mittlerweile in absoluter Lebensgefahr schwebe, und diese sich mit jeder vergehenden Sekunde sogar noch steigere, obwohl das ja gar nicht möglich sei: Denn wie könne eine Lebensgefahr, die ja schon absolut sei, sich überhaupt noch steigern? Eben das aber mache Cheng Li möglich, und zwar durch seinen zähen Zerstörungswillen, der ja den Chinesen eigen sei und sie so unbeliebt mache – nicht nur auf dieser Insel, sondern weltweit!

Übrigens müsse ich mich darauf gefasst machen, dass Cheng Li zuerst mich töten werde, nur um ihn, meinen Vater, zu schwächen. Mein Aufenthalt auf der Insel sei ein unerwarteter Glücksfall für Cheng Li, dessen Lebensmut schon vernichtet schien. Für meinen Vater aber bedeute meine Anwesenheit auf der Insel nur zusätzliche Gefahr. Denn die Möglichkeit, ihm durch meine Tötung eine kurzfristige Schwächung zuzufügen, habe in Cheng Li die Hoffnung wieder aufkeimen lassen, doch noch den Endsieg zu erringen.

Ha, nur mache Cheng Li dabei wieder den alten Fehler, nicht mit seiner, meines Vaters wahren Stärke, nämlich seiner Vorausschauungsfähigkeit zu rechnen! Denn mein Tod könne ihn in Wahrheit nicht einmal kurzfristig schwächen, eben weil er ihn voraussieht und minütlich erwartet. Natürlich werde er sich kurzfristig geschwächt zeigen, ha! – aber nur, um Cheng Li durch diesen Scheinsieg wiederum in die Falle zu locken. Die Niederlage, die Cheng Li dann erfahre, die werde so endgültig vernichtend sein, dass …

*

Kein Freund meines Vaters ist hingegen Walker. Trotzdem, erfahre ich, sei dieser fast noch gefährlicher als Cheng Li! Gewöhnlich, wenn Walker und er sich nach dem Frühstück über den Weg laufen und mein Vater ihm etwas zu erzählen versucht, wendet sich Walker abrupt ab und winkt ihn weg wie eine Schmeißfliege. Das sehe jetzt so aus, erzählt mir mein Vater, als würde Walker ihn nicht respektieren. Dies könne man aber nur annehmen, wenn man oberflächlich hinsieht und vor allem ihn, meinen

Vater, nicht kennt und daher nicht weiß, dass es gar nicht möglich ist, ihn nicht zu respektieren.

Bei Walker aber verhalte es sich so, dass dieser die Gegenwart eines richtigen Mannes, wie es mein Vater ja nun einmal sei, nicht ertragen könne – jedenfalls nicht, ohne sich seiner Unterlegenheit auf die schmerzhafteste Weise bewusst zu werden. Deswegen halte Walker die Begegnung mit ihm, meinem Vater, so kurz, weil ihn sein Defizitsgefühl schlichtweg überwältige.

Die Gefahr, die aber nun von Walker ausgehe, ist die, dass er Manager des Hotels ist und ein Wort von ihm genügt, meinen Vater sofort ausweisen zu lassen. Walker habe sogar einmal in seiner Not von dieser ihm anvertrauten, aber völlig überfordernden Macht Gebrauch gemacht. Da habe mein Vater tatsächlich kurz vor der Ausweisung gestanden und war in die deutsche Botschaft zur Erledigung der letzten Formalitäten bestellt worden.

Ha! Dort aber habe sich mein Vater sogleich Einlass in das Büro des Kanzlers verschafft und diesen dabei überrascht, wie er sehnsüchtig zu den Kokosnüssen geschaut habe, die im Vorgarten an einer Palme hingen. Nie werde er welche davon bekommen, habe der Kanzler geklagt, die schwarzen Angestellten kletterten in der Nacht hinauf und klauten sie. Schon morgen würden die Palmen wieder kahl sein.

Da habe mein Vater gesagt: Diesmal nicht – sei in den Vorgarten gestürmt und habe die Palme bestiegen. Eigentlich könnten das nur die, die auf der Insel geboren worden sind, erklärt mein Vater – er sei die einzige Ausnahme! Die Fußsohlen habe er sich dabei aufgerissen, sodass sich der weiße Stamm der Palme rot färbte. Gelacht habe er der Schmerzen und sich nicht davon abhalten lassen, eine Kokosnuss nach der anderen zu lösen und hinunterzuwerfen.

Unterdessen sei die ganze Botschaft zusammengelaufen: Die weißen Angestellten hätten sich gefreut, gelacht und gerufen: Endlich können wir von unseren Kokosnüssen essen! Die schwarzen Angestellten aber, die Gärtner, das Küchen- und Putzpersonal, hätten mit Tränen in den Augen dagestanden – nicht des Verlustes der Kokosnüsse wegen, sondern weil ihnen diese Leistung, die er, mein Vater, erbracht hat, solche Achtung abgezollt habe!

Und als mein Vater wieder hinunterkletterte, da haben sie alle in die Hände geklatscht. Der Applaus habe nicht nur durch die ganze Stadt, sondern über die ganze Insel geschallt. Damit sei er der Einzige, der die letzte Domäne, in der die schwarze Rasse der weißen noch überlegen gewesen war – die Palmenkletterei – durchbrochen habe! Überdies sei ihm seitdem der Kanzler vollständig ergeben und tue alles, ja warte nur darauf, alles zu tun, was mein Vater wolle.

Das Erste, was mein Vater von dem Botschaftskanzler gewollt hat, war, Walker existenziell zu bedrohen. Sogleich sei Walker informiert worden, das Auswärtige Amt erwäge, die Insel als gefährliches Gebiet einzustufen und die Empfehlung in die Welt hinauszuschicken, die Einreise zu unterlassen.

Ha! Erst jetzt habe Walker begriffen, mit wem er sich angelegt hatte. Und? Natürlich habe er sofort klein beigegeben. Seitdem nage die Einbüßung seiner Macht an ihm, Walker, und habe zu diesem Anblick geführt, den Walker heute biete – nämlich dem eines gebrochenen Mannes. Das sei auch die Erklärung für jenes seltsame Phänomen, dass Walker, obwohl in Wahrheit gut anderthalb Köpfe größer als mein Vater, als der Kleinere erscheine, sobald sie beide zusammenstehen.

Damit schließt die Nachbetrachtung, die mein Vater jeden Morgen der Begegnung mit Walker widmet. Gewöhnlich haben wir dann die Bar erreicht, an der Cheng Li schon mit dem Bier wartet.

Kapitel 3
Fifty US

Jeden Morgen, wenn wir zur Bar gehen, lässt sich mein Vater vier Schachteln Rothmans geben. Immer hängt eine Zigarette an seinem Mund oder klebt an seinen Fingern. Manchmal verbrenne ich mir die Fußsohlen, weil ich auf Kippen trete, die noch im Sand glühen.

Am äußeren Rand der Hotelanlage bewohnt mein Vater einen kleinen Bungalow, gleich dahinter ist der Zaun, dahinter der Urwald und der White River. Mein Bruder und ich sind gerade angereist, wir sind das zweite Mal auf Jamaika.

Mein Vater gibt jedem von uns einen 50-US-Dollar-Schein als Taschengeld.

Diese 50 Dollar behalte ich nur eine Stunde.

Ich will gerade zum Strand runter, als mich ein Jamaikaner ruft, der hinter dem grünen Gittertor steht. Ich kaufe von ihm eine in Packpapier eingerollte, fingergroße Menge Marihuana und gebe ihm dafür den 50-Dollar-Schein.

Ich weiß nicht, warum ich das kaufe. Ich muss es einfach haben, zugleich merke ich, dass etwas mit dem Typ nicht stimmt. Er tut so freundlich und hilfsbereit, und ich kann nicht Nein sagen.

Als er lachend mit dem vielen Geld abzieht und ich dieses kleine Päckchen in der Hand halte, dreht mir das Schuldgefühl die Eingeweide um. Es geht mir so schlecht, dass ich wieder in den Bungalow gehe und nicht mehr weiß, was ich tun soll.

Die Qual ist fürchterlich: Immer wieder stelle ich mir vor, wie ich einfach No gesagt hätte, einfach nur No! Und dann weiter zum Strand! Oh, wie schön wäre das gewesen, aber nun ist alles schrecklich, und es scheint, als würde ich nie wieder am Strand lachen können.

Ein Jahr habe ich auf diese Ferien gewartet, und schon am ersten Tag versaue ich sie mir.

Joy kommt, die jamaikanische Freundin meines Vaters. Sie darf vorbeikommen, wenn mein Vater gerade keine weiße Freundin hat.

Wha' happen'?, fragt sie mich. Ich tue so, als sei nichts, aber sie entdeckt das kleine Päckchen auf dem Bett.

Woher hast du das?

Ich habe es gekauft.

Für wie viel?

Für fünfzig.

Was fünfzig, fünfzig Cent hoffentlich?

Nein, für fünfzig Dollar.

Joy rastet aus.

Als ich gestehe, dass es sogar US-Dollar sind, die viermal so viel wert sind wie Jamaika-Dollar, kehren gerade mein Vater und mein Bruder vom Strand zurück.

Mein Vater bekommt sofort diesen irren Blick.

Mein Bruder, den dieser Vorfall zutiefst befriedigt, begeht in seinem Triumph den Fehler, zu lachen. Das vergeht ihm aber sofort, als er merkt, dass er damit die gesamte Wut meines Vaters auf sich zieht und mich dadurch rettet.

Mein Vater schreit ihn zusammen.

Er macht ihm klar, dass es sich bei diesem Vorfall um einen direkten Angriff auf ihn selbst gehandelt hat, auf die Position, die er sich auf ganz Jamaika erkämpft hat.

Denn er ist Charlie von Jamaika!

Wenn man einen Brief mit den zwei Wörtern „Charlie – Jamaika“ losschickt, dann kommt der an, dann landet dieser Brief in seinem Briefkasten, genau dort an dem Gittertor. Wer also vor dieses Gittertor tritt, muss wissen, mit wem er es zu tun hat.

Wenn er, Charlie, mit dem Auto durch Jamaika fährt, dann rufen die Menschen Charlie, Charlie! Nicht nur in Ocho Rios und St. Ann's Bay, sondern auch in Port Antonio!

Ob er, mein Bruder, sich nun vorstellen kann, was das bedeutet, wenn diese Story die Runde macht, und das wird sie! Dann wird man nun, wenn man den Namen Charlie ausruft, diesem Ausruf einen lächerlichen Beiklang geben, vielleicht direkt ein Ha-ha dranhängen, Charlie-haha.

Warum haha?

Weil jeder ab sofort denkt: Charlie?! ... warte, ist das nicht der, der den dümmsten Sohn von der Welt hat?

Es geht hier aber gar nicht um meine Dummheit. Meine Dummheit ist nur die ideale Gelegenheit für jemanden gewesen, ihn, Charlie von Jamaika, zu beschädigen. Wer auch immer an dieses Gittertor getreten ist und diesen Betrug vollzogen hat, der wollte, der will Krieg mit ihm. Und den bekommt er nun.

Es dauert eine Stunde, bis der Typ, der geglaubt hatte, ein einziges Mal Glück in seinem Leben gehabt zu haben, mit dem Gewehrlauf meines Vaters an der Schläfe vor mir kniet und den zerknüllten 50-Dollar-Schein aus der Hosentasche zieht.

Kapitel 4
Joy

Als der Wind abzieht und Ruhe einkehrt, sich erste aufhellende Flecken auf dem regennassen Sand bilden, sehe ich Winston, der die Segel abzieht und sie als Plane über die Windsurfboards legt.

Im Dorf wird es wieder lebendig, die Hütten öffnen die Türen, Kinder springen heraus, und die alten Jamaikaner besehen sich ihre Hütten, als ob es Paläste wären, die hätten zu Schaden kommen können. Aber es sind nur Hütten, zusammengehämmerte Hölzer, kreuz und quer, voller kleiner Löcher, durch die die Moskitos eindringen.

Joys Hütte sieht besser aus als die anderen. Hier gibt es keine Löcher oder sie sind so abgedichtet worden, dass kein Licht von draußen hereinkommt. Joy sitzt auf dem großen Bett und füllt durchsichtige Plastiktüten mit Marihuana. Die Tüten sind wirklich so groß wie Einkaufstüten, und ich kann den Wert des Marihuanas nicht schätzen. Ich habe nicht gewusst, dass Joy richtig dealt, ich meine, nicht nur nebenbei ein paar Fingerpäckchen verscherbelt – das hier sieht nach einer ganz anderen Größenordnung aus, Joy lebt davon.

Und sie ist eine starke Frau, vor ihr hat man im Dorf Angst, hat mir mein Vater erzählt. Sie ist nicht mehr jung, ich schätze sie auf vielleicht vierzig oder etwas darüber. Es sind die Tränensäcke, die sie unter den Augen trägt, die verraten ihr Alter, über die kann man nicht hinwegsehen, das weiß Joy und fügt sich.

Tagelang sehe ich sie nicht, wenn mein Vater eine neue weiße Freundin hat, kaum reist die aber ab, taucht Joy wieder auf. Es ist ein Mysterium, nie stört Joy, wenn sie kommt, passt es immer genau. Ist es so, dass sie es fühlt, oder gibt es irgendeine Art von Übermittlungssystem, das ich nicht kenne? Vielleicht steckt auch Voodoo dahinter.

Joy hat Puppen in einer Ecke, eine Machete, Nadeln und anderes komisches Zeug. Vielleicht ist es ihre Connection zu noch größeren Dealern, die den Leuten Respekt vor ihr einflößt, vielleicht ist sie aber auch eine Voodoo-Priesterin und man hat deshalb Angst vor ihr.

Als ich sie frage, Joy, bist du eine Voodoo-Priesterin, lacht sie, im nächsten Moment schaut sie mich todernst an. Ich beginne zu zittern, da winkt sie lachend ab. Ich entscheide mich dazu, nicht mehr mit ihr darüber zu sprechen. Aber ich weiß jetzt, warum man Angst vor ihr haben kann.

Zu mir ist sie immer freundlich. Vielleicht nimmt sie mich nicht ernst, ich bin ja erst fünfzehn. Manchmal spielen wir am Nachmittag, wenn mein Vater noch am Strand Surfunterricht gibt, auf der Terrasse vor dem kleinen Bungalow Blackjack. Einmal baut Joy dabei einen Joint und reicht ihn mir, natürlich rauche ich mit. Ich bin für jedes Abenteuer offen, und ich will in diesen Ferien auf Jamaika jedes Erlebnis mitnehmen. Denn ich muss davon zehren, für mindestens ein Jahr, oder, und davor habe ich Angst, für immer.

Bis zum letzten Moment, bis zum Abfliegen des Flugzeugs, hoffe ich, glaube ich, dass ich doch noch gerettet werde, dass mein Vater doch noch ins Flugzeug kommt und mich herausholt und sagt: Du bleibst bei mir. Gott kann doch nicht zulassen, dass ich wieder nach Hause muss! Aber das Flugzeug hebt einfach ab, ich sitze am Fenster und schaue hinunter auf Jamaika, der letzte Blick, ich wende mich nicht vom Fenster ab, weil mir Tränen aus den Augen laufen und ich sie vor meinem Bruder, der neben mir auf dem Mittelplatz sitzt und raucht, verbergen will.

Ich will nicht weg.

Ich will nicht nach Deutschland zurück.

Ich will nicht nach Langenhorn, nicht in die Wohnung,

ich will meine Mutter vergessen und nie wieder etwas mit ihr zu tun haben.

Mein Bruder freut sich, er freut sich auf seine Freundin, er ist froh, Jamaika zu verlassen. Am Flughafen in Hamburg wird er von ihr erwartet, diese Frau, seine Freundin, mag ich nicht, ich fühle mich in ihrer Nähe unwohl und immer lächerlich. Sie jubelt, als sie meinen Bruder sieht, sie umarmen sich, ich höre noch, wie sie sagt, dass sie etwas Schönes zu essen vorbereitet hat.

Meine Mutter ist nicht da.

Ich frage mich, ob sie tot ist, nein, sie ist nur zu Hause geblieben, es ist ja nicht so weit weg, warum hätte sie sich den Aufwand machen sollen, großartig zum Flughafen zu kommen?

Sie nehmen mich mit und setzen mich am U-Bahnhof Flughafenstraße ab, die paar Kilometer weiter zu unserer Wohnung wollen sie nicht fahren. Mit der U-Bahn fahre ich zwei Stationen nach Langenhorn-Nord, steige aus und schleppe meinen Koffer die 300 Meter vom Bahnhof zu unserer Wohnung.

Als ich in die Wohnung komme, erzählt mir meine Mutter noch im Flur, dass jetzt ein anderer Mann bei uns wohnt, Horst.

Gibt es was zu essen, frage ich, ich habe Hunger.

Ja, sagt sie, ich kann dir einen Tiefkühl-Bordelaise-Auflauf von Iglo in den Backofen tun.

Aber den mag ich doch nicht, sage ich, meine Mutter guckt mich enttäuscht an.

Du freust dich ja gar nicht, mich wiederzusehen, du willst ja nur etwas zu essen.

Sie geht in die Küche und stellt den Backofen an. Der Bordelaise-Auflauf braucht mindestens vierzig Minuten, ich kenne das ja schon, meist kann man nicht abwarten, glaubt, wegen der braunen Kruste, er ist fertig, aber dann ist er innen noch ganz kalt.

Ich mache die Tür zu meinem Zimmer auf, schleppe meinen Koffer hinein, und da spritzen die Tränen aus meinen Augen, abgeschossen wie von einer Pistole.

Ich sitze auf meinem Bett, rühre den Koffer nicht an, kann nicht, will nicht wahrhaben, dass ich wieder hier bin.

Meine Mutter ruft, dass der Auflauf fertig ist. Ich hole ihn aus der Küche und esse ihn in meinem Zimmer.

Abends lerne ich Horst kennen, er kommt von der Arbeit, er ist Klempner. Er ist dick, er stottert, er rülpst und furzt.

Es beginnt die Zeit, wo ich, wenn ich in der Wohnung bin, in meinem Zimmer bleibe. Wenn Horst da ist, betrete ich die übrige Wohnung nur, um auf Toilette zu gehen oder das Essen aus der Küche zu holen.

Nie wieder darf ein Schulfreund zu mir nach Hause kommen! Denn wenn jemand Horst sieht, bin ich in der Schule erledigt.

Es gibt aber eine Sache, die an Horst gut ist: Ich bin nicht mehr verantwortlich für meine Mutter. Sie hängt nun an ihm dran, ich bin die Last los. Ich entscheide mich, für meine Mutter nie wieder etwas zu empfinden.

Ein Jahr träume ich jede Nacht von Jamaika.

Ich träume immer wieder, dass es wieder so weit ist und dass ich wieder tauche und die Korallen und Fische sehe. Ich träume davon, für immer auf Jamaika zu leben. Nur das will ich, nur dafür lebe ich noch.

Wir haben kein Geld, mein Vater hat kein Geld. Ein Jahr weiß ich nicht, ob ich in den Sommerferien wieder nach Jamaika komme. Eine Woche vor den Ferien schickt mein Vater doch noch das Geld.

Kapitel 5
Die gelbe Oktoberspinne

Ich gehe in die Waldbar und bestelle ein großes Glas Frozen Daiquiri. Ein Glas unter den Gläsern im seitlichen Regal zieht meine Aufmerksamkeit auf sich, es funkelt und strahlt Regenbogenfarben in die ganze Bar.

Ein Reifen der Marke Continental hängt daneben an der Wand, darin befindet sich ein Fenster wie ein Bullauge. Man kann es sogar öffnen, und ich tue das, ich blicke in den Urwald hinein, kann einen zugewucherten Steinweg erkennen, der zu einem kleinen Aufstieg führt. Ganz oben, so heißt es, soll die Toilette sein: Da sei der absolute Schiss möglich! Mit vollem Ausblick auf die Bucht und das Meer.

Aber die hygienischen Verhältnisse halte ich für bedenklich, ohne das Klo gesehen zu haben. Ein weiteres Problem ist der Urwald, man sitzt ja mitten in ihm, und wer weiß, was da von hinten herankreucht, während man diesem ultimativen Schiss nachgeht und auf das Meer blickt. Spinnen etwa, und da gibt es einige Kaliber, denen ich nicht begegnen möchte, zum Beispiel der gelben Oktoberspinne.

Ich bin einer der wenigen, der ihren Anblick von unten kennt und immer noch lebt. Einmal hat sie sich von dem Dach der Veranda über mir abgeseilt, und als ich aufblicke, sehe ich genau in ihre Unterseite, zwanzig Zentimeter entfernt. Das ist der Moment, wo ich, ich weiß nicht wie, in einer Nanosekunde fünf Meter mit dem Stuhl zurückrutsche. Genau in dem Moment, wo die Spinne runterfällt.

Na ja, die Jamaikaner holen sich einen Besen und schlagen auf die Spinne ein, es sieht erbärmlich aus, wie sie es mit ausgestrecktem Arm und voller Länge des Besenstils versuchen, und wenn die Spinne in ihre Richtung huscht, laufen sie, haha, wie von der Tarantel gestochen weg.

Alles in allem, die gelbe Oktoberspinne ist äußerst gefährlich, ihr Biss bedeutet einen qualvollen Tod innerhalb von zwei Stunden. Wenn sie einen dort auf dem Urwaldklo erwischt, kommt man da nie mehr weg und stirbt beim Scheißen. Mit Meerblick.

In der Bar, trotz dieser Attraktionstoilette, ist nicht viel los, kaum Gäste, das ist der Haken. Unten, in der Bucht, sind die großen Hotels, aber die Gäste gehen nur bis zum hohen Zaun, der die Hotels abschirmt, an den Durchgängen patrouillieren Sicherheitsleute mit Maschinenpistolen. Das schreckt ab, das lädt dazu ein, das Hotel erst gar nicht zu verlassen, außer mit Schutz, es hält die Leute und ihr Geld im Hotel.

Mich bedrückt es, dass in der Bar nichts los ist, und ich habe auch kein Interesse an den Geschichten, die der Barbesitzer erzählt. Auch finde ich den Reggae schlecht, den sie hier spielen. Zu dröge. Wenn man da zuhört, hat man das Gefühl, man muss sofort weg, irgendwohin, ich gehe zu dem Klo, aber ich setze mich nicht drauf. Von hinten drohen die Spinnen, wie ich es vorausgesehen habe.

Wieder unten sehe ich Angelika. Ich finde sie wunderschön, Angelika ist dreißig und hat dunkle Locken, ich habe Angst vor ihr. Sie ist mit ihrem Ehemann angereist, aber das scheint sie nicht davon abzuhalten, mit anderen Männern ins Bett zu gehen.

Mit meinem Vater fängt es an: Am nächsten Morgen sitzt Angelika auf unserer Veranda in meinen weißen Adidas-Shorts. Ihre langen braunen Beine hat sie auf den Tisch ausgestreckt, und sie sieht mir direkt in die Augen, ich weiche ihrem Blick aus. Einmal kommt sie abends zu unserer Veranda, bleibt in der Dunkelheit stehen, breitbeinig, und fragt, ob ich mit ihr kommen will, sie habe Lust, sich mit mir zu unterhalten. Die anderen pfeifen und lachen, und mir schlägt das Herz bis zum Halse.

Die Dunkelheit liegt über dem Meer wie eine schwüle, dicke Masse, ich kann kaum atmen, und wir gehen hinaus auf den Steg, der wie der Zahn einer Gabel ins Meer sticht. Wir legen uns auf die Sonnenliegen, springen ins schwarze Wasser, denken nicht an die Haie, die nachts zum Ufer kommen.

Warum ich nicht die Frage stelle, weiß ich nicht, warum ich nicht einmal wage, sie zu fragen, spielst du nur mit mir? Ich bringe kein Wort hervor, tue nichts, und ich habe Angst, dass sie jeden Moment geht. Und dann geht sie auch.

In der Mittagshitze baumeln zwei Hemden von einer Leine, die vom Haus zu einem Baum gespannt ist. Hinter dem Haus ist ein großer Zaun, der die Grenze darstellt zwischen dem Hotel und dem Urwald. Wir sind an der Grenze, wir sind der Außenposten des Hotels, das wilde Jamaika ist ganz nahe, auf der anderen Seite des Zauns fängt es an, wir gehören bereits zur Übergangszone.

Für uns gelten die Gesetze des Hotels nicht mehr, meint mein Vater und nimmt einen Schluck aus der Whiskyflasche. Ich gehe durch Jamaika, wie ich durch das Hotel gehe. Mein Herzschlag beschleunigt sich nicht, wenn ich das Hotel verlasse, ich gehe einfach die Straße hinunter, kein Problem, an der ersten Bar vorbei, die noch hotelnah ist, aber wo es schon keine Security mehr gibt, es gibt nur noch meinen Vater im Hintergrund und seinen Namen, wenn ich den ausspreche, sagt mein Vater, habe ich Schutz, dann halten die Jamaikaner mitten im Betrug inne, und dass sie jeden Weißen betrügen, das sei gewiss, das habe ich ja bereits erfahren.

Betrug, Verarschung, Herabwürdigung, das mache ihre Natur aus, und da müsse man vom ersten Moment an klarmachen, dass das nicht lief. Auch wenn man erst fünfzehn ist und hier Urlaub macht.

„Pass jeden Moment auf wie ein Schießhund, sonst machen sie dich fertig! Wer nur ein einziges Mal versagt, bleibt für immer ein Versager. Bei den Frauen ist das übrigens genauso, aber viel hinterhältiger: Mit jeder Schwäche, die du zeigst, locken sie dich tiefer in ihr Netz."

In dem alten Haus an der Straße oberhalb vom Plantation Inn, der alten verlassenen Hotelanlage, ist es immer heiß und stickig, das Meer ist zu weit weg, man sieht es zwar, man hat diesen gigantischen Blick auf die Bucht von Ocho Rios, aber es ist gut einen halben Kilometer entfernt. Hier oben regt sich kein Lüftchen, der Schweiß rinnt einem über das Gesicht, über den Körper, ohne dass Aussicht auf Linderung besteht.

Hier oben arbeitet mein Vater an den Surfboards, die er mit hochbringt. Der Geruch von Polyester liegt in der Luft, giftig, von dieser bläulich klebrigen Paste, die mein Vater in Paletten lagert. Erst werden die Surfboards aufgestellt und stehen wie überdimensionale Zwerge in der Sonne, während das Wasser aus ihnen herausläuft, als ob sie pissten. Dann werden die Löcher mit dem Polyester zugekleistert, für die nächste Runde.

Manche Boards sind gesprenkelt wie Leoparden, so viele Löcher sind schon zugespachtelt worden.

Eines Nachts kommt der Moment, in dem ich mir Gedanken darüber mache, was aus mir wird, wenn ich nicht mehr funktioniere. Wenn mein Gesicht entstellt ist. Wie ich in einem Buch beschreibe, was die Wahrheit über mich ist. Wie zerfetzt und zerrissen ich bin.

Kapitel 6
Der Rochen mit dem Stachel

Das kleine Boot, das keine Kajüte oder sonst einen Aufbau hatte, fuhr an der Meerseite des Riffs zu den Wasserfällen. Der Bug hob sich über die Wellen und klatschte in die Täler, das Wasser spritzte in Fontänen in das Boot, und so saßen sie alle hinten im Heck, eng zusammengedrängt, um sich vor dem Spritzwasser zu schützen.

Er saß neben Christina, einer Frau, die sein Vater kennengelernt hatte und die er jetzt gern mochte. Sie war gar nicht so viel älter als er, sechs, sieben Jahre, dennoch wirkte sie sehr erwachsen. Sie war groß und hatte lange, dunkle Locken. Vor allem aber mochte sie ihn auch, das spürte er, sie lachte gern mit ihm und berührte ihn, wenn es der Zufall erlaubte.

Die Wellen wurden kräftiger, und zunehmend öfter heulte der Außenborder auf, wenn die Schraube aus dem Wasser kam und das Boot über dem Kamm einer Welle in die Tiefe klatschte. Nun spürte er ihren Körper an seiner Seite, gab die Spannung auf und lehnte sich an sie.

Im gleichen Moment legte sie ihren Arm um seine Schulter und zog ihn zu sich heran.

Christina war plötzlich erschienen. Sie hatten wie gewöhnlich mit den zwei Jamaikanern zum Tauchen hinausfahren wollen, und da hatte sein Vater überraschenderweise Christina vorgestellt und gesagt, sie würde mitkommen.

Er war sehr abweisend gewesen, er würdigte sie kaum eines Blickes und fragte sich, wie sein Vater auf die Idee kommen konnte, eine Frau mitzunehmen. Sie würde vermutlich nicht einmal auf einen Fisch schießen, weil sie es für schlecht hielt, so etwas zu tun – das wäre das Unerfreulichste – oder weil sie einfach nicht genug Kraft hatte, die Harpune zu spannen. Jeden Moment wartete er darauf, dass die Störung durch sie ans Licht kam.

Dann allerdings hatte Christina sich als hilfreich erwiesen, denn sie hatte keine Scheu, die zappelnden Fische anzufassen. Er dagegen hatte die größten Schwierigkeiten damit, die Fische vom Speer abzuziehen. Der zappelnde, glitschige Körper musste fest gepackt und über den Widerhaken des Speeres gerissen werden. Er konnte das nur zögernd und widerwillig tun, weil er dieses dumpfe Gefühl in seinen Händen hasste, wenn der Widerhaken dem Fisch die Organe zerriss. Nun konnte er ans Boot schwimmen und Christina den Speer mit dem Fisch hinhalten, und die lachte, würdigte den Fang und zog den Fisch in einer einzigen fließenden Bewegung vom Speer ab.

Zum ersten Mal war die Stimmung beim Tauchen nicht so ernst und fordernd wie sonst gewesen. Dabei hatte er gedacht, sie würde alles kaputt machen.

An einer felsigen Stelle mussten sie an Land gehen, um einen Rochen zu töten, der einen gefährlichen Stachel hatte.

Während sie an Land schwammen, schleppten sie den Rochen an der Leine des Speers hinter sich her. Nach einer Weile, als der Rochen schon tot zu sein schien, griff er plötzlich mit neuer Kraft an und musste mit den Harpunen abgewehrt werden. Sie gerieten in die lange Brandung, wo der aufgewühlte Sand die Sicht nahm, und in der halben Stunde, wo sie mühsam versuchten, den felsigen Strand zu erreichen, hatte er jeden Moment erwartet, dass der Rochen aus dem nebligen Schleier auf ihn zuschießen würde. Sie erreichten das Plateau einer Klippe, und während die Sonne auf den Felsen glühte und sich in die salzige Haut einbrannte, schlug sein Vater mit einem großen Stein immer wieder auf den wild um sich peitschenden Rochen ein, bis der Kopf zermatscht war und der Körper nur noch sinnlos zuckte.

Als sie vom Felsen ins Wasser sprangen, war ihm unbehaglich, denn in dem gleißenden Licht schien das Meer eine mit Messerklingen gespickte Oberfläche bekommen zu haben.

Als sie die Dunn's River Falls erreichten, hatte sich der Himmel mit dunklen Wolken bezogen. Ein leichter Nieselregen ging schon herunter, und das kalte Wasser des Dunn's River war nicht mehr verlockend. Dann brach das Gewitter los, und sie rannten in eine Ruine, die am Strand stand. Dort hatten schon einige Jamaikaner Schutz gesucht, redeten, tanzten und rauchten Marihuana.

Christina nahm einige Züge, und ein Jamaikaner wollte Christina, die nur einen Bikini trug, zeigen, wie man seinen Bauch im Reggae-Rhythmus vor- und zurückrollen kann.

Sein Vater nahm sie jetzt gern in den Arm und scherzte mit ihr, während sie so frei lachte. Draußen prasselte der Regen, und Christinas Schönheit und offenes Wesen erfüllten den Raum, und nur gelegentlich, wenn ein gewaltiger Donner die Stimmen übertönte, kehrte für einen Moment eine unbehagliche Stille ein.

Während er noch anfänglich so tat, als würde er draußen das Schauspiel der Natur verfolgen, so fixierte er zunehmend Christina und war bestürzt, dass das Gefährtenhafte, was sie bislang verbunden hatte, mit einem Mal völlig unwichtig geworden war. Stattdessen hatte ihn ein fremdes, ungekanntes Spiel gefangen genommen.

Er litt fürchterlich.

Wie eine Gnade kam ihm die Aufmerksamkeit vor, die Christina ihm zuvor geschenkt, aber nun entzogen hatte. Wie er sie nun seinen Vater küssen sah, erkannte er, dass er völlig unwichtig für sie geworden war.

Augenblicklich entschloss er sich, sie nicht mehr an sich heranzulassen. Schon diese Entscheidung linderte seinen Schmerz, und als Christina sich auf der Rückfahrt so eng neben ihn setzte, dass sie sich wieder berührten, rückte er ganz selbstverständlich von ihr ab, und als sie mit ihm sprechen wollte, antwortete er ihr nicht.

Es schien ihr etwas auszumachen, und das freute ihn.

Christina klammerte sich nicht an seinen Vater, wie er es bei den anderen Frauen beobachtet hatte. Diese Frauen hatte er auch nicht gemocht, sie waren eine Belastung gewesen. Aber bei Christina stellte sich für ihn schon nach so kurzer Zeit das Gefühl ein, dass etwas fehlte, wenn sie nicht da war.

Manchmal verschwand Christina und unternahm etwas, worin weder sein Vater noch er Platz hatten. Einmal fuhr sie mit einigen Rastas auf einem Motorrad durch Jamaika. Als sie wiederkam, lächelte sie seltsam von dem Marihuana, und es schien, als sei ihr die kalte Begrüßung seines Vaters ganz egal.

Sein Vater meinte, sie wäre schmutzig, eine schmutzige Frau, aber sie lachte nur und sagte, das würde ihre Bräune verstärken. Da hatte sein Vater das Gespräch abgebrochen und war zum Strand gegangen, während er allein mit ihr auf der Veranda zurückblieb. Sie lächelte ihn an, drückte seine Hand und sagte, dass sie ihn vermisst hätte.

Es blieb ihm der Atem weg, es kam ihm vor, als sei es das Schönste, was er je erlebt hatte. Er wagte kaum, in ihre Augen zu sehen, die ihn so anzogen, denn er wusste, dass er es nicht aushalten konnte.

In ihrem Blick lag etwas Entschiedenes, das ihm galt, und das übermächtig war.

Kapitel 7
Der Passat am Nachmittag

Es hatte geregnet, der Himmel war noch ganz bedeckt, es war die Stimmung, die er liebte. Das leichte Dunkel schenkte ihm Geborgenheit, am Rande der schmalen Straße das nasse Grün, die Palmen, der Urwald, und er und sein Vater fuhren im Auto herum.

Er träumte, während sein Vater das Auto sicher lenkte. Er konnte sich zurücklehnen und vor sich hindämmern, sich in das Grün, die leichte Düsternis, in das Geräusch des fahrenden Wagens versenken.

Sie kamen ins Dorf, stiegen aus und mussten über zahlreiche Pfützen springen, um zu der Holzhütte von Joy zu gelangen. Es gab schrottreife Wagen mit riesigen Lautsprechern, die aus dem Nichts auftauchten und Reggae spielten, jederzeit war man bereit zu tanzen, und alles andere wurde unwichtig.

Er brauchte nur auf die Straße zu gehen, irgendetwas würde passieren, oder in den Urwald, oder auf dem Surfboard ins Meer hinausfahren – die Schönheit des Lebens, der unablässige Rausch schimmerte überall hervor, der Passat flüsterte es ihm stetig ins Ohr. Die Sonne brannte heiß auf der salzigen Haut, wenn er aus dem Wasser kam und sich nicht abduschte. Das tat er oft, denn er liebte dieses leicht beißende Gefühl auf der Haut, weil es ihn sicher machte, dass er tatsächlich hier war.

Er hatte zu Hause oft von Jamaika geträumt und selbst im Traum sich noch gefragt, ob es nicht doch nur wieder ein Traum sei, und noch im Traum glaubte er: Nein, es ist wirklich wahr, ich bin wirklich wieder hier. Und dann war er aufgewacht.

Am Nachmittag briste gewöhnlich der Passat auf. Langsam milderte sich die Hitze, oft kamen dann auch einige Wolken und bedeckten kurzzeitig die Sonne. Dann wich für Momente die gleißende Helligkeit einer leichten Düsternis, alles wurde in dunkleres, blaueres Licht getaucht.

Diese leichte Kühle, die sich in der Bewölkung des Himmels ausbreitete, schenkte ihm Geborgenheit.

Meist saß er dann mit seinem Vater auf der Terrasse, sie blickten auf das Meer hinaus und genossen die frische Brise. Unter dem Tisch berührten sich ihre Füße, und sein Vater erzählte Geschichten, oft griff er weit in die Vergangenheit zurück, als er noch zur See gefahren war – raue Geschichten von Kargheit und Verderben, die er besonders gern hörte. Mit dem Passat im Gesicht tauchte er in die Geschichten seines Vaters ein, als wäre er bei jedem Abenteuer dabei gewesen und gerade selbst knapp mit dem Leben davongekommen.

Manchmal verließen sie gegen Abend das Hilton und fuhren zu dem alten, verlassenen Hotel, in dem sein Vater die einzigen noch bewohnbaren Zimmer angemietet hatte. Dort war man abgeschieden, inmitten des dichten Urwalds, in den Bergen über Ocho Rios, mit dem Blick hinab auf die kleine Stadt, auf die Bucht und das Meer, das sich im türkisen Blau endlos gegen den Horizont streckte.

Jetzt war es still, die Rastlosigkeit der Leute im Hilton, die nach Erlebnissen jagten, die sie wie Trophäen mit nach Hause nehmen konnten, lag hinter ihnen.

Er ging barfüßig in den Urwald.

Da es geregnet hatte, erschimmerte der Urwald in tausend Grüns, an denen das Wasser hinabtropfte und auf die braune Erde fiel, sodass die Tropfen auseinanderplatzten und tausend kleinere Tropfen sich ausbreiteten und wieder zerplatzten und so fort.

Kapitel 8
Abschied

Er lag auf der Sonnenliege und hatte die Augen geschlossen. Die Sonne brannte nicht mehr so stark, und nun nahmen ihn die Geräusche der Segel gefangen, die im Wind flatterten, und der Tampen, die auf Metall schlugen. Mit einem Auge blinzelte er und sah verschwommen die Bucht sich in einer langen weißen Linie gegen den Horizont schlängeln. Manchmal gingen Leute durch sein Bild, und ihre Stimmen klangen wie aus weiter Ferne herüber.

Er brauchte keine Angst zu haben, dass der Traum enden würde, denn wenn er die Augen aufmachte, ging ja alles weiter.

Aber wenn es irgendwann wirklich vorbei sein sollte, dann würde dieser Augenblick als eine unschließbare Wunde so tief in seinem Innern klaffen, dass er das andere Leben nicht mehr würde ertragen können.

Und dann kam irgendwann der letzte Moment, wo er mit den Koffern am Steg wartete, der Passat ihm noch über das Gesicht strich, das Meer in unendlicher Weite vor ihm lag, aber schon unerreichbar fern. Er zählte die Sekunden, und von Sekunde zu Sekunde zog sich der eiserne Ring enger, und der bohrende, fressende Schmerz im Innern wuchs.

Als er aus dem Flugzeugfenster noch einmal hinuntersah, weinte er dann doch noch. Er erinnerte sich an die letzten Momente mit seinem Vater, wie sie die ganze Strecke von Ocho Rios nach Montego Bay kaum miteinander gesprochen hatten, vor der Abfertigung schweigend standen, sich noch einmal kurz umarmt hatten, und dann war der Vater schnell weggegangen, ohne sich noch einmal umzudrehen.

Und von der anderen Seite sah er ihn dann doch noch von seinem grünen Auto herüberwinken, und dann war der Vater ins Auto gesprungen und weggefahren, zurück die hundert Kilometer die Straße am Meer entlang, wo das Meer jetzt toste und die Palmen sich bogen, zurück zu dem kleinen Bungalow, der etwas abseits vom Hotel lag, zwischen dem undurchdringlichen Urwald, der grün schillerte, und dem kalten Süßwasserfluss. Und wenn man morgens heraustrat, sah man das Meer in unendlicher Weite glitzern, fühlte die Sonne, die schon so früh auf der Haut brannte, hörte von ferne die Reggaemusik der Rastas, die drüben am anderen Ufer des White River in ihren Hütten saßen und dem Morgen entgegenlächelten.

Er würde nicht darüber hinwegkommen, er hatte es nie geschafft, er würde wieder ein Jahr nur von Jamaika träumen, so intensiv, dass er schon fast glauben würde, wieder dort zu sein.

Er hoffte, dass die Maschine noch im karibischen Raum abstürzte, doch dann stieg sie immer höher und höher, so hoch, dass er das Meer kaum noch sehen konnte, und dann verging eine Stunde nach der anderen, und mit jeder Stunde wurde es gewisser, dass sich nichts ändern würde.

Schließlich war er auf der Straße, die durch das abgestorbene Wohngebiet führte, stand in der trostlosen Wohnung und stellte seinen Koffer ab.

Kapitel 9
Plantation Inn 1980

Auf dem Tennisplatz gelingt dem jungen Mann ein Aufschlag von oben. Die junge Frau auf der anderen Seite lacht vor Vergnügen, ist aber nicht in der Lage, den Ball zu retournieren. Es dämmert. Sie sammeln die Bälle ein und verlassen das leere Hotel, das seit den Unruhen für die Öffentlichkeit nicht mehr zugänglich ist.

Sie steigen in den allradbetriebenen Mercedes-Jeep, sie setzt sich mit Selbstverständlichkeit ans Steuer, startet den Wagen. Sie fahren durch Ocho Rios, jeder sieht sich nach dem Wagen um, der vor Reichtum strotzt, jeder sieht das vermeintliche Paar, sieht Lebensfreude und Glück hinein. Und jeder irrt sich.

Er genießt die wenigen Momente, reich und glücklich zu scheinen.

Bei dem zerfallenen Hotel wird er abgesetzt, dort wohnt er mit seinem Vater, dessen Freundin und seinem Bruder. In den Zimmern gibt es keine Möbel, allein einige Sonnenmatten, die sie aus dem Plantation Inn geklaut haben, liegen mit Isolierband zusammengeklebt auf den kalten Fliesen – das sind die Betten.

Das Tennisspielen ist vorüber, niemand ist da. Die anderen sind noch unten am Strand, wo sein Vater arbeitet. Er setzt sich auf die Terrasse, von der er auf den Urwald und die Bucht von Ocho Rios schauen kann. Das Meer liegt da hinten in schillerndstem türkisen Blau, und von unten her, der Straße, die man durch den Urwald nicht sehen kann, klingen Wortfetzen im jamaikanischen Patois hoch. Hin und wieder hupt ein Auto, doch dieses Hupen stört nicht, es fügt sich ein.

Da sitzt er nun.

Stimmen heben hinter dem Haus an. Sie kommen zurück. Da wird etwas abgelegt, dies und das besprochen, was sie morgen tun müssen, sie drängen auf die Terrasse, ein erleichtertes Stöhnen, dass die Arbeit erledigt ist. Nun kommt der Hunger.

Im Kühlschrank ist nichts zu essen, auch zu trinken ist nichts mehr da. Der Mangel wird in einem Moment unerträglich. Die Frau kocht etwas zusammen, auch Wasser wird abgekocht, der Abend vergeht im Darben. Das erdrückt ihn. Das Leben tobt am Abend auf der Insel, doch er kann nicht daran teilnehmen. Auf der Terrasse muss er sitzen, man spielt Karten, man redet, und so zerrinnt ein Abend der kostbaren Zeit ungenutzt, ohne ein neues, die Dinge durchbrechendes Erlebnis, aber das muss passieren, denn sonst fährt er in knapp drei Wochen zurück ins Elend, ohne etwas anderes mitgenommen zu haben. Das kann nicht sein, das darf nicht sein.

Die Nacht ist übel. Auf dem Hügel, wo das Hotel steht, regt sich kein Lüftchen, die Hitze steht in den Zimmern, und er schwitzt vor sich hin. An Schlaf ist nicht zu denken. Moskitos nähern sich seinem Ohr mit surrendem Geräusch, er schlägt nach ihnen. Da, es ist still – ein, zwei Sekunden –, dann hebt das Geräusch wieder an.

Früh morgens durchdringt die Sonne mit gleißenden Strahlen den Raum. Er ist wach, die anderen schlafen noch, sie sind ganz ruhig, lehnen sich nicht gegen die Dinge auf. Er wundert sich darüber, ja, er hasst es, dass keiner von ihnen etwas vorantreibt, dass sie genügsam hinnehmen, was geschieht.

Sie haben etwas, zu dem sie zurückkehren können, er nicht. Die Unruhe, mit der er aufsteht, die Angst, in Armut die kostbare Zeit auf der Insel, die doch das Paradies sein soll, einen weiteren Tag verstreichen zu sehen, lässt ihn zittern. Ein Traum, der ein Jahr die Dinge leichter gemacht hat, zerplatzt einfach, und alles, was Intensität und Rausch bringen sollte, das drückt, das zwängt, das erstickt nun.

Sie fahren ins Hilton, Surfbretter werden repariert, ab und zu wird eine Stunde Unterricht gegeben, an die Bar kann man nicht gehen, es ist zu teuer, sein Vater hat es gesagt. Auch zum Tauchen kann er nicht gehen, die Tauchmasken sind kaputt.

Seine Lippe fühlt sich an diesem Morgen so seltsam an, und da sieht er im Spiegel, dass sich an seiner Lippe eine hässliche, große Blase bildet. Ihn schwindelt, ätzende Tränen legen sich ihm in die Augen, die gar nicht abfließen wollen. Jetzt ist er auch noch entstellt. Nun kann für eine Weile gar nichts mehr passieren, bis die Blase in einigen Tagen hoffentlich verschwunden sein wird. Bis dahin muss er sich verstecken, hier, im Paradies.

Er stellt sich vor, wie sich die schönen Frauen am Strand amüsieren und flirten. Damit reißt er sich selbst in Stücke. Es vergehen vier Tage, in denen er sich zurückzieht, sich jeder Aktivität verschließt und nur darauf wartet, dass er wieder am Leben teilnehmen kann, so peinigt, so zerrüttet ihn der Makel, der in seinem Gesicht steht. Gespräche vermeidet er, ständig blickt er nach unten, damit niemand die Stelle in seinem Gesicht sehen kann. Man lässt ihn auch, er will es ja so.

Hin und wieder, aber doch mehrfach am Tag, bemerkt sein Vater, wie wenig doch mit ihm los sei, wie wenig Lebensfreude er ausstrahle und wie merkwürdig es ihm erscheine, dass zwei Menschen, die ein so unterschiedliches Maß an Lebensfreude empfinden, überhaupt Vater und Sohn sein können.

Er schweigt dazu. Er versucht eine Antwort zu finden, die sein Verhalten auffängt und zugleich den Schein erweckt, als würde er in Deutschland Spaß am Leben haben. Dabei gesteht er sich nicht ein, dass er keine Freude hat, dass er in Deutschland an den sonnendurchfluteten Sonntagnachmittagen, wo stumpf und still die Häuser vor ihm stehen und nichts sich regt, von der Enge erdrückt wird, von dem Zwang, dort leben zu müssen, mit seiner Mutter, die den Tag über weint und meckert.

Nie lädt er jemand zu sich nach Hause ein, denn er schämt sich dafür, wo er wohnt, wie die Verhältnisse sind, auch weiß er, dass seine Mutter den Druck nicht ertragen kann, wenn tatsächlich jemand zu Besuch kommt, so wartet er darauf, dass das Leben sich seiner annimmt, ihn errettet, und so kommt einmal im Jahr die Reise nach Jamaika, in entsetzlicher Ungewissheit, ob das Geld dazu reicht. Nie reicht es, sein Vater überweist schon seit einem Jahr keinen Unterhalt mehr, doch seine Mutter nimmt einen Kredit auf, weil sie weiß, dass er wahnsinnig wird, wenn er die Sommerferien in vollständiger Ereignislosigkeit überstehen muss: Während die anderen verreisen, während Jamaika einfach ohne ihn existiert und die Menschen lachen und tauchen, Volleyball spielen und an der Bar sitzen, sich verlieben, und es nur die räumliche Entfernung ist, die ihm das alles verwehrt.

Sein Vater will damit nichts zu tun haben, nichts von diesem Elend hören, er sieht das Resultat, welches ist, dass sein Sohn keine Energie an den Tag legt, nicht kraftvoll ins Leben greift, schüchtern und gehemmt durch die Welt geht, am Leben vorbeilebt. Dabei belässt er es. So ist es nun einmal und für alle Zeit, und nun geht es einfach weiter. Für seinen Vater ist die Sache mit ihm damit erledigt. Er versteht nicht, warum es, obwohl er so ist, wie er ist, noch mit ihm weitergeht, warum das Urteil nicht vollstreckt wird. Warum erträgt man noch seine Gegenwart, warum verstößt man ihn nicht, ihn, der ein Fehler ist, ihn, der jeden um sich herum beschämt.

Während die Zeit verrinnt, findet er ein Ventil, durch das dies alles fließen kann: Er stellt sich den Umschlag eines Buches vor, das er geschrieben hat. Auf diesem Umschlag prangt sein entsetzlich entstelltes Gesicht, durch das ein seltsames Lächeln zieht. Dieses Bild ist Selbsthass in der reinsten Form, so ungeheuer, dass die Grenze zur Lust durchbrochen wird. Das befriedigt ihn, denn es ist die Wahrheit, und damit wird es weitergehen, mit diesem Bild im Herzen wird die Zeit ihren grauenvoll sinnlosen Lauf nehmen, ohne ihn je zu fassen zu kriegen.

Kapitel 10
Hilton Hotel 1983

Wer nun aus dem Flugzeug steigt, ist ein anderer als früher. Er sieht ganz anders aus, und er hat anderes im Sinn. Er will beweisen, dass er mit dem unwissenden, schüchternen, mittelmäßigen Jungen nichts mehr zu tun hat. Dazu hat er sich vorbereitet, sein Haar ist lang und blond, sein Körper durchtrainiert, und diesmal betritt er allein die Insel. Ohne den verhassten Bruder.

Sein Vater erwartet ihn in dem grasgrünen, von Rost zerfressenen Ford, das Wiedersehen scheint herzlich, wenngleich ihm dabei unbehaglich ist. Er will diesen Anfang schnell hinter sich bringen, damit es richtig losgehen kann. Desmond ist dabei, den er noch von früher kennt, mit dem sein Vater sich immer lieber unterhalten hat als mit ihm. Aber das ist nicht mehr wichtig.

Während das Auto von Montego Bay über die Küstenstraße nach St. Ann's Bay fährt, versucht er, seinem Vater zu erzählen, welche Fragen er sich im letzten Jahr bezüglich des Lebens gestellt hat und wie die Antworten darauf ausgefallen sind... Doch sein Vater unterbricht ihn immer wieder, reicht die Whisky-Flasche nach hinten und entschuldigt sich umständlich bei Desmond, weil sie Deutsch sprechen – als sei dieses Entschuldigen bei Desmond das viel Wichtigere.

Sein Vater und Desmond trinken aus der Literflasche Ballantine's, die er, wie immer, wie bei jeder Anreise, im Flugzeug hatte kaufen müssen; nach einer Stunde, wo sie St. Ann's Bay hinter sich lassen, ist die Flasche leer.

Sie fahren nicht ins Hotel, noch nicht, erst ist da noch eine Party in den Bergen, wo Desmond wohnt. Der Koffer bleibt im Auto, dann gehen sie in die Bar aus Brettern, man kennt seinen Vater, und man kennt augenblicklich seinen Sohn.

Er unterhält sich mit zwei Rastas, dann gehen sie hinter das Haus, besteigen einen Pfad, der durch den Urwald hinauf in die Berge führt, und mit einem Mal sitzt ein riesiger Rastafari im Schneidersitz vor ihnen. „Maroon!", sagt der eine Rasta ehrfurchtsvoll, sie setzen sich zu seinen Füßen, ein gigantischer Joint kreist, dann geht man wieder hinunter.

Vor der Bar wird ihm angeboten, die Schwester kennenzulernen, er soll sie sich durch das Fenster ansehen, sie blickt ihn an und fährt sich mit der Zunge über die Lippen. Der Jamaikaner guckt ihn erwartungsvoll an. Was sie kosten soll, fällt ihm ein zu fragen, der Jamaikaner lächelt schon, aber noch bevor er den Preis nennen kann, findet ihn sein Vater, und man verschwindet.

Lachend vergeht die Fahrt, lachende Gesichter winken von überall, und in Ocho Rios stimmt jeder, der den grünen Ford sieht, in den großen Chor des Willkommens ein: „Charly and son!“ So sitzt er in diesem Wagen, atmet die erregende Luft der karibischen Dämmerung und sieht, wohin sein Blick auch fällt, wie sich das Leben ihm anbieten will, sich tatsächlich aktiv auf ihn zubewegt, und er lächelt, das hat er oft geträumt, und nun hat er zu viel Ganja geraucht.

Am nächsten Tag schlägt er die Augen auf. Weiß ist die Decke, weiß sind die Wände, ein kleines Rauschen verrät, dass die Klimaanlage auf kleiner Stufe läuft. Ein entsetzlicher Schrei durchdringt die Stille, so steht er auf und öffnet die Tür. Eine gepflegte Rasenfläche liegt vor ihm, auf der ein schreiender Pfau mit gesträubten Federn umherstelzt.

Auf der anderen Seite liegt der weiße Trakt des Hotels, dort regt sich noch nichts. Aber dahinter wuchert der Urwald, Palmen und riesenhafte Farne ragen in den strahlend blauen Himmel, seine Augen folgen dem Rand des hohen grünen Zaunes und sehen, kaum hundert Meter entfernt, das endlose Türkis. Jetzt erst hört er das rhythmische Rauschen des Karibischen Meeres, da liegt es, da liegt es wirklich, und da ist in einem Augenblick alles wahr, worauf er zwei Jahre gewartet hat.

Sie schaffen es, noch vor zehn Uhr auf die große Terrasse, wo das Frühstück serviert wird. Viele Tische sind schon abgeräumt, einen davon wählen sie, den, der direkt über dem Meer steht. Keiner der Bediensteten erhebt Widerspruch, das geschieht, weil er Charly ist, sagt mein Vater, der König, und das stimmt, denn sofort erscheint die ganze Belegschaft, begrüßt seinen Vater und dann ihn, den Sohn. Sie haben sich auf ihn gefreut, oh ja, Charly hat die ganze Zeit von ihm gesprochen, und jetzt ist er endlich da. Und wie gut er aussieht, das ist ja nicht zu glauben, er wird dir die Frauen wegschnappen, Charly, allesamt. Sicher! Sein Vater lächelt, er ist stolz auf ihn.

Während der Passat anhebt und ihm an diesem Ecktisch über der Brandung mild ins Gesicht bläst, isst er zum Frühstück Cornflakes mit Milch, danach Pancake mit Preiselbeeren, trinkt dazu frischen Ananassaft in einem extra großen Glas, das sein Vater für ihn bestellt hat.

Der Weg hinunter zum Strand, wo die Surfbretter noch eingepackt liegen, will kein Ende nehmen. Eddy, der Towel-Guy, Joe und Jack vom Tauchen, Nathan, der Chefanimateur, Louis von der Bar, Jim und Smitty von den Liegestühlen, auch Dennis, der Tennistrainer, schließlich John Dannerton, der Manager des Hotels, sie alle sagen ihm, singen ihm zu, wie gut er aussieht, lächeln ihn an, bringen ihm alle Sympathie der Welt entgegen.

Das klingt ihm im Ohr, während er mit seinem Vater den Strand betritt.

Dort liegen die Gäste auf Sonnenstühlen, vereinzelt auch unter Baldachinen aus Holz und Bast, da glänzen mit Öl eingeriebene Brüste in der Sonne. Dazu schießen die Strahlen vom Meer her in seine Augen, der Sand glüht schon jetzt wie Lava, nach wenigen Stunden in der Sonne, und gerade er, dessen Sohlen noch nicht daran gewöhnt sind, muss schnell in den Schatten laufen. Sein Vater lacht und geht zu den Surfbrettern, sein Vater ist glücklich und stolz auf ihn, da gibt es wohl keinen Zweifel.

Aber lauert nicht die Wahrheit irgendwo darunter, die Wahrheit, dass er in gewissen Dingen gar nicht mithalten kann, und ist es nicht so, dass er die Wahrheit genau durch diese Fassade seines gewinnenden Aussehens verdeckt? Gibt es das nicht mehr, das ewig Trennende, das zu seinen Lasten geht? Oder ist das alles abgelegt, in einem einzigen Moment, wo das Leben ihn packt? Stimmt plötzlich alles mit ihm? Das könnte sein, und er glaubt, ja er hofft, dass es so ist.

In der Sonne, auf einen Sonnenstuhl sitzend, den Smitty für ihn vorbereitet hat, trägt er Sonnenöl auf seinen Körper, der von Muskeln gestählt ist. Wenn das Öl verrieben ist, glitzert und schillert sein Körper, kaum eine weiche Stelle gibt es daran, und er weiß, dass dies Aufsehen erregt. Er hat blonde Haare und blaue Augen, ein schönes Gesicht und einen sinnlichen Mund, sagt man, und wenn er jetzt über den Strand geht und von seinem Vater das aufgeriggte Surfbrett nimmt – denn sein Vater will, dass er diesen Auftritt hat –, so weiß er, dass er gesehen, beneidet und begehrt wird.

Und unter dem Stolz seines Vaters, unter gierigen und neidenden Augen stürzt er mit dem Board links unterm Arm, mit dem Rigg rechts in der Hand hinein in die Wellen. Er lässt das Board gleiten, springt hinauf, hält sich am Rigg und schießt hinaus über die Brandung ins offene Meer. Dass dies allein das Leben ist und nichts anderes, dass alles andere Wirrnis, Irrtum, Befangensein im Niedersten ist, das fühlt er, das spürt er als Gewissheit in jeder Faser seines Körpers.

Was ist dagegen ein Zweifel? Nichts, es ist lächerlich, das will er hinausschreien in das Meer, und tut es auch, wo er so weit draußen ist, dass ihn keiner hört. Doch die Wellen toben hier, bersten hier unbeirrt gegen das kleine Board, es ist bedeutungslos, ob er schweigt oder gegenanschreit. Aber das hochspritzende Wasser löst das Öl von seinem eingeriebenen Körper und erzeugt einen Gleitfilm auf dem Board, sodass er bei der nächsten heranbrechenden Welle keinen Halt mehr findet und ins Wasser klatscht.

Hier draußen, hinter dem Riff, ist das Wasser schwarz, sind die Wellen in ihrer Gewalt ungebrochen, wer da nicht fest steht, den hauen sie einfach um, zerren ihn in den schwarzen Grund hinab. Er sinkt in die Tiefe, stößt sich aber zugleich empor, um unter dem Segel aufzutauchen, wo er nach Luft schnappt, aber nur salzig-beißendes Wasser in den Hals bekommt. Er schluckt es, noch unter Wasser hustet er, und endlich, jenseits des Boards, erreicht er freie Luft, fühlt aber seine Kräfte schwinden und streckt die Hände nach dem kleinen Brett.

Das ist schon einige Meter entfernt, und nur Wille ist es, Überwindung, die ihn mit vier, fünf Kraulschlägen heranträgt und das Board wieder fassen lässt. Mühsam hievt er sich hinauf, um aber fast im gleichen Moment am Ölfilm wieder abzurutschen, wieder schluckt er das salzige Wasser. Fast kotzt er, fast verzweifelt er, bis er es nach einer Ewigkeit auf das Board schafft, das Segel hinauszieht und die gemäßigte Zone vor dem Riff erreicht. Er fasst sich, er surft an den Strand zurück, schleppt nun allein auf sich gestellt, weil sein Vater gerade am Simulator Unterricht gibt, das Board mit letzter Kraft den Strand hinauf, hört noch von Earl, dem Angestellten seines Vaters, die Frage, was passiert sei, antwortet darauf: „Nothing!“, und schmeißt sich auf die Sonnenliege, ohne sich erneut einzuölen.

Das ist gefährlich, und schon bald spürt er ein Brennen auf der salzigen Haut.

Wie oft sie auf der Straße fahren, der Asphalt in der Sonne dumpf döst, der Motor tockert, er hinaussieht, Palmen, Urwald, dunkles Grün wuchert vorüber, dann plötzlich ist es weg, und nur noch die weite See tobt gegen die Riffe. Weiß blitzt es überall auf, tost und bricht sich an dem Widerstand, um still und gebrochen gegen den Sand auszulaufen.

In Ocho Rios biegen sie ab, fahren den steilen Berg in den Urwald hoch, der Ford schafft es jedoch nicht bis nach oben. Das letzte Stück muss er aussteigen und gehen, während sein Vater noch einmal zurücksetzt und es mit Anlauf versucht, so geht es, so ist es bislang immer gegangen. Hier, im verlassenen Hotel, hat sich sein Vater ein Zimmer eingerichtet für die Tage, in denen er das Hilton nicht mehr erträgt. Man ist über der Stadt, man spürt, wie sie unter einem pulsiert, man sieht Kreuzfahrtschiffe, die in der Bucht vor Anker gehen.

Er beschäftigt sich mit dem Luftgewehr, schießt Eidechsen von den Wänden herunter, sieht seinen Vater an einem Surfboard schleifen, ein Tuch als Stirnband um den Kopf, die Zigarette dampft in seinem Mundwinkel, Schweiß glitzert auf seinem nackten Körper. Nach einer Weile kommt Joan hinauf, die Jamaikanerin. Joan lächelt ihn aus einem riesigen Mund an.

„Ah, that's your son, Charly!"

Sie ist schön, sie gefällt ihm. Sie geht mit seinem Vater ins Zimmer, und er zielt weiter auf die Eidechsen, beginnt sie jetzt auch an den Bäumen zu entdecken und abzuschießen. Bald gibt es hier keine Eidechsen mehr!, lacht Joan später, sie will es auch versuchen, währenddessen erklingt das schleifende Geräusch im Hintergrund. Joan trifft nicht, er zeigt es ihr, wieder fliegt eine Eidechse im hohen Bogen durch die Luft, Joan jubelt. Wie straight dein Schuss ist!

Joan bleibt bei ihnen, sie macht Essen. Die Dämmerung bricht herein, sein Vater muss etwas an der Stromleitung machen, dann gibt die Glühbirne, die an einer Schnur über dem Tisch hängt, wieder Licht. Während sie essen, redet Joan wie ein Wasserfall. Immer wieder lacht sie auf, und ihm beginnt die raue, verdorbene Lache zu gefallen, immer wieder streicht sie ihm über die Wange und endlich fragt sie, ob er hier schon eine Freundin hat.

Zu seiner Scham muss er es verneinen, Joan wundert sich, dann kann ich dich auch noch haben? Offen sieht sie ihm ins Gesicht. Er weiß nicht, ob er es ernst nehmen soll, wird unsicher, dann lacht Joan wieder, und noch während sie lacht, gibt ihm sein Vater zu verstehen, dass Joan wirklich gut fickt. Auch das lässt er unkommentiert.

Da er es noch nie getan hat, jeder aber denkt, er hätte es schon getan, muss er, ja will er es unbedingt hinter sich bringen, um endlich von diesem Defizit des Nochnicht-gefickt-Habens befreit zu sein. Noch ist ja alles Schein, noch ist alles simuliert, denn im Grunde weiß er nicht, wovon man ewig spricht, wagt sich kaum, die fortwährenden Anspielungen zu verstehen oder gar darauf einzugehen. Hin und wieder muss er es tun, um nicht durchschaut zu werden, und er tut dies auf eine erfolgreiche Weise, denn er spürt, worum es geht, antwortet harmlos, aber lässt zugleich mit einem Lächeln durchblitzen, dass er genau weiß, wovon die Rede ist. Man glaubt ihm, man vermutet in ihm einen Gleichgesinnten, damit laviert er sich durch, damit blufft er das gesamte Personal des Hiltons, das ihn immerzu und bei jeder Gelegenheit fragt, ob er schon eine Schwarze gefickt hat, ob er heute schon gefickt hat oder ob er etwa hier, auf Jamaika, aber das ist unmöglich, gar noch gar nicht gefickt hat. Dass er überhaupt noch nie gefickt hat, kommt niemand in den Sinn.

Ein Auto kommt den Weg hoch. Kräftig und schnell, es ist der Mercedesjeep, Klaus ist gekommen und bringt einen Koffer voll Diplomatenbier mit. Er hat Klaus lange nicht gesehen, doch Klaus begrüßt ihn herzlich, ist es Anerkennung, ist es Neid, mit der er ihm auf die Schulter klopft? Das Bier ist schnell getrunken, Klaus schlägt vor, zusätzlich zu Joan noch zwei Frauen downtown zu besorgen. Damit jeder eine hat. Nun weiß er, dass es ernst wird.

Er trinkt das letzte Bier in einem Zug, er lässt sich von Joan den Joint reichen, dann gehen sie hinunter. Lüstern und gierig schwelt die Nachtluft, die Bars sind voll, Frauen lachen, Männer legen die Arme um sie. Wegen Joan kommen sie an der ersten Bar nicht vorbei. Joan kennt sie alle, und die Frauen kennen seinen Vater. Während sie sich um seinen Vater, um Klaus herumschlängeln, während sie auf ihn zeigen und fragen, ob er tatsächlich Charlys Sohn sei, fährt ihm von hinten eine Hand zwischen die Beine, eine andere um seine Brust, um ihn einzuklammern.

Das sieht Joan, löst sich wie eine Schlange von seinem Vater und drängt sich von vorne an ihn heran. Joan sieht ihm in die Augen, flüstert ihm ins Ohr, geh nicht mit ihr, geh mit mir!, und fasst ihn ebenfalls zwischen die Beine. Dann lacht Joan wieder und küsst vor seinen Augen Jean auf den Mund, denn sie war es, ihre Freundin, die ihn von hinten gepackt hatte. Jean lässt ihn nicht mehr los, sie wird es sein, denkt er, doch kann er sie nicht mehr klar erkennen.

Jean will noch Ganja besorgen und zerrt ihn mit, hinter Wellblechhütten, dort streift sie ihren Rock hoch und hockt sich nieder. Er hört ein strudelndes Geräusch, sieht eine Flüssigkeit durch den Sand strömen, kann es nicht fassen, sieht aber, wie Jean ihn gierig beobachtet und durch Zahnlücken hindurch angrinst. Mit dem Rock trocknet sie sich, wirft ihm dabei einen Kussmund zu und klopft an das Wellblech einer Hütte.

Ein Blech wird hochgezogen, ein dunkler Spalt tut sich auf. Hast du zehn Dollar?, fragt sie ihn. Er hat einen Zehndollarschein, den nimmt sie ihm aus der Hand, schiebt ihn durch den Spalt, dort verschwindet er im Dunkeln, das Wellblech schließt sich. Nach einigen Augenblicken öffnet es sich ruckartig, eine große Rolle Marihuana, in braunes Packpapier eingehüllt, rollt heraus. Blechern schließt sich der Spalt wieder.

Oben wird weitergetrunken, Jean und Joan lassen die Joints kreisen. Klaus hat eine Schwarze mit unendlich langen Beinen in den Armen, für sie muss er hundert US-Dollar im Voraus zahlen. Jean spricht nicht über Geld, vielleicht hat sein Vater es bereits erledigt, vielleicht will sie nichts, er weiß es nicht, auch kümmert es ihn nicht. Unbeteiligt, ganz von außen, sieht er auf das herab, was passiert; es ist, als läge alles bereits hinter ihm, als blicke er mit einem Lächeln darauf zurück.

Joan zieht seinem Vater die Hose runter und nimmt seinen Schwanz in den Mund. Was ist dabei? Es ist nichts dabei, genau deshalb geschieht es so selbstverständlich. Dann sieht ihn Joan an, fragt ihn, ob sie nun seinen versuchen kann. Aber auch das ist nicht mehr wichtig. Er kann ihr seinen geben oder nicht, er glaubt, er lässt es, und so ist es ganz selbstverständlich, dass Joan nicht weiter danach fragt. Auch zieht ihn Jean ja schon an der Hand ins andere Zimmer.

Sie schließt die Tür, macht eine Kerze mit einem Streichholz an; mit diesem Streichholz, der in ihrer Hand lodert, findet sie eine grüne Schnecke und entzündet sie. Damit vertreibt man die Moskitos, erinnert er sich. Nun ist es soweit, denkt er und schaut interessiert zu, wie Jean, oder ist es nicht doch Joan?, ihm die Jeans öffnet. Was macht es, wer es ist, denkt er, aber, fast hätte er es vergessen, nun ist es ja soweit, also streift er ihr den Rock hoch, als hätte er es schon tausend Mal gemacht, denkt noch, ach, ist es nicht der Pissrock, legt ihre Brüste frei und macht sich darüber her.

Mit seinem Bewusstsein gleitet er allerdings immer wieder ab, sodass er schließlich überrascht feststellt, dass er in ihr ist, ohne zu wissen, wie er dahingekommen ist. Jedenfalls macht er weiter, so, wie er denkt, dass es weiterzugehen hat, und da sein Bewusstsein beständig hin und her gleitet, geschieht das meiste ohne ihn, schließlich schließen sich seine Augen und eine tumbe Schwärze nimmt ihn bei sich auf.

Als er seine Augen öffnet, strahlt ihn die Sonne durch das Fenster an. Ein Arm umschlingt ihn, dessen Bräune stumpf aussieht. Als er ihn von sich ablegt, erscheint ihm das Fleisch widerlich lasch. Sie schläft, hoffentlich wacht sie nicht auf, denkt er, entwindet sich ihr und verlässt den Raum. Alles ist ruhig, nur die Vögel piepsen. Er geht einige Meter in den Urwald, wo er sich jedes Blickes entzogen wähnt, und pisst.

Aber mittendrin kommt Jean aus dem Raum heraus und ruft ihn, blickt suchend umher, sieht ihn und nähert sich eilig. In größter Hast bricht er den Vorgang ab, will alles schnell verstauen und schon einige Meter von der dampfenden Pisse weg sein. Was machst du hier?, fragt sie ihn. Nichts!, sagt er und blickt verlegen weg.

Er sieht die Bucht da ganz weit hinten und wünscht sich, dort zu sein, da draußen frei zu schwimmen, denn jetzt, erst jetzt ist er ja wirklich frei. Das Entscheidende, was zu leisten war, liegt hinter ihm.

Sie aber legt die Arme um ihn, schmiegt sich beinah zärtlich an, komm mit, sagt sie, es ist noch so früh. Ihre Berührung widert ihn an, ihr zärtliches Getue ekelt ihn, doch geht er mit ihr zurück, einzig und allein mit dem Gedanken, wie schön es sich wohl anfühlt, wenn sie weg ist, wenn er sich ganz dem Gefühl hingeben kann, endlich das Belastende hinter sich gebracht zu haben und befreit zu sein.

Sie merkt dies alles nicht, tut zärtlich, als ob ihr wirklich etwas an ihm liegt. Sie küsst ihn kurz, nicht, um ihn anzustacheln, sondern um daraufhin ihren Kopf an seine Brust zu schmiegen und einzuschlafen. Wie ein in Ketten Gelegter muss er es ertragen, er wartet darauf, dass sich endlich etwas regt, kann nicht sein Vater aufstehen und ihn rufen? In endloser Qual vergeht die Zeit.

Jean wacht wieder auf. Nun ist es heller Morgen, das Aufstehen ist unausweichlich. Kann sie nicht sofort verschwinden, aber sie macht keine Anstalten. Wie steht man gemeinsam auf? Was machen die anderen? Wenn er jetzt rübergeht, welcher Anblick erwartet ihn? Fickt sein Vater gerade mit Joan, und Klaus mit der Langbeinigen, die mit ihm kein Wort gewechselt hat?

Er kann unmöglich rübergehen, also schlägt er vor, zu duschen. Ja, lass uns duschen, sagt sie, und dann: Du hast gestern so hart gefickt, sie lacht. Hat er das wirklich? Er kann sich nicht mehr daran erinnern. Hat er irgendetwas gelernt?

Aber noch ist Jean nicht weg. Jean seift ihn ab, er merkt, dass er eine Erektion bekommt. Merkt es Jean? Sein Vater kommt herein, lacht, und verschwindet wieder. Jean deutet auf seinen Schwanz, lacht, und er wünscht sich, dass sie ihn anfasst. Aber sie duscht sich einfach ab. Jean muss verschwinden, denkt er, aber die ganze Zeit, bis sie nach vorne auf die Terrasse gehen, hofft er noch, dass etwas passiert, und er noch ein Erlebnis abbuchen kann, damit er erfahrener wird, endgültig weiß, was gespielt wird.

Aber Jean macht nichts, außerdem ist sie bei Tag hässlich, reizlos. Grotesk ist der Gedanke, mit Jean etwas Normales zu machen, mit ihr am Strand zu gehen oder sonst etwas, Jean ist nur für die tiefste Nacht da, wo es nicht mehr drauf ankommt.

Beim Abschied verabreden sie, dass er und sein Vater nachmittags vorbeikommen. Jean will dann kochen. Man bespricht sogar, was es zu essen geben wird, dann geht sie endlich. Er soll sie noch bis zum Gatter bringen. Er geht mit ihr. Beim Abschied legt Jean ihm endlich die Hand auf den Schwanz, ein schöner, großer Schwanz, sagt sie, lacht und zwinkert ihm zu.

Kaum ist sie verschwunden, da bedauert er, wie viel Zeit er ungenutzt hat verstreichen lassen, die ganze Nacht, den ganzen Morgen. Er hat sie nur einmal gefickt, wie dilettantisch. Aber da sie ihn wiedersehen will, muss er es wohl ganz gut gemacht haben. Sie hat nichts davon gemerkt, dass es sein erstes Mal gewesen ist.

Kapitel 11
Im Strom

Er saß auf dem Stuhl und starrte in das Grün des Urwalds, hörte das Rauschen der Blätter, die unablässig schimmerten. Der Wind blies so stetig, immer weiter und weiter, jeder Augenblick reihte sich an den nächsten.

Er sah es, spürte es an seinem Körper, und plötzlich meinte er, angeschlossen zu sein an einen Strom, der einfach floss und trug. In seinen Beinen pulste das Leben, das aus dem Boden in ihn zu fließen schien, in einem unablässigen, stetigen Rhythmus – es war die Schönheit des Lebens selbst, die ihn in diesem Moment ganz unzweifelhaft und wunderbar erfasste. Als ob sich die Welt in pures Glück auflöste.

Der laue Sommerwind hauchte ihn an, spielte an seinen Beinen, auf die er hinabsah. Die Haare hatten sich golden gefärbt und schimmerten. Er hob den Kopf und sah hinter den Palmen das blaue Meer, die Gischt der Wellen, die sich über den elfenbeinfarbenen Strand brachen.

Er dachte an das Gefühl des Sandes, der unter den zurücklaufenden Wellen für einen Moment hart und fest war, und wenn man dann hineintrat, durchbrach man die Spannung und versank im Weichen darunter. Dann kamen die Wellen wieder herbeigeeilt und füllten seine Spuren, planierten sie, bis sie wieder aus dem Sand getilgt waren.

TEIL 2: Hamburg (1985)

Zeitgeschichtlicher Hintergrund:

„Friedensbewegung protestiert gegen neue US-Raketen in Deutschland."
– Frankfurter Allgemeine Zeitung, 12. März 1985

„NATO doubles down on missile deployment: Pershing II arrives in West Germany."
– The Guardian, 16. April 1985

1985 steht Westdeutschland im Zentrum des atomaren Wettrüstens. Die Bundeswehr ist eine hochgerüstete Armee; Disziplin und Gehorsam gelten als höchste Tugenden. Kriegsdienstverweigerung aus einer laufenden Einheit ist ein gesellschaftliches Tabu – von Vorgesetzten wie Kameraden wird sie meist als Verrat empfunden. Wer den Dienst an der Waffe verweigert, gerät schnell ins Visier der Institution und muss mit harten Konsequenzen rechnen. Gleichzeitig mobilisiert die Friedensbewegung Hunderttausende gegen die neue Bedrohung. Die Angst vor einem atomaren Konflikt ist allgegenwärtig.

Kapitel 12
Die Pyramide

An jenem ersten, noch winterlich kalten Frühlingsabend hatte Mark damit begonnen, so spät wie möglich in die Stube zurückzukehren. Das *Pack* sollte in den Betten liegen und ihn in Ruhe lassen.

So hatte er die Zeit nach dem Abendessen zunächst im Kraftraum des angrenzenden Fliegerbataillons verbracht, in den er sich als Mannschaftsdienstgrad nur deshalb hatte einschleichen können, weil ihn hier niemand kannte. Die Unteroffiziere und Offiziere, die genauso wie er im einheitsblauen Sportanzug trainierten, ignorierten ihn, und das hatte ihn ermutigt, nach dem Training noch eine Stunde das einzige Solarium im Nebenraum zu blockieren.

Er wollte so aussehen, wie er auf Jamaika ausgesehen hatte, durchtrainiert und braungebrannt – nur die Haare waren zu kurz. Doch auch die ließ er sich bereits wachsen und kaschierte die zunehmende Länge so geschickt mit Gel, wie er meinte, dass die Trottel in seiner Einheit nichts merkten.

Bereits auf dem Flur vor seiner Stube schlug ihm ein Gestank entgegen, so bestialisch, wie er nur in einer Hölle hervorgebracht werden konnte. Eine Mischung aus dem erkalteten Rauch unzähliger Zigaretten, abgestandenem Bier und den körperlichen Ausdünstungen von Männern, die sich tagelang nicht gewaschen hatten.

Als er die Tür öffnete und das Licht anmachte, erkannte er das Geschenk, das seine *Kameraden* für ihn gebaut hatten: In der Mitte der Stube erhob sich hüfthoch ein pyramidenartiges Gebilde aus Bierdosen, die sie offenbar extra für ihn leer getrunken hatten. Darauf ließ der Zettel schließen, den sie an der obersten, eingedrückten Dose mit einem Klumpen Kaugummi befestigt hatten:

Für Hellberch!
Ha, nicht mal seinen Namen hatten
die Idioten richtig geschrieben!

„Lich...aus!"
Hahn, der unten in einem der vier Etagenbetten schlief, rülpste und zog sich das Kissen über die Augen.

Mark ging an Hahns Bett vorbei zum Fenster und stellte es mit einem kräftigen Ruck auf Kipp.

„Hell...berch ..., Lichausun ..., unmachasFensterzu ..."

Obwohl ihn die einströmende Kälte noch gar nicht

erreicht haben konnte, krümmte sich Hahn unter seiner Decke, als erleide er höllische Qualen.

Du besoffenes Schwein, dachte Mark, *irgendwann poliere ich dir deine hässliche Fresse.*

Diesen Gedanken behielt er für sich, denn er wusste, dass es gefährlich war, sich mit Hahn anzulegen – Hahn hatte damit geprahlt, mehrfach wegen Körperverletzung im Knast gewesen zu sein. Trotzdem, überlegte Mark, war er nicht stärker als Hahn? Er war inzwischen im Bankdrücken wieder auf 80 Kilo, bei drei Wiederholungen, ohne Unterstützung! Ha, Hahn trainierte nie, da konnte eigentlich nichts schief gehen.

„Das Fenster bleibt auf!", sagte Mark und versuchte, seine Unsicherheit hinter einer festen Stimme zu verbergen. Er ging zu seinem Spind in der anderen Ecke der Stube, zog den blauen Bundeswehr-Pyjama an, schaltete das Licht aus und kroch in sein Oberbett.

Mark überraschte es, dass von Hahn nichts mehr kam. Offenbar war er so beeindruckend aufgetreten, dass Hahn zurücksteckte. Aber gerade als er sich seine Ohren verstöpselte, meinte er ein Flüstern zu hören.

„Morgen, Hellberch, morgen ...!"

*

Als Mark am nächsten Morgen aus der Kantine zurückkam, erwartete ihn eine Arena. Seine Stubenkameraden hatten die Stühle in einem Halbkreis um die Pyramide angeordnet und Platz genommen, nur Hahn stand.

Er kam auf Mark zu und lächelte. Hahn fehlte ein oberer Schneidezahn, nun schien er besonders breit zu grinsen, um Mark dieses Relikt aus unzähligen Schlägereien zu präsentieren.

Mark wich zurück und stieß gegen die geschlossene Tür, Hahns grinsendes Gesicht folgte ihm und kam so nah heran, dass er fürchtete, Hahns Nasenspitze würde ihn berühren.

Marks Knie wurden weich. Hahn würde immer weiter marschieren und ihm ohne Skrupel ins Gesicht schlagen, ihm eine Kopfnuss verpassen, das Knie in die Eingeweide rammen und zutreten, wenn er auf dem Boden lag. Und er, Mark, erkannte, dass er zu nichts dergleichen imstande war. Die Einsicht, wie sehr er sich überschätzt hatte, wie hoffnungslos seine Unterlegenheit war, ließ ihn erstarren.

Konnte er denn nicht einmal seine Hände heben und Hahn zurückdrängen?
Nein!
Nur eine Bewegung würde reichen, ahnte er, um in Hahn ein Vernichtungsprogramm zu aktivieren, in dessen Ablauf Blut fließen würde, ausschließlich Marks Blut.

„Vorsicht Hahn“, rief einer aus der Arena, „der hat doch Abitur!“

Mark entdeckte den Wunsch in sich, mitten in dem Gelächter an der Tür hinunterzurutschen und um Gnade zu winseln. Aber das, das war doch nicht mehr er, Mark Hellberg?

Freude blitzte in Hahns Augen auf.

„Jetzt kommt der Einschlag, Hellberch!“
Hahn lachte.

Dann schlug er zu.

Kapitel 13
Der Keller

„Hellberg, warum ist denn Ihr Gesicht so rot?“

Mark war der Letzte, der sich zum Antreten auf dem Flur in die Reihe stellte. Oberfeldwebel Bruns' Schnauzbart bewegte sich und ließ ein Lachen erahnen.

„Hast dir schnell noch einen runtergeholt, was?“
Der Witz zündete.

Wann hatte der Maschinenzug des 5. Schleswiger Pionierbataillons 820 je ein so unbeschwertes Antreten erlebt?
Es gab kein Meckern oder Murren über die Befehle, die der Oberfeldwebel erteilte, der Witz war so gut gewesen, dass man lachte, seinen Nebenmann anstieß und Hellberg angrinste. Der stand mit gesenktem Blick da, den Kopf hochrot, und schwieg.

Mark hatte sich in den Keller hinunter zu begeben, der ihm vor einem Monat nach seiner Grundausbildung zugewiesen worden war. Hier hatte er die Ausgabe der Blaumänner zu verwalten.

Die Übergabe dieser Overalls, die über die Jahre ihrer Benutzung längst die blaue Farbe verloren hatten und von einem Ölfilm bedeckt waren, vollzog sich normalerweise schweigend, diesmal kamen den Empfängern lustige Sprüche über die Lippen.

Mark hörte es wie aus weiter Ferne, vertauschte einige Blaumänner, bis es dahin kam, dass die Obergefreiten an ihm vorbeigingen, eigenständig ihren Blaumann aus dem Regal nahmen und das Kreuz auf der Liste machten. Die Liste, für deren korrekte Ausfüllung Mark die Verantwortung trug, befand sich längst nicht mehr in seiner Hand. Wie selbstverständlich wanderte sie von einem zum anderen, schließlich landete sie vor ihm auf dem Tisch.

Der Keller leerte sich, kaum wurde es still, da durchfuhr Mark ein Ruck. Er richtete sich auf wie einer, der aus tiefstem Traum erwacht und sich orientieren muss, wo er sich befindet:
Er war in seinem Keller, er saß an seinem Tisch, er roch das Öl, das sich von den Blaumännern auf seine Hände übertragen hatte. Er schaute an sich hinunter, friedlich lagen sie in seinem Schoß.

Diese Hände können nicht kämpfen, dachte Mark.

Hahn hatte ausgeholt und mit der Hohlhand voll durchgezogen, gut, das war vielleicht so schnell geschehen, dass seinen Händen nichts vorzuwerfen war. Aber dann: Als Hahn ihn voller Lust anlächelte, sich triumphierend zu den anderen wandte und ausrief: „Na, Hellberch, wolltest den Lauten machen und was is' nu'?"

Oder als Hahn ankündigte: „So, Hellberch, jetzt kommt die zweite Backpfeife!"
Und dann mit der anderen Hand zu Marks doppelter und dreifacher Demütigung so langsam ausholte, als bewege er sich in Zeitlupe.
Da, da hätten sie doch eingreifen müssen!

Noch hätte alles gut werden können:
Mark, auf seinem Stuhl sitzend, hob die linke Hand und fing Hahns Arm ab. Zeitgleich hatte er mit seiner rechten Faust ausgeholt, und die schlug nun mit voller Wucht neben Hahns Nase ein.
„Hier!"

Mark war aufgesprungen. Der Metallstuhl klatschte hinter ihm auf den Betonboden.
„Und da!"
Immer wieder haute er *der Sau* in die Visage, die jetzt unendlich dumm aus der Wäsche guckte.
Er zermatschte sie!

Hahn taumelte, Hahn fiel.
JA!

Mitten in seine Scheiß-Pyramide hinein! Die Bierdosen flogen nach allen Seiten, ah, und Hahns Hinterkopf knallte gegen den Metallpfosten eines Etagenbettes.
Hahn wimmerte. Das Blut lief ihm literweise aus Nase und Mund, aber Hahn hatte noch immer nicht kapiert, er wollte sich aufrichten.
Er bedurfte der Stiefel!

Wie beim Fußball, etwa bei einem Elfmeter, nahm Mark Anlauf und trat mit voller Wucht in Hahns Eingeweide hinein.
Das erledigte Hahn, das brach ihn, für immer!

Und dann?

Mark stellte sich breitbeinig in die Mitte des Kellers, die Stubenkameraden wichen seinem Blick aus.
„Noch jemand? Niemand?
Gut!
Ich denke, Hahn ist ausgerutscht und unglücklich gefallen, oder sieht das jemand anders? Keiner? Ich sehe, wir haben uns verstanden.
Schafft jetzt dieses Stück Scheiße weg!
Ach ja, und die Bierdosen auch!"

Mark hob den Stuhl auf, setzte sich und sank erschöpft zusammen. Das alles hätte passieren müssen, aber so war es nicht geschehen. Stattdessen hatte er wie ein Lamm, das sich widerstandslos abschlachten ließ, die zweite Klatsche hingenommen und sich – für eine Nanosekunde gestand er sich das ein – sogar gefreut, dass es nur bei Ohrfeigen geblieben war. Bruns hatte draußen zum Antreten gerufen, aber nein, es war noch nicht zu Ende gewesen.
Die Pyramide!

„Hellberch, jetzt räumst du dein Geschenk weg!"
Und er hatte das tatsächlich getan.

Lächelnd hatten sie auf ihn runtergeblickt, ehrerbietig waren sie Hahn aus dem Weg getreten. Und er, Mark Hellberg, durchtrainierter Sportler, ausgestattet mit allen Attributen, die man sich an einem Mann nur wünschen konnte, hatte auf den Knien gekrochen und die Bierdosen eingesammelt.

Er konnte nicht kämpfen, er war kein Mann, er war die Ausgeburt der Feigheit, das war die Wahrheit! Vier Monate Bundeswehr hatte es gebraucht, bis das rausgekommen war. Und jetzt, wo es alle wussten, lagen elf Monate vor ihm, in denen er an jedem einzelnen Tag von diesem Kelch kosten würde.

„Nein, nicht mit mir!“, flüsterte Mark in seinem einsamen Keller. Er musste aus der Bundeswehr raus, sofort! – und zurück zu seinem Vater nach Jamaika! Er hob den Blick zur Neonröhre, die über ihm hing.

„GOTT: Wenn du noch etwas mit mir vorhast“, seine Stimme erstarkte in der Entschlossenheit, mit der er sein Ultimatum stellte, „dann greifst du jetzt ein!“

Heute war Freitag, am Mittag würde er in seinen Wochenendurlaub zurück nach Hamburg fahren. Dort musste es passieren: das Wunder! Die Erlösung! Irgendwie!
„Bis spätestens Sonntagabend!“

„Oder“, setzte Mark nach, „es ist Schluss mit mir!“

Kapitel 14
Das Bildnis

Am Samstagabend um Punkt 22.00 Uhr legte sich Lea ins Bett. Sie widerstand der Versuchung, den Fernseher anzuschalten und einen Blick ins „Aktuelle Sportstudio“ zu werfen.

Warum sollte sie den Tag, den sie seit sechs Uhr so gelungen *in der Menschlichkeit* gestaltet hatte, verunreinigen? Doch noch auf der Zielgeraden den Zerstreuungen erliegen, nach denen *die Kreatur in ihr* verlangte?
Nein!

Lea blickte empor zu dem Bildnis von Adamantos, dem kostbaren Kleinod, das allein die weißen Wände ihres Schlafzimmers zierte. Niemand, der dieses Bild sah, würde vermuten, dass es das Gesicht eines Mannes zeigte, der fünf Jahre Konzentrationslager hinter sich hatte.
Es war Ende 1945 aufgenommen worden, ein halbes Jahr nach Buchenwald.

So mächtig ist der Geist, dachte Lea, dass er die abscheulichsten Gräuel überwinden und verwandeln kann, sodass *der Mensch* unbefleckt daraus hervorgehe. Adamantos sah so durchgeistigt, so rein, ja so erfrischt aus, als hätte er sich ein paar Jahre in einem Sanatorium erholt.

So weit hatte es Lea nicht gebracht, und sie war sich bewusst, dass sie in die geistige Höhe von Adamantos nie würde aufsteigen, noch jemals seine Führerschaft würde fortsetzen können. Das war nicht ihre Aufgabe, sie war kein Mann. Aber sie hatte eine andere, eine dienende Qualität entwickelt, die den unabänderlichen Makel ihrer Weiblichkeit kompensierte und für das Wachsen der Menschlichkeit in der Welt kostbar war:
Es war ihre Beharrlichkeit, die sie auszeichnete.

Aber auch diese Fähigkeit, die Lea sich erworben hatte, war nicht unantastbar. Mark war die Prüfung, und Mark hatte die Grenze erreicht, wo selbst sie, Lea, kapitulieren musste.

Sie hatte in den letzten Tagen, aber vor allem heute, an diesem Samstag vor ihrem Treffen, immer wieder zur Leuchtdiode ihres Anrufbeantworters geschaut. Ein Blinken hatte sie erwartet und die klägliche, erneut hingeheuchelte Absage von Mark vorausgehört. Dass er nicht angerufen hatte, hieß nicht, dass er zum Frühstück da sein würde. Bis zur letzten Sekunde konnte bei ihm etwas dazwischen kommen, oder er würde erscheinen, aber vorgeben, nur kurz zu können. Irgendeine

Entschuldigung brachte er immer vor, irgendeine Ausrede, mit der er sich die Tür offenhielt, ihr und *dem Wesentlichen* auszuweichen.

Vier Jahre hatte sie das jetzt ertragen.

Vier Jahre hatte sie diesen jungen Mann beobachtet, hatte ihm immer wieder Köder hingeworfen – dezente Andeutungen über *den Weg der Menschlichkeit*, in einer Trainingspause oder bei den Saunagängen danach – und vier Jahre hatte Mark sich diese Köder besehen, Appetit geäußert, und *nicht* zugebissen. Stattdessen hatte er ihr eines Tages verkündet, er würde zur Bundeswehr gehen.

Damit hatte sie nicht gerechnet, und auch Bernhard nicht. Bernhard hatte ihn gleich abgeschrieben, und Lea hatte Monate des Kontaktabbruchs gebraucht, um ihr Ego zu überwinden und wieder an das Gute in Mark zu glauben. Drei verlogene, dreiste Absagen hatte sie dafür kassiert, und es war ihr peinlich gewesen, Bernhard von der Frechheit zu erzählen, mit der Mark ihr den unermüdlichen Einsatz lohnte.

Bernhard hatte nur mit dem Kopf geschüttelt und einen Satz von Laotse zitiert:
Das Lassen ist das Tun der Bahn!

So sehr Bernhard diesen Satz zu benutzen pflegte, um sich eigene, für sie undenkbare Freiheiten zu rechtfertigen, was Mark anbetraf, so mochte er am Ende Recht behalten.

Sie nahm ihr blaues Tagebuch, das auf dem Nachttisch unter der Jugendstillampe bereitlag, und schrieb:

Das Lassen ist das Tun der Bahn!
Laotse

Den Menschen züchten, heißt ihn in die Bahn lenken!
Laotse

Glaube! Liebe! Handle!
Adamantos

Lea schloss ihr Tagebuch und legte es zurück auf den Nachttisch. Sie war jetzt bereit zu schlafen. Was Mark anbetraf, so erhielt er morgen seine letzte Chance. Sollte er nicht kommen, sie würde ihn ziehen lassen. Aber wenn doch, dann würde sie seine Ausweichmanöver ignorieren und ihn stellen. Egal, mit welchen unvorhersehbaren Herausforderungen er diesmal aufwartete, sie würde sich nicht irritieren lassen und die Entscheidung fordern:

Für oder gegen die Menschlichkeit!

Und dann würde sie frei sein: frei von der Verantwortung für Mark und sein Schicksal, frei von der Bürde, ob Mark den Weg der Menschlichkeit beschritt oder sich dagegen entschied. Das lag nicht mehr in ihrer Hand, es lag in Gottes Hand. Sie war nur SEIN Werkzeug, sie diente IHM nach bestem Wissen und mit dem größtmöglichen Einsatz, zu dem sie fähig war.
Das trug den Lohn in sich.

Mit diesem Gedanken schlief Lea ein.

Kapitel 15
Die Kobra

Gegen 22.30 Uhr fand sich Mark im „Pickenpack“ ein, einer angesagten Kneipe mitten im Schanzenviertel Hamburgs. Er arbeitete sich zum Tresen durch, dort erwartete ihn Wallner vor einem halb leer getrunkenen Bier.

Wallner rutschte vom Barhocker und begrüßte ihn mit erhobener Faust:
„Rotfront!“
„Aha, von mir aus ...“, Mark hob die gestreckten Finger der rechten Hand und erwiderte mit militärischem Gruß.
„Zwei Bier!“, grölte Wallner dem Barmann zu, der seine Cocktails stehen ließ und zum Zapfhahn eilte.

„Weißt du, was die jetzt wollen?“
Wallner drückte seine Zigarette aus und hielt Mark die Prinz-Schachtel hin, bevor er sich selbst die nächste nahm.
„Die wollen, dass ich den Bootsführerschein mache, jawohl-ja, den Bootsführerschein!“
Wallners Sturmfeuerzeug flammte auf.
„Uhum ...“
„Hahaha, die sind so doof, haha, so doof ...“

Mark sog den Rauch der hammerharten Prinz ein und unterdrückte einen Hustenreiz.

„Ja, sicher! Aber was ist jetzt so besonders doof daran?"
„Weil ich immer noch das Verfahren wegen Landfriedensbruch laufen habe, ist das nicht bescheuert? Das tun sie mit uns allen, kannst du dir das vorstellen? Die ganze Stube hat das KPD-Parteibuch im Spind, und sie bilden uns zu Spezialisten aus, haha. Wir sind die rote Zelle! Das ganze Brückenbaupionierbataillon 610 ist in unserer Hand! Rotfront!"
Wieder kam die Faust.

Zeitgleich landeten zwei Halbe-Liter-Humpen vor ihnen. Die Faust des Barkeepers schnellte nach oben.
„Wir sind überall!", lachte Wallner und
bestellte die nächste Runde.
„Du, die haben Angst vor uns. Die kuschen, aber wie! Ein falscher Befehl, ein Wasserhahn, der nicht funktioniert, und? Jawohl-ja: sechs Beschwerden!"
„Und dann?"
„Dann ist die Kompanie lahmgelegt! Jede Beschwerde muss den Dienstweg gehen, das beschäftigt den gesamten Stab, die können nichts anderes mehr machen, als unsere Beschwerden zu bearbeiten. Neulich kam sogar der Stabsfeldwebel, is' echt wahr, der Spieß kommt zu uns in die Stube und fragt, ob wir das nicht anders regeln können ..."
„Und?"

„Stube 612 vollständig vom Wachplan gestrichen, jawohl-ja! Hellberg, das ist die beste Zeit meines Lebens!“

Mark fiel es schwer, Wallners Überschwänglichkeit zu ertragen. Er lächelte, er nickte, er rauchte die Prinz von Wallner, er trank in großen Schlucken die Biere, die in einem stetigen Strom vor ihnen auftauchten, aber innerlich zerriss es ihn. Die Anekdoten, die aus Wallner heraussprudelten – jede einzelne davon quittierte Mark mit einem inneren Kommentar, der da lautete:
Ich bring mich um!

Wie konnte das Schicksal Wallner begünstigen und ihn so grausam fallen lassen? Warum war er, ein Abiturient, ausgerechnet zu den Panzerpionieren gekommen, der primitivsten Truppe der gesamten Bundeswehr? Zu dem Menschenmaterial, das man auf einen Spaziergang in feindliches Gebiet vorausschickte, damit die Minen unter ihren Füßen hochgingen und die teuren Panzer verschont blieben. Man hatte ihn zu dem Pack gesteckt, auf das man im Kriegsfall am ehesten verzichten konnte. Und die einzige Antwort, die ihm bislang auf seine Forderung von vor zwei Tagen nach einer erlösenden Fügung zugebilligt wurde, war die überflüssige Information, dass es jenem Kameraden Wallner, der unter den gleichen Vorzeichen wie er gestartet war, tausendmal, ja Millionen Mal besser erging als ihm.

Stundenlang zechte er mit Wallner, der an sich den überlegenen Zug hatte, und hängte ihn ab. Auf dem letzten Weg zur Toilette verhakte sich Mark in einem Stuhlbein und klatschte ohne den geringsten Schutzreflex auf den Boden. Dort zappelte er in Lachen aus Bier wie ein umgedrehter Käfer, der nicht mehr auf die Beine kam. Wallner grölte sein Jawohl-ja!
„Hellberch ..., Hellberch ..., hahaha ..."
Mark übergab sich.

„Äh, wie widerlich!", riefen die letzten Gäste,
die ihm im Weg waren, als er sich zur Toilette
schlängelte. Sie wichen vor ihm zurück, als sei
er eine Kobra, die tödliches Gift verspritzte.

Der Pissgestank in der Toilette ließ ihn ein weiteres Mal kotzen, der Schwall verfehlte das Klo vollständig.
Mark richtete sich am Waschbecken auf und suchte in dem von Sprüngen durchsetzten Spiegel nach seinem Gesicht.
„Ein waberndes, aus den Fugen geratenes Gebilde bin ich ...", sinnierte Mark, da fiel ihm etwas ein.
„Ach du Scheiße!", rief er aus und sah in sein entsetztes Ebenbild.

„Ich hab ja noch die Verabredung mit Lea!"

Kapitel 16
Der Notfall

Am Sonntagmorgen angesoffen zu Lea zum Frühstück zu gehen, nach Kotze, Bier und Rauch zu stinken, war eine Idee, die Mark zunehmend begeisterte.

In der trüben Morgenbahn, die ihn nach Eppendorf brachte, lag Mark eingesunken auf seinem Sitz, die Beine auf die gegenüberliegende Bank ausgestreckt, und hielt sich mit der Fantasie wach, Lea endlich und für alle Zeit loszuwerden.
„Und wenn es das Letzte ist, was ich in diesem Scheißleben noch tue!"
Er wedelte mit erhobenem Zeigefinger durch die Luft und rief:
„Du nicht mehr!"

Eine Frau, Anfang 30 wie Lea, der einzige andere Fahrgast am Ende des Waggons, warf ihm zum wiederholten Mal einen missbilligenden Blick zu.
„Was gibt's?", rief Mark.

Er suchte den Augenkontakt und wollte ihr einen gigantischen Rülpser hinüberschicken, das gelang ihm jedoch nicht. Heraus brachte er einen kläglichen Laut, den er selbst kaum hören konnte. Immerhin reichte es, die Frau ihren Platz wechseln zu lassen und ihm den Rücken zuzudrehen. Bevor sie sich wieder setzte, fuhr ihre Hand über die Rückseite ihres beigen Mantels, um ihn glatt zu streifen. „Wie sittsam!“, rief er und initiierte dadurch eine Wackelbewegung ihres Kopfes, die ihn an jene braunen Stoffhunde erinnerte, die sich die Opelfahrer zu Zeiten seiner Kindheit auf die Heckablagen stellten.

Wie oft hatte er sich dafür verbogen, Leas Erwartungen gerecht zu werden! Aber wofür? Um Sex ging es nicht, der Gedanke, mit Lea Sex zu haben, gehörte nicht in dieses Universum. Inzwischen sah Lea ja nicht mal mehr wie eine Frau aus. Sie hatte sich die bis zur Hüfte reichenden Haare, die sie als weibliche Person erkennbar gemacht hatten, abschneiden lassen.

Damals, als sie an seiner Schule das Volleyballtraining übernahm, hatte Mark im allerersten Moment nur diese strohblonden Haare gesehen, dieses Haarmeer über ihrem Rücken, das ihn an Sonne, Lachen, Wellenrauschen, Flirten, an den Geruch vom Strand Jamaikas denken ließ. Doch die Hoffnung auf einen Sommer der Verliebtheit verflog, als sie sich umdrehte:
Lea war zwar groß, etwa einsachtzig wie er selbst, was er mochte, aber ihr Körper war stämmig und hatte keine Rundungen, weder hoben sich Brüste ab noch ein Po,

auch ihr Gesicht, das hart wirkte und von rechteckiger Form war, unterstrich den Eindruck, einen Quader vor sich zu haben, einen männlichen Kasten, der sich unter einem Mantel blonder Weiblichkeit tarnte. Nun hatte sie auch diesen abgelegt und sich bei einem Herrenfriseur einen Kurzhaarschnitt verpassen lassen, der knapp an der Stoppelfrisur eines Skinheads vorbeischrammte. Nichts an ihr war mehr weich, nichts konnte oder sollte die Aura des Unerotischen noch kaschieren, die sie um sich verbreitete.

Hudtwalckerstraße, Mark musste aussteigen.

Dreimal hatte er das Treffen mit Lea unter den fadenscheinigsten Gründen abgesagt, immer in der Hoffnung, sie würde es kapieren, dass er keine Lust auf sie hatte. Nun, beim vierten Versuch, torkelte er also durch die ausgestorbenen Straßen von Eppendorf und würde folgendermaßen vorstellig werden:
„Hier, Lea, ich hab' dir etwas mitgebracht!"
Mark brüllte einen einsamen Baum an der Straße an, öffnete seine Hose und ließ den Harn aus seiner Blase fluten. Er hing gerade der Erleichterung nach, die er sich verschaffte, als ihn das Geräusch eines ruckartig geöffneten Fensters störte.

„Verschwinde, du Stück Scheiße, oder ich hol' die Polizei!", hallte es durch die Häuserschlucht.

Mark reckte seine freie Hand mit gestrecktem Mittelfinger in den Himmel.
Ebenso brutal, wie das Fenster aufgerissen worden war, wurde es wieder zugeschlagen.

Mark beendete in aller Ruhe sein Geschäft und vergaß den Vorfall. Er war schon in der Kegelhofstraße, aber deutlich zu früh. Hatte er sich die richtige Hausnummer gemerkt? Da sah er einen Polizeiwagen, der in die Straße einbog.

Nein?!
Hatte das Arschloch von eben wirklich die Bullen gerufen? Offenbar, denn der Polizeiwagen fuhr langsam und hielt in Nähe des Tatorts an. Jetzt sah er einen Mann im dritten Stock, der sich aus dem Fenster beugte und in seine Richtung gestikulierte.

Mehr brauchte Mark nicht.

Er raste zur nächsten Haustür, nun mit der inbrünstigen Hoffnung, dass er sich die richtige Nummer gemerkt hatte. Aber was erwartete ihn dort, eine unüberschaubare Leiste von Klingelschildern. Er fuhr mit dem Zeigefinger über die Reihen, unterbrach, um zu sehen, was der Polizeiwagen machte – er näherte sich langsam, noch war man auf Spähfahrt – und musste erneut von oben beginnen. Endlich Leas Name. Spätestens sieben war es, aber niemals halb neun. Wie konnte man sich ernsthaft am Sonntag um halb neun verabreden? Das hatte er nur getan, weil er nie beabsichtigt hatte, zu erscheinen. Egal, er musste von der Straße verschwinden. Er drückte sanft auf den Knopf, als ob ein zaghaftes Anklingeln die Frechheit, anderthalb Stunden zu früh zu kommen, mildern könne.

Keine Reaktion, die Gegensprechanlage blieb stumm.
Was machten die Bullen?
Ja, Belebung war hinter der Windschutzscheibe aufgekommen, sie hatten ihn entdeckt.

Mark drückte den Klingelknopf bis zum Anschlag.

„Wer ist da?“

„Ich bin's, Mark, ich weiß, viel zu früh, aber mach bitte sofort die Tür auf.“

„Dringend!“

„Ein Notfall!“

„Jetzt!“

Kapitel 17
Die Quelle

Der Kräutertee, mit Wermutkraut versetzt, war bitter, das Getreidemüsli karg, der Schein der Kerze im aschfahlen Frühmorgen trostlos. Dazu die Undenkbarkeit, dass in dieser Küche jemals eine Zigarette geraucht werden könnte – diese Atmosphäre aus Verbot und Abkasteiung hätte in Mark einen überwältigenden Fluchtimpuls auslösen müssen, das Gegenteil war der Fall. Mit der Polizei im Nacken hatte sich seine Perspektive verändert, er war dankbar, in Leas asketischer Oase Schutz gefunden zu haben. Jede Minute, die er darin zubrachte, erhöhte die Chance, dass die Bullen unverrichteter Dinge abzogen.

Lea hatte sein frühes Erscheinen sowie seine derangierte Verfassung überraschend humorvoll aufgenommen. Die mit Kotzspuren versetzte Jacke hatte sie sich gegriffen und wie einen Banner am ausgestreckten Arm auf den Balkon tragen wollen, da aber hatte Mark eingegriffen und unter Verweis auf die Polizei sich versichern lassen, dass der Balkon von der Straße aus nicht einsehbar war. Auch das hatte Lea erheitert. Nie hatte er sie so unbeschwert erlebt.

War es diese unerwartete Lockerheit, die Mark den Wind aus den Segeln nahm? Sein Bedürfnis nach vehementer

Abgrenzung hatte ihm das jüngste Vorkommnis ausgetrieben, er fühlte sich wie ein Tier, das sein Revier verloren hatte und in feindlichem Gebiet unterwegs war, angewiesen auf jede Hilfe, die es kriegen konnte. Er sehnte sich nach Nähe und Zugehörigkeit, Kämpfen wollte er nicht mehr.

Monatelang hatte er die Fackel aufrecht gehalten, sich selbst und anderen vorgemacht, er würde den Gegenwind, der ihm jeden Tag ins Gesicht schlug, aushalten. Ausgerechnet vor Lea wollte er sich nun offenbaren, aber war das so verwunderlich? War ihm Lea in guten Zeiten zu streng gewesen, verlangte ihn jetzt nach ihrer Schwere. „… zum Bund zu gehen, anstatt zu verweigern, ist der größte Fehler gewesen, den ich in meinem Leben gemacht habe! Nie ist mein Dasein sinnloser gewesen als jetzt!“, schloss Mark seinen Bericht.

Lea nickte, aber es war nicht mehr das zugewandte Nicken, mit dem sie seinen Bericht begleitet hatte. Jenes Nicken hatte Mark gutgetan, dieses irritierte ihn. Zwar wippte Leas Kinn in der für eine Nickbewegung typischen Weise, aber warum hatte sie die Augen geschlossen und atmete so schwer?

Gerade als Mark unruhig wurde und nicht mehr wusste, wie er sich verhalten sollte, krachte ein gewaltiger Donnerschlag durch die Küche und beendete Leas Prozess. Es war aber kein Gewitter, das draußen unbemerkt aufgezogen war und mit einem ersten Überraschungsdonner auf sich aufmerksam machte, sondern „die Gastherme ...!“ Lea deutete auf den weißen Koloss in der Küchenecke, ihre Wangen hatten sich gerötet.

„Als ich gehört hatte, dass du zur Bundeswehr gehst, war ich geschockt! Du, ausgerechnet du! Wie oft haben Bernhard und ich über dich gesprochen, ihm ist das so nahe gegangen. Er hat es nicht verstanden, wieso du, der mit so vielen Anlagen, das Gute in sich zu erlösen, beschenkt bist, den Weg der Unmenschlichkeit wählen konntest.“
„Davon habe ich gar nichts gemerkt ...“

Tatsächlich konnte Mark sich nicht erinnern, dass Bernhard, sein früherer Lehrer, der ihn in Sport und Deutsch unterrichtet hatte, überhaupt eine Reaktion auf seine Entscheidung gezeigt hatte.

„Ich dachte, es sei ihm völlig egal. Ich habe nicht geahnt, dass meine Entscheidung eine Bedeutung für euch hatte ...“

„Wir haben Anteil an dir genommen. Wir dachten, du bist verloren ... Ehrlich gesagt“, die roten Flecken auf Leas Wangen nahmen an Leuchtkraft zu, „so merkwürdig es klingen mag, ich freue mich darüber, dass du die Bundeswehr erleidest. Es ist nicht dein Weg! Und wenn jemand, bei dem es darauf ankommt, seinen Weg verfehlt, dann lässt ihn das Schicksal nicht ziehen. Dann erhält er deutliche Korrekturen, und zwar in Form von Leiderfahrung, solange, bis er auf den Weg der Wahrhaftigkeit zurückkehrt."

Wenn Mark die Sprache, die Lea anschlug, einmal mehr als befremdlich erschien, ihre Worte spendeten Linderung. Er trank davon wie ein Verdurstender, der durch eine Wüste geirrt war und sprudelndes Quellwasser entdeckte. Sein Leiden machte Sinn. Mit Recht hatte er sich über das Pech empört, das so gezielt auf ihn niedergeprasselt war, aber in der Absicht, die er dahinter vermutete, hatte er sich geirrt: Nicht wurde er gequält, weil Gott und das Schicksal ihn hassten, sondern weil sich beide ein Bein ausrissen, um ihm zu zeigen, dass er vom rechten Wege abgekommen war.

„Das erklärt es!", rief er aus. „Jetzt wird mir klar, was die letzten Monate passiert ist. Ich war auf einem Irrweg, und ich habe das nicht erkennen wollen!"

Leas Flecken glühten.

„Was willst du jetzt tun, wo dir das klar geworden ist?"

„Tja, wie komme ich sofort aus dem verfluchten Bund raus? Es muss eine Möglichkeit geben ..., ich könnte eine Krankheit simulieren, Epilepsie zum Beispiel, wie in den Bekenntnissen des Hochstaplers Felix Krull ..."

„Nein!“ Lea schüttelte den Kopf.

„Das ist nicht der Weg der Wahrhaftigkeit. Wichtig ist, dass du dich innerlich zum Wesentlichen hin ausrichtest! Dann können dir die widrigsten Umstände nichts mehr anhaben, und der richtige Weg ebnet sich ganz von selbst … Ich hatte das Glück, in der entscheidendsten Phase meines Lebens von einem Menschen zu hören, dessen *WEG-Gang* mir eine solche Ausrichtung gegeben hat. Er hat unter den schlimmsten Bedingungen leben müssen, in einem Umfeld so grausam, dass wir es uns nicht vorstellen können – und hat sich keinen Moment verleugnet! Es könnte dir helfen, von ihm zu hören. Ich möchte dir etwas zeigen …“
Lea erhob sich und verließ die Küche.

Mark hatte Lust, die erhebenden Gedanken bei einer Zigarette nachklingen zu lassen, allerdings ohne Leas Gegenwart. Er simulierte den Zug an einer Zigarette und blies imaginären Rauch in die unschuldige Küche. Die letzten Monate erschienen ihm wie ein böser Spuk, der ihn eingefangen und unter Trance gesetzt hatte. Aber jetzt war er aufgewacht, es war wieder Kraft in ihm, und obwohl er noch keine Ahnung hatte, wie er sie einsetzen würde, durchflutete ihn Hoffnung. In dieser Erleichterung, in dieser nach Monaten zum ersten Mal wieder fühlbaren Zuversicht wollte Mark rauchend schwelgen.

Während er die Küche vergeblich nach einer Uhr absuchte, überlegte sich Mark einen Vorwand, unter dem er möglichst schnell verschwinden konnte. Eine weitere Verabredung am Sonntagvormittag? Nein, das war unglaubwürdig. Aber Kopfschmerzen, die Nachwirkungen der gestrigen Nacht, in der er sich, ohne Ahnung von der bevorstehenden Erleuchtung, die Kante gegeben hatte, damit konnte er arbeiten.

Lea kam wieder, den Blick gesenkt auf ein großformatiges, weißes Buch, das sie vor sich hertrug. Sie setzte sich, schloss die Augen und atmete tief ein, dabei drückte sie das Buch an ihre Brust. Der Titel blieb unter ihrem Unterarm verborgen.

„Bevor ich dir das Buch gebe, möchte ich dir von dem Mann berichten, der es geschrieben hat! Möchtest du von ihm hören?"

„Ja, gerne ...", sagte Mark und ärgerte sich.

Leas heiliges Getue machte es ihm unmöglich, das Ende ihres Treffens einzuleiten oder gar zügig zu bewirken. Die imaginäre Zigarette, die Mark schon an den Lippen gespürt hatte, musste er wieder wegstecken.

„Ich werde dir nun von Adamantos erzählen – und von dem unglaublichen Weg, den er gegangen ist."

Kapitel 18
Das Buch

In Marks Bauch schien sich eine riesige Kugel zu befinden, eine dunkle Schwärze, die sich ausbreitete und alles, an was er je geglaubt hatte, zu verschlingen drohte.

War *das* Gottes Antwort auf seine Forderung nach einem Wunder gewesen?
Ihm die Erkenntnis zu vermitteln, dass das Leben in Wahrheit eine todernste Sache war?
Hatte es nicht einmal Leichtigkeit gegeben, war er nicht noch vor nicht noch vor kurzer Zeit in die anbrandenden Wellen gesprungen, hatte sich ins leuchtende Wasser gestürzt und frei gefühlt? Wie weit war er jetzt davon entfernt. Wie unerreichbar schien es zu sein, jemals wieder Spaß haben zu können!

Er wünschte, er hätte niemals die Geschichte von Adamantos gehört, er wünschte, er hätte das Buch nicht unter dem Arm.

Als Mark auf dem Weg zur Bushaltestelle am Winterhuder Marktplatz die Ludolfstraße hinunterging, geriet er in einen Hinterhalt. Wie ein lauernder Köter, der einen Passanten unbehelligt am Zaun vorübergehen lässt, hatte die dortige Kirche ihn passieren lassen, um ihn im letzten Moment doch noch anzufallen. Der gewaltige Glockenschlag traf Mark wie der Schuss eines Attentäters, er torkelte, drohte zu fallen, und rettete sich in einen Laufschritt hinein, um weiteren Schüssen, Schlägen, Angriffen zu entgehen.

Er rannte.
Er hatte nur ein Ziel: seine Wohnungstür hinter sich mehrfach zu verschließen, den Hörer vom Telefon zu nehmen, die Fenster zu verdunkeln – und sich in seinem Bett für die nächsten Stunden zu verkriechen.

*

Als Mark aufwachte, war es Nachmittag. Die Sonne schaffte es nicht, durch die Wolken zu dringen, ein kaltes Licht erfüllte seine Wohnung. Durch das Küchenfenster sah er auf die schwarz geteerten Dächer der gegenüberliegenden Backsteinhäuser, vereinzelte Pfützen, regnete es noch?
Ja, es nieselte, und der Himmel würde für immer grau bleiben.

Er dachte an Jamaika.

Er dachte daran, wie er immer morgens die Schiebetür öffnete, auf die Terrasse trat und durch die Palmenblätter hindurch auf den strahlenden Türkis des Karibischen Meeres blickte. Wie ihm hinter dem großen Hotelzaun Earl mit den Dreadlocks zuwinkte: „Irie, Mark! Jah – Rastafar-I!" Und wie der Pfau seinen gellenden Schrei ausstieß und mit ausgebreitetem Fächer über die Wiese lief.

Bis zum letzten Tage, bis zu dem Moment, wo er in Altona in den Bundeswehrzug gestiegen war, hatte Mark geglaubt, sein Vater würde hinter der nächsten Ecke hervorkommen und ihn doch noch nach Jamaika holen.
„Hattest du wirklich geglaubt, ich würde dich im Stich lassen?"
Und er hätte unter Tränen gelacht und gesagt:
„Nein, nein, so schwer es gewesen ist, tief in mir drinnen habe ich nie daran gezweifelt!"

Wie er auf der Zugfahrt aus dem Fenster auf die öden, kärglich mit Schnee bedeckten Felder Schleswig-Holsteins gestarrt und immer wieder geflüstert hatte: „Es kann nicht wahr sein ..."
Und der große, bis dahin unzugängliche Typ, der Prinz Denmark rauchte und später in Uniform Wallner sein würde, gefragt hatte:
„Was kann nicht wahr sein?"
„Dass ich hier bin ..."

„Tja, du bist ja ein Träumer! Wir sind auf dem Weg zur Kaserne, und wir haben 15 Monate Bundeswehr vor uns. Das sind die Tatsachen!
Willkommen in der Realität!"

Und ihm dann die zerknitterte Packung mit den verbogenen Zigaretten hingehalten hatte. Mark hatte eine genommen, den Rauch tief inhaliert, mit dem Kopf geschüttelt und geantwortet: „Nicht mit mir!".

Inzwischen wusste er, dass Wallner an seine kommunistische Ideologie glaubte und mit seinen Genossen eine schöne Zeit gemeinsamer Sabotage-Aktivitäten vorbereitet hatte. Bei Mark sah das anders aus: Für ihn war die Bundeswehr reine Zeitverschwendung. Ein Gefängnisaufenthalt, der ihn davon abhielt, auf Jamaika sein Leben zu genießen und dort den einen großen Roman zu schreiben, der die Welt aus den Angeln heben würde:
Eine Mischung aus *Inseln im Strom* und *Wendekreis des Steinbocks* schwebte ihm vor. Aber er, Mark Hellberg, er würde noch wahrhaftiger schreiben, als es Hemingway und Henry Miller je vermocht hatten.

Die Erleichterung, die Mark zu Beginn des Frühstücks bei Lea gekostet hatte, war vollständig verschwunden. Die Dinge waren gleich einem trügerischen Pendel für einige Sekunden ins Lot gekommen, jedoch nur, um den

nächsten extremen Ausschlag vorzubereiten. Am Liebsten hätte er das Buch von Adamantos bei Lea gelassen, um sich der Last gleich wieder zu entledigen. Nun würde er es zurückbringen müssen und hatte wieder ein Treffen mit ihr an der Backe.
Es war wie verhext, er wurde die Alte nicht los.

Er machte sich einen Kaffee, packte ein paar Löffel mehr in die Filtertüte. Mark wollte wachwerden, er wollte sich konzentrieren und seine Kraft wiederfinden. Während er sich eine Zigarette anzündete, fiel sein Blick ins Wohnzimmer, wo das Zeugnis von Adamantos auf seinem Schreibtisch lag. Dieses Buch mit seinen Bekenntnissen aus dem Konzentrationslager sollte in der Seele die edelsten Regungen bewirken.

Lies mich, du armseliges Würstchen!, rief es ihm zu.

Ich verstehe es selbst nicht, wie ich in der Wohnung eines Unwürdigen zum Liegen gekommen bin, aber nun, wo es einmal geschehen ist, fordere ich die Nachfolge! Durch ein Missverständnis, durch eine unbekannte Störung im Gefüge des Universums, die mit der seltsamen und unerklärlichen Verkennung deiner Persönlichkeit durch die ansonsten untadelige Lea zusammenhängt, hast du, der nie davon hätte hören dürfen, von Adamantos' Schicksal gehört und musst dich seinem Weg der Menschlichkeit beugen – genau wie die Auserwählten, die rechtmäßig davon gehört haben.

„Warum eigentlich?“, rief Mark zurück.

Das Buch schwieg. Es duldete keine Anfechtung. Es thronte auf dem Schreibtisch in moralischer Unerreichbarkeit und forderte wie ein Monarch bedingungslosen Gehorsam. Sein Leben gehörte nicht mehr ihm, alles, was Mark je würde vollbringen können, war angesichts des von Adamantos Geleisteten bedeutungslos.

Oder verhielt es sich genau umgekehrt?

War Mark ein kleiner Fischer, der jeden Tag seine Netze auswarf, abends den kargen Fang beklagte und nun die einmalige Chance erhalten hatte, aus einem erbärmlichen Dasein in ein anderes, bedeutungsvolleres emporgehoben zu werden?

Das Buch!
Das Buch würde die Entscheidung bringen!
Entweder würde dieses Zeugnis der Wahrheit Mark berühren und verwandeln, oder nicht. Und wenn nicht, dann war die Sache gegessen. „Du, Lea“, probte Mark, „ja, ich habe das Buch gelesen, aber es hat mich nicht erreicht.

Tut mir leid, du hast dich in mir geirrt, lassen wir es dabei bewenden …! Jaja, du mich auch! Lebwohl!“

Es begann, Mark besser zu gehen. Es gab wieder Luft zum Atmen. Er schenkte Kaffee ein, zündete sich eine weitere Zigarette an. Mit der Kaffeetasse in der einen Hand, Aschenbecher und dampfender Kippe in der anderen, machte er sich ins Wohnzimmer auf, um den Altar zu entweihen.

Er schlug den schweren, mit weißem Leinen überzogenen Einband auf und wurde von einem Vorwort begrüßt. Es war von einem Mithäftling verfasst worden und berichtete davon, wie Adamantos den Weg der Menschlichkeit im Konzentrationslager Buchenwald geprägt hatte.
Davon hatte ihm auch Lea erzählt:
Selbst die brutalsten Lageraufseher hatte er durch seine unnachgiebige Haltung in der Menschlichkeit wandeln können und, las Mark, sie hörten sogar auf, die Häftlinge zu schlagen. Und obwohl es kaum etwas zu essen gab, verzichtete Adamantos aus Anteilnahme an den Tieren auf jegliches Fleisch. Ab und zu eine Kartoffel, ansonsten ernährte er sich von GEIST.

Der Schilderung des Mithäftlings folgte der Abdruck eines Briefes an das Oberkommando der Deutschen Wehrmacht. Offenbar war Adamantos 1940 zum Kriegsdienst einberufen worden, auf dem kostbar anmutenden Papier war seine damalige Antwort gedruckt: Er verweigere den Dienst an der Waffe, weil das Heilige Deutschland den Weg des Friedens und des Geistes fordere. Noch sei es nicht zu spät. Er verlange daher, sofort mit Hitler zu sprechen.

Mit einer Warnung endete das Schriftstück:

Was mit ihm, Adamantos, dem formgewordenen Gott in der Menschlichkeit von nun an geschehe, würde zugleich über das Schicksal Deutschlands entscheiden.

Daraufhin sei die Gestapo angerückt, hatte ihm Lea erzählt, und habe Adamantos an die Wand stellen wollen. Und Mark erinnerte sich an Leas eindrücklichen Hinweis, man habe in Adamantos keinen weltfremden Idealisten vor sich, sondern den gegenwärtigsten Realisten, den man sich nur vorstellen könne. Seine Ausstrahlung und entwaffnende Menschlichkeit haben den Gestapo-Chef davon abhalten können, den Erschießungsbefehl auszuführen. Man verhörte ihn, und – glücklicherweise!, wie Lea angemerkt hatte – steckte ihn im Konzentrationslager nicht zu den Geisteskranken, sondern zu den politischen Gefangenen.

Adamantos, las Mark weiter in dem Vorwort, habe dort fünf Jahre überlebt und die Menschlichkeit für die Welt gerettet. Wie er das gemacht hatte, davon zeuge nun dieses Buch, und Mark konnte es nun nicht mehr erwarten, die erste Seite aufzuschlagen, die Adamantos selbst geschrieben hatte.

Die folgenden Worte, las Mark, erschlössen sich nur dem, der sich dafür öffne, auf welchen Boden sie gesagt worden seien:

Sie hörten die Glocken wohl, allein die Botschaft des GOTTESMENSCHEN blieb ihnen verborgen.
– nach Goethe

Sei GUT, sei stark! Kämpfe in der MENSCHLICHKEIT!
– Adamantos

Und was ihr heute nicht in der MENSCHLICHKEIT leben könnt,
wird nie!
– nach George

Die stillsten Gedanken werden den Sturm bringen. Die MENSCHLICHKEIT, die die Welt bewegt, kommt auf Taubenfüßen.
– nach Nietzsche

Ein Zitat folgte dem nächsten, von Goethe, Schiller, Stephan George, immer wieder Nietzsche, und dann noch

von einem Mann namens Otto Weininger, den Mark nicht kannte. Ab und zu ein Satz von Adamantos eingestreut. Er überschlug die erste Seite, die zweite, er raste durch das Buch, begann die Blätter durch die Hand fahren zu lassen – es war nur eine Sammlung abgewandelter Zitate, durchsetzt mit den in Großbuchstaben hervorgehobenen Worten Menschlichkeit, das Gute und Gott.
Hunderte von Seiten.

Mark war enttäuscht. Kein persönliches Wort, keine Schilderung davon, wie *genau* Adamantos die Lageraufseher gewandelt hatte. Stattdessen nur dieses ewige Gesäusel über Menschlichkeit.

Gut, überlegte er, es ging wohl darum, sich vorzustellen, in welcher Situation diese Worte gesagt wurden. Dass sie von Adamantos im Konzentrationslager gesagt worden waren – das allein verlieh ihnen Bedeutung, daher waren sie eine *Tat*: ein gelebter Ausdruck der Überwindung des Kreatürlichen durch den Geist.

Aber das brachte Mark nichts.

Das Vorwort fand er interessanter: Man konnte in jeder Situation, egal welche Konsequenzen es hatte, für seine Überzeugung eintreten. Man konnte sich allem und

jedem jederzeit entgegenstellen … Und ein in seiner Ungeheuerlichkeit unfassbarer Gedanke bemächtigte sich Mark:
Man konnte daher auch jederzeit den Dienst an der Waffe verweigern.
Auch jetzt, auch jetzt noch, wenn man bereits bei der Bundeswehr war. Wenn Adamantos 1940 den Kriegsdienst verweigert hatte, dann konnte Mark das 1985 auch tun, nur würde er nicht in ein Konzentrationslager kommen. Wenn er morgen *Stopp!* sagen würde, *ich mache nicht mehr mit!*, dann würden sie ihn wegen Befehlsverweigerung einsperren, wahrscheinlich irgendwo in der Kaserne, in einer Einzelzelle, weit weg von Hahn!

Sein Schicksal bei der Bundeswehr war doch ohnehin besiegelt, ha, was würde denn passieren, wenn er noch einmal wagen sollte, das Fenster auf Kipp zu stellen? Nicht einmal mehr das konnte er tun, denn jederzeit konnte es Hahn einfallen, ihn wieder zu demütigen. Er war doch schon längst im Gefängnis, ha, man würde ihn also einsperren, wahrscheinlich für ein paar Wochen, aber dann hätte er wenigstens seine Ruhe und könnte intensiv schreiben. Und wenn man dann erkannte, dass er in seiner Haltung nicht zu brechen war, würde man ihn unehrenhaft entlassen.

Und dann?
Jamaika!

Er konnte aus der Bundeswehr raus, wenn er es wollte, sogar schon heute! Das war noch besser: Er würde einfach gar nicht mehr hinfahren, und nach ein paar Tagen würden die Feldjäger kommen und ihn abholen ...

Aber die Welle der Euphorie, die Mark durchflutete, ebbte schon wieder ab, ein mulmiges Gefühl befiel ihn. War das nicht alles Wahnsinn?
Nein, er brauchte Informationen, es musste doch schon ähnliche Fälle gegeben haben. Er sprang auf, so abrupt, dass der Stuhl hinter ihm umfiel.

Wo war sein Notizbuch mit den Telefonnummern?

Kapitel 19
Der Brief

„Dui hasch Gli...ück", sagte Reiner, sein früherer Philosophielehrer, kaute und schluckte, „... sind zwar gerade beim Essen, aber Stephan sitzt hier. Der ist Spezialist für Kriegsdienstverweigerung, ich geb' ihn dir mal."

Die Idee, einfach nicht mehr in die Kaserne zu gehen, wurde sogleich als eine Nicht-Option vom Tisch gewischt. Auch jetzt plötzlich den Irren zu spielen, wie Mark vorschlug, sei keine gute Idee.
„Davon würde ich dringend abraten! Erstens ist es sehr, sehr schwierig, das Ding glaubhaft durchzuziehen, zweitens versaust du dir komplett deine Zukunft!"

Mark hörte Stephan schmatzen.

„Aber ..., uhm ..., ah, lecker!, uhm ..., du kannst sofort den Kriegsdienst verweigern ..., Mitteilung per Einschreiben an das zuständige Kreiswehrersatzamt genügt! Ah, war das gut! Mh ..., und in deiner Einheit musst du gleich morgen früh den Kompanieführer von deiner Entscheidung unterrichten!"
Mark hörte das Klacken eines Feuerzeugs durch das Telefon und steckte sich gleich eine mit an.

„Du musst dir nur klar darüber sein, ob du jede Art von Waffendienst verweigerst oder nur das Schießen. Das Letztere würde ich empfehlen."

Mark überlegte: Der schlimmste Dienst beim Bund war der Wachdienst, auch bestand hier dauernd die Gefahr, am Wochenende dazu eingeteilt zu werden. Diese Geißel musste er sich auf jeden Fall vom Hals schaffen.

„Und wenn ich keinen Wachdienst mehr machen will?"

„Ja gut, dann darfst du die Waffe überhaupt nicht mehr anfassen! Aber selbst dann, wenn sie dir befehlen, die Waffe zu nehmen, kannst du es unter Protest tun. Das muss allerdings schriftlich festgehalten werden, dann kann dir daraus in der Verhandlung kein Strick gedreht werden. Wenn du generell jeden Waffendienst ablehnst, dann ist das direkte Befehlsverweigerung und sie können dich arrestieren. Aber du musst immer bedenken, dass die Leute beim Bund so wenig Arbeit wie möglich haben wollen. Wenn sie dich nämlich einsperren, gibt es einen riesigen schriftlichen Aufwand. Daher wird es bei Soldaten, die in der Einheit verweigern, meist so gehandhabt, dass man sie zumindest bis zur ersten Verhandlung vom Waffendienst suspendiert."

„Das würde ich lieber riskieren, als noch ' ne Wache zu schieben“, sagte Mark.
„Die gute Nachricht ist: Die Verhandlung muss zügig anberaumt werden. Ein, zwei Wochen, höchstens, die musst du dann noch durchhalten!“
„Hm, nicht schlecht …“

So einfach war das? Mark bekam wieder Hoffnung.

„Uhum, es gibt aber noch ein Problem: Wie willst du die Verhandlung gewinnen? Du musst ja plausibel erklären, dass sich nach vier Monaten Dienst plötzlich dein Gewissen meldet und dich zur Verweigerung zwingt?“

„Ein einschneidendes Ereignis muss her“, hörte Mark Reiner aus dem Hintergrund, „und das muss zu einem Durchbruch deines Gewissens geführt haben!“

Mark hörte, wie Reiner und Stephan diskutierten, was man da mal nehmen könne, da schlug er Adamantos vor.

„Ich höre an diesem Wochenende davon, ich bekomme seine Bekenntnisse aus dem KZ …, und die berühren mich so, dass spontan mein Gewissen durchschlägt und mich zur Verweigerung zwingt! Wie ist diese Version?“

„Nicht schlecht! Besonders die Sache mit dem KZ ist gut. Die musst du aber richtig dick auftragen. Das Leiden im KZ, die Gewalt, das Unrecht und das Sterben ..., als dir das alles so richtig klar geworden ist, da hat es dein Gewissen so berührt, dass es dir ab sofort nur noch unter größtem Leiden möglich ist, eine Waffe in die Hand zu nehmen. Und dieses Leiden ist dir, dafür gibt es diesen Artikel 4, Absatz 3 des Grundgesetzes, eben gerade nicht zuzumuten!“

„Das könnte sogar klappen ...“, hörte Mark Reiner aus dem Hintergrund.

„Aber Vorsicht!“, mahnte Stephan. „Das Gesetz erlaubt nur eine Verweigerung aus Gewissensgründen, keine aus taktischer Überlegung! Auch keine aus ethischer oder politischer Überzeugung!“

„Jaja, das kriege ich schon hin. Aber wenn das alles klappt und ich in der ersten Verhandlung durchkomme, was passiert dann?“

„Dann sieht es richtig gut aus: Du wirst sofort beurlaubt! Das dauert ein paar Wochen oder sogar Monate, bis das alles formal erledigt und rechtskräftig ist. Danach musst du den Zivildienst ableisten, der verlängert allerdings deine gesamte Dienstzeit von 15 auf 20 Monate. Aber das wird locker, ich kann dich in einer Sozialstation

unterbringen, da musst du nur ein, zweimal am Tag für ältere Menschen einkaufen gehen, dauert insgesamt höchstens ' ne Stunde ..."
„Das ist akzeptabel!", lachte Mark.

In Wahrheit war er an der Beurlaubung hängengeblieben. Jamaika war direkt in Sichtweite.
„Ich glaub' , ich mach' s!"

Eine Stunde später befand sich Mark unweit seiner Wohnung vor dem gelben Postbriefkasten, der an einer Hauswand hing. Er hatte den Brief zur Hälfte in die Klappe gesteckt, aber noch nicht losgelassen.

In diesem Brief befand sich ein Zettel, auf dem Mark unter der Anschrift des Kreiswehrersatzamts und des Datums nur einen Satz hingekritzelt hatte:

Sehr geehrte Herren,

hiermit beantrage ich die Anerkennung als Kriegsdienstverweigerer aus Gewissensgründen gemäß Artikel 4 Absatz 3 des Grundgesetzes.

Er zündete sich eine Zigarette an, spielte mit dem Brief in der Klappe, schob ihn rein und zog ihn fast wieder ganz raus, rief „Nein!", und dann wieder „Ja!", bis es der

Klappe genug wurde und sie das weiße Kuvert mit einem Schnappgeräusch verschluckte.

Bevor Mark sich aufmachte, mit dem Bus zum Hauptbahnhof zu fahren, fiel ihm Lea ein. Die musste er sich noch schnell vom Hals schaffen. Er rief sie an, wies darauf hin, dass er sich bereits so gut wie auf den Weg nach Schleswig in die Kaserne befinde, wolle sich aber noch kurz bei ihr für das Buch bedanken und sie gleichzeitig darüber informieren, dass er womöglich die nächsten Wochen nicht mehr erreichbar sei.

Warum?

Weil er sich entschlossen habe, den Kriegsdienst zu verweigern und nie wieder eine Waffe in die Hand zu nehmen. Es könne sein, dass man ihn wegen Befehlsverweigerung einsperre, das werde sich schon am nächsten Tage entscheiden. Mehr könne er dazu jetzt nicht sagen, sonst würde er den Zug verpassen. Danke noch einmal für alles, und:

Lebwohl!

Kapitel 20
Das Wagnis

Kaum war am späteren Vormittag die Tür hinter Mark ins Schloss gefallen, steuerte Lea durch den langen, dunklen Flur in ihr Schlafzimmer. Der Versuchung, kurz in die Küche abzubiegen und die auf dem Küchentisch verbliebenen Tassen wegzuräumen, widerstand sie. Sie rannte und schmiss sich mit Anlauf auf ihr Bett.
Was war das?

Ein unkontrollierbarer Impuls war durch sie hindurchgegangen und hatte sie wie einen Teenager auf das sorgsam mit einer kostbaren Überdecke geglättete Bett springen lassen. Es befiel sie der Gedanke, wie ein Kind durch ihre Wohnung zu rennen, Höhlen zu bauen, Versteck zu spielen, frei zu sein und zu lachen. Sich um nichts mehr zu kümmern, ja nicht einmal mehr zu wissen, dass es so etwas gab wie Verantwortung, Zukunft, Notwendigkeit, Verpflichtung …

Später saß sie auf dem Sessel vor dem Fenster, ihr Blick fiel auf die wieder glattgestrichene Überdecke. Einen Moment lang hatte sie ihre Mitte verloren, aber anders als im Konzentrationslager wurde diese Entgleisung nicht sofort bestraft. Wie recht Adamantos doch damit hatte, rief sie sich in Erinnerung, wenn er immer wieder sagte, die Menschlichkeit zu erlangen sei für sie alle schwieriger als damals für ihn. Es ginge ihnen zu gut, das sei das Problem. Das Konzentrationslager war die härteste und damit *kostbarste* Schulung gewesen, in der Gegenwart ausgerichtet zu bleiben. So eine Entgleisung, so ein kurzzeitiges Loslassen der Ausrichtung, wie sie es sich gerade gestattet hatte, hätte im KZ den sofortigen Tod bedeutet. Dort wäre man verloren gewesen, wenn man sich nur einen einzigen Augenblick Wehmut oder Sehnsucht zugestanden hätte. Man wäre vom Weg abgefallen, der Zweifel hätte sich ausgebreitet und den Geist in die Tiefen des Leidens hinabgezogen.

Wieder machte sich Lea bewusst, wie unfassbar, wie übermenschlich die Leistung von Adamantos gewesen war. Wie vermessen, wie naiv war es, sich mit ihm zu vergleichen! Lea erschauerte. Hatte sie sich verschätzt, hatte sie einen Fehler begangen, Mark die Bekenntnisse von Adamantos mitzugeben?

Nach zehn Jahren in Adamantos' Nähe hatte sie es als Erste wieder gewagt, die Bekenntnisse weiterzugeben. War sie zu voreilig gewesen, hatte sie in ihrem Wahn, Mark vor eine Entscheidung stellen zu wollen, seine Unberechenbarkeit vergessen? Es bedeutete ja nichts, wenn er Zustimmung äußerte. Er sah darin keine Verpflichtung, es erwuchsen ihm keine Konsequenzen daraus. Schon im nächsten Moment, das hatte sie in der Vergangenheit zur Genüge beobachtet, konnte er das Gegenteil von dem tun, wovon er eben noch überzeugt zu sein schien.

Sie sah ihn das Buch im Bus vergessen. Wie er ausstieg und dieses kostbare Zeugnis, für das andere ihr Leben gewagt hatten, achtlos auf einem befleckten und aufgerissenen Polster liegen ließ. Wie Neonazis es in die Hände bekamen, darüber lachten und es in den Dreck warfen oder, noch schlimmer, es weitergaben. Mein Gott, dachte Lea, wenn dieses Buch in die falschen Hände käme, dann war ja alles gefährdet, wofür Adamantos gekämpft hatte.

Sie hatte sich hinreißen lassen!

Sie hatte sich einen Traum erlaubt, der ihre Sicht auf die nüchterne Realität getrübt hatte. Sie hatte geglaubt, sie würde denjenigen finden, jenen einen Repräsentanten der jungen Menschheit, der zu Adamantos kommen und ihm die Last abnehmen würde. Die anderen, die schon lange vor ihrer Zeit bei Adamantos gewesen waren, hatten Adamantos nicht erlösen können, und sie, Lea, der letzte Bewerber, den Adamantos zugelassen hatte, war ebenso daran gescheitert.

Wie hatte sie nur glauben können, ausgerechnet Mark sei in der Lage, das Unmögliche zu vollbringen?

Lea räumte die Tassen ab, die noch vom Vormittag auf dem Tisch stehen geblieben waren. Mark hatte kaum von dem Tee getrunken, obwohl er auf ihre Nachfrage „gerne noch mehr" geantwortet hatte.

Sie setzte sich wieder an ihren Schreibtisch, mit dem Vorsatz, die Arbeiten zu korrigieren, die noch übrig geblieben waren. Gestern Nachmittag hatte sie unglaubliche 15 geschafft und sich zwingen müssen, aufzuhören. Viele Schüler hatten im *Steppenwolf* Hesses Sehnsucht nach Menschlichkeit klar herausgearbeitet, und das hatte Lea beflügelt. Es war ein Geschenk, die Samen der Menschlichkeit unter die jungen Seelen zu säen und die ersten Früchte ernten zu dürfen. Sie hatte sich darauf gefreut, heute die restlichen zehn Arbeiten durchzusehen, um bereits morgen, am Montag, nach nur einem Wochenende dazwischen, die Klassenarbeiten wieder zurückzugeben. Nicht nur den Schülern, auch dem Kollegium hätte das gezeigt, wie ernst die neue Deutschlehrerin ihre Arbeit nahm.

Aber daraus würde nichts werden.

Die linierten DIN-A4-Bögen mit den hingekritzelten Wörtern blieben unzugänglich, die Sternchen und Pfeile, die auf später hinzugefügte Ergänzungen verwiesen, waren ihr, so sehr sie sich bemühte, nicht nachvollziehbar. Nachmittag war es bereits geworden.
Aber war Mark überhaupt nüchtern gewesen?

Ein Klingeln des Telefons riss sie aus den Gedanken.

Kapitel 21
Der Trumpf

Am späten Sonntagnachmittag, in einem von dunklen Wolken gedämpften Licht, das wie eine vorgezogene Dämmerung wirkte, schaltete Lea die Scheinwerfer an, setzte rechts den Blinker und bog in die vierspurige Straße ein, die sie immer geradeaus aus der Stadt hinausführen würde. Diese monotone Strecke, die sie dreimal in der Woche fuhr und die ihr kaum noch Aufmerksamkeit abforderte, nutzte sie, um sich auf die bevorstehende Begegnung mit Adamantos einzustimmen.

Diesmal würde es anders werden, noch bedeutender als sonst, denn sie hatte eine Botschaft zu überbringen, die für Adamantos – und sie alle! – von äußerster Wichtigkeit war. Für die Übermittlung musste sie allerdings den geeigneten Moment abpassen. Das war nicht leicht, denn in Adamantos' Anwesenheit hatte man immer aus der Gegenwart zu agieren.

Im Vorhinein überlegte Sätze, die durch Aufregung und übermäßige Spannung zu einem unpassenden Zeitpunkt geäußert wurden, konnten Unheil heraufbeschwören, das nicht nur den Verursacher traf, sondern den gesamten Kreis in eine Krise stürzte.

Das galt es unbedingt zu verhindern.

Sie würde warten, bis Tee und Gebäck verzehrt worden waren, warten, bis Adamantos sich in seinen Sessel gesetzt hatte, vielleicht auch den ersten kritischen Moment aushalten, wo sich Stille im Raum ausbreitete und Adamantos in eisernes Schweigen verfiel. Und das Wagnis begehen, mitten in diese Gefahr hineinzusprechen! Wenn man das tat, musste man einen gewaltigen Trumpf im Ärmel haben, und Lea glaubte, einen solchen zu haben und zur rechten Zeit ausspielen zu können.

Sie hatte die Stadtgrenze erreicht und fuhr auf die Landstraße, die, wie üblich am frühen Sonntagabend, kaum befahren war. Sie registrierte an der Peripherie, dass sie an einer Schule mit einer großen Turnhalle vorbeikam, und erinnerte sich, wie sie Mark damals kennengelernt hatte. Sie hatten Fußball gespielt, und Bernhard hätte ihr vorher nicht den Hinweis geben müssen, auf diesen vielversprechenden jungen Mann besonders zu achten, sie hätte ihn selbst entdeckt. Ein absoluter Sportler, hochbegabt und mit dem eisernen Willen ausgestattet, niemals zu verlieren. Außerhalb des Sportunterrichts war es schwer gewesen, an ihn heranzukommen, aber sie hatte gemerkt, dass er hinter seiner arroganten Fassade eine tiefe Unsicherheit versteckte.

Denn innerlich war er verloren.

Wie sollte es auch anders sein, ohne die Ausrichtung in der Menschlichkeit?

Nun war der Funken gezündet, sie hatte sich nicht geirrt. Wenn sich dieser junge Mann mit seiner ganzen Willensstärke für die Menschlichkeit einsetzen würde, dann könnte er der Eine sein, auf den Adamantos jahrzehntelang gewartet hatte: Jener Vertreter der jungen Menschheit, der sofort an den Weg von Adamantos anschloss und mit einer *Tat* antwortete!

Ich bin so dankbar, Adamantos, an das von dir Geleistete einfach anschließen zu dürfen und den Jüngeren in der Menschlichkeit zu begegnen. Und sie sind so offen dafür. Ich habe das gerade heute wieder so eindrucksvoll erleben dürfen!

Lea probte den Einstieg. Adamantos würde auf ihren Satz, den schon so viele gesagt hatten, wahrscheinlich nicht reagieren, sie nicht einmal eines Blickes würdigen. Vielleicht riskierte der eine oder andere ein zaghaftes „Ja, so ist es!“, aber dann würde sich eine Irritierung ausbreiten.

Zweiunddreißig Augenpaare würden sich auf sie richten, und schließlich das dreiunddreißigste.

So …? Vielleicht nur dieses eine Wort von Adamantos, triefend vor Skepsis, oder Adamantos würde abwinken und sagen: *Erlösung dem Erlöser!*

Niemand würde sie mehr retten können, sie hätte die Aufmerksamkeit von Adamantos gefordert und müsste etwas bringen. Viktor würde schnaufen, aber auch er könnte ihr nicht mehr mit einer hochgeistigen Bemerkung zur Seite springen und das Unvermeidliche abwenden.

Adamantos würde nun nicht mehr von ihr lassen.

Er würde überprüfen, ob sie beglaubigen konnte, was sie gesagt hatte. Und was vielleicht jeder im Raum für den Beginn einer neuen Krise hielt, in der Adamantos einmal mehr alles infrage stellte, was sie, die Adepten der Menschlichkeit, überhaupt leisteten, würde in Wahrheit ihren einen großen, ja größten Moment vorbereiten.

Ja, so würde es sein, und Lea glitt durch eine in der Dunkelheit schillernde Welt.

Kapitel 22
Die frohe Botschaft

„Ich habe heute einem jungen Mann, den ich seit einigen Jahren beobachte, das Buch mit deinen Bekenntnissen gegeben!“
„Die Bekenntnisse?!“

Adamantos blickte in eine schweigende Runde. Wisst ihr, wie gewichtig das ist, was hier geschehen ist, schienen seine Augen zu fragen. Hie und da erklang ein fragendes „Oh?!“

Eine Geste von Adamantos brachte alle zum Schweigen.

Er beugte sich nach vorne und wandte seinen Blick zu Lea, die am anderen Ende des Sofas saß.
„Was ist das für ein junger Mann?“
„Er ist bei der Bundeswehr.“
„Was? Bei der Bundeswehr?!“
Schieres Entsetzen spiegelte sich in Adamantos' Gesicht.
„Um Gottes Willen ...!“, entfuhr es Viktor, der direkt neben Lea saß.

„Wenn einer das Töten lernt, dann kann man ihm doch nicht die Bekenntnisse geben!“

Adamantos hob die Hände und blickte in die Runde. War denn, nach allem, was geleistet worden war, niemand hier, der wenigstens das Einmaleins der Menschlichkeit begriffen hatte?
Doch, doch, es war!

Ein Chor hob an, selbst die, die in den hinteren Reihen saßen und beinah nie etwas sagten, erkannten die Not der Stunde und schüttelten ihre Köpfe.
„Nein, natürlich darf man so einem nicht die Bekenntnisse geben!"
„Unfassbar!"

Und Lea, lächelte sie gar?
Offenbar war sie sich des Ausmaßes der Schuld, die sie mit diesem Vergehen auf sich geladen hatte, nicht bewusst.
„Ich habe ihm heute Morgen die Bekenntnisse gegeben. Eben hat er mich noch angerufen."

„Und?", donnerte Adamantos.

„Er hat sie gelesen und war so berührt davon, dass er sofort den Kriegsdienst verweigert hat! Er ist nun auf dem Weg zurück in seine Kaserne. Er wird nie wieder eine Waffe in die Hand nehmen! Und dafür nimmt er in Kauf, eingesperrt zu werden."

Adamantos schloss die Augen.
Ehrfurcht erfüllte den Raum.
Dann hob der Chor an:
„Wie wunderbar!"
„Großartig!"
Viktor konnte nicht mehr an sich halten:
„Die Menschlichkeit kann immer nur in der menschlichkeitlichen Entsprechung antworten!"

Wieder brachte eine abwinkende Handbewegung alle zum Schweigen.
„Dieser junge Mann ist ernstzunehmen!"

Noch während man darüber nachdachte, welche Konsequenzen diese Aussage nach sich ziehen musste, lächelte Adamantos Lea an.
„Du liebes Kind, du treue Seele ..."
Leas Wangen glühten.
„Danke, Adamantos, danke ..."

Adamantos' Blick schweifte durch die Runde.
„Dies ist doch kein Anlass zur Trauer, wenn ein junger Mann so spontan auf die Menschlichkeit resoniert?!"
„Nein, natürlich nicht!"
„Ganz im Gegenteil!"
„Dies ist doch ein Anlass zur Freude, oder nicht?", legte Adamantos nach.

„Ja, wirklich!“
„Ein Anlass zur Freude ist es! Zu großer, größter Freude!“
„Wie wunderbar!“
„Die Menschlichkeit wächst immer mehr, sie ist auch das Einzige, was erlösen kann, das Einzige! Gestern, im Geschäft, da habe ich ...“

Der erhobene Finger von Adamantos zeigte Viktor, dass er über das Ziel hinausschoss. Dies war nicht der Moment, von ihm und seinem Lebensmittelgeschäft zu erzählen. Adamantos' Blick kehrte zurück zu Lea. Ein Lächeln hatte sich auf seine Lippen gelegt.
„Und wann kommt er hierher?“
Lea brauchte nicht zu antworten. Adamantos machte bereits eine einladende Geste in die Runde.

„Kümmert euch darum!“

Kapitel 23
Der Schlüpfer

Mark war spätabends in die Kaserne zurückgekommen und hatte sich gleich vor seinem Spind entkleidet und in das obere Etagenbett verkrochen. Das Bett unter ihm war nicht besetzt, und Mark war einmal mehr dankbar dafür, in der Ecke der Stube, zwischen Wand, Spind und Bett anderthalb Quadratmeter für sich allein zu haben.

Die Stimmung war gedämpft, wie es für einen Sonntagabend üblich war, wenn die Stubenkameraden nach und nach verkatert von ihrem Wochenendurlaub zurückkehrten. Hahn war noch nicht da. Am Tisch trank man, spielte lustlos Karten, gab das zu Marks großer Erleichterung bald auf und schaltete das Licht aus.
Noch wusste niemand, dass er im Prinzip nicht mehr dazugehörte.

Mark hatte es vermieden, sie von seiner Wandlung zu unterrichten, sie hätten es zum Anlass für Spott genommen oder gar nicht verstanden, wovon er redete. Und er selbst verstand es auch nicht mehr. War er die ganze Zeit betrunken gewesen, hatte er überhaupt gewusst, was er tat, als er die Kriegsdienstverweigerung in den Briefkasten warf? Das war doch alles Wahnsinn! Aber vielleicht kam

der Brief ja gar nicht an, haha. Er hatte ihn ja nicht, wie Stephan geraten hatte, per Einschreiben aufgegeben. Wie hätte er das auch an einem Sonntag tun sollen? Im Kreiswehrersatzamt könnte man also so tun, als wäre die Verweigerung nie angekommen. Oder er würde morgen einfach widerrufen.
‚Ähem, ein Irrtum', würde er am Telefon sagen, ‚da wird ein Brief von mir kommen, schmeißen Sie den gleich weg, hat sich erledigt.'
Und Lea?
Der würde er auf den Anrufbeantworter sprechen:
‚Du, hat doch nicht geklappt, okay dann, bis irgendwann mal…'
Nein, nein, er konnte ja immer noch verweigern. Es musste ja nicht alles so überstürzt werden ...

„GEFICKT!"

Das Licht ging an, die Stubentür knallte an die Wand.
„Was?"
„Was ist denn ...?"
„ICH HAB' SIE GEFICKT!"
Hahn lachte.
„Immer wieder hab' ich sie gefickt! Hier, mmmh ..."
Hahn roch an einem Stück Stoff und hielt ihn wie einen Pokal in die Luft.
„Na Hellberch, auch ' mal riechen?"

Der Schlüpfer traf Mark im Gesicht, reflexartig riss er ihn von sich. Er flog hinüber zum Bett von Kunz.
„Äh! Was soll ich denn damit?“
„Riechen sollst du dran, riech' die Fotze!“
Hahn stürmte zum Bett von Kunz und rieb ihm den Schlüpfer über das Gesicht.
„Na, willste auch ' mal schmecken?“
„Nich' Hahn, komm' , haha, hör auf, bitte, haha ...“
„Ich will, dass jeder die Fotze riecht!“
Mark hatte das ja schon getan, insofern war er suspendiert.

Während Hahn die anderen Betten abarbeitete, bekam Mark einen Motivationsschub.
Aber wie würde er morgen vorgehen?

Die Offiziere und Unteroffiziere, überlegte Mark, kamen erst Montag früh zum Antreten in die Kaserne, einem von ihnen musste er die frohe Botschaft überbringen. Es würde alles ganz einfach sein, wenn er nur Stabsfeldwebel Haas erwischte. Haas war hinter seinem Vollbart und dem überdimensionierten Bauch harmlos. Mark würde noch vor dem Antreten in das Geschäftszimmer gehen und ihm lapidar mitteilen, er verweigere ab sofort den Kriegsdienst mit der Waffe, ja, ja, das komme überraschend, auch für ihn, Mark Hellberg selbst, aber am Wochenende sei ihm durch ein einschneidendes Erlebnis klar geworden, dass er das gewissensmäßig tun müsse!

Damit würde er Haas überrumpeln, wenn nicht komplett überfordern, und Haas würde ihn vermutlich im Geschäftszimmer sitzen lassen und die Nachricht an die Offiziere weitergeben. So könnte er Oberleutnant Schleicher umgehen und zunächst auch Major Fleckenstein. Ha, vielleicht war Fleckenstein nicht mal da. So unwahrscheinlich war das nicht. Wenn nicht gerade ein Manöver anstand oder ein Arbeitseinsatz mit anderen Kompanien zu koordinieren war, kam Fleckenstein häufig erst am späteren Vormittag in die Einheit, erst dann wurde es ungemütlich. Dann mussten die Unteroffiziere zeigen, dass sie die Einheit im Griff hatten, und plötzlich hieß es „Hellberg, Koppel enger!“ oder „Hahn, Knopf zu!“

Mark musste unbedingt *vor* dieser Stimmungsveränderung gehandelt haben. Mit den Feldwebeln dürfte es keine Probleme geben, na, vielleicht mit Oberfeld' Bruns ein bisschen, aber mit Schleicher, seinem direkten Vorgesetzten, mit dem würde er es zu tun bekommen. Wenn nicht sofort, dann später. Was würde Oberleutnant Schleicher sagen, wenn er, Hellberg, sein Fahrer, plötzlich Kriegsdienstverweigerer war?
Na gut, er würde ausrasten, das tat er ja schon bei jeder Kleinigkeit. Er würde rot anlaufen, ihn anschreien und seine Stotteranfälle bekommen. Gut, das musste man aushalten, aber Schleicher war dumm. Schleicher hatte sich über Jahrzehnte in den Offiziersrang hochgedient und

würde gar nicht wissen, wie er mit einer Kriegsdienstverweigerung umzugehen hatte. Passierte ja in dieser Einheit nicht jeden Tag, war vermutlich noch nie passiert. Keinesfalls würde er ihm den Waffenbefehl geben und einsperren lassen. Das konnte ihm nur bei Fleckenstein blühen, der hinterhältigen Drecksau!

Fleckenstein konnte ihn nicht ab, das wusste Mark, und er würde versuchen, ihn fertig zu machen. Wenn alles schlecht lief, war Fleckenstein da, ja, dann würde er mit Sicherheit schon morgen früh im Knast landen.
Das Licht ging aus.
„' Nacht, ihr Fotzensäue!"

Aber Hahn wäre er auf jeden Fall los.

Kapitel 24
Die Waffe

„Aufwachen, ihr Penner!“, rief Oberfeldwebel Bruns unter seinem Schnauzbart, der sich wie eine im Wind flatternde Möwe bewegte. In seiner Hand bimmelte die Weckglocke. Dass der Oberfeldwebel selbst das Wecken der Mannschaften vornahm, erschreckte Mark – das tat normalerweise der Gefreite vom Dienst.

„Heute ist Manövertag, Waffenausgabe VOR dem Antreten! In zwanzig Minuten steht jeder mit seinem G3 draußen! Verstanden?! Los jetzt, raus aus den Betten!“

Mark reagierte spontan. Er hob die Hand wie beim Melden in der Schule und rief:

„Herr Oberfeld', Bruns ...“

Bruns hatte schon den Türgriff in der Hand.

„Maulhalten und machen, Hellberg!“

Die Tür schloss sich.

Mark war der Erste, der sich angezogen und gewaschen hatte. Er hastete die breite Steintreppe hinunter ins Erdgeschoss, jagte über die gebohnerten Fliesen und fand die blaue Tür des Geschäftszimmers verschlossen vor. Er lief den Korridor weiter zur Waffenausgabe – auch hier alles abgesperrt. Es war wie verhext, kein Offizier oder Unteroffizier zeigte sich.

„Ich verweigere den Kriegsdienst mit der Waffe!“, rief Mark hilflos der Tür zu. Irgendwem musste man doch den Satz an den Kopf schleudern können – oder musste er sich erst das Megafon des Gefreiten vom Dienst klauen, um seiner Botschaft Gehör zu verschaffen?

Schleicher kam von draußen durch die Flügeltür.
Das war die Rettung.
„Herr Oberleutnant!“

Schleicher drehte sich mit einem Ruck von Mark weg und beschleunigte seinen Schritt; offenbar wollte er ihn abhängen. Mark lief hinter ihm her.
„Herr Oberleutnant, nur einen Mom ...“
„Weg! Wech, Hell ..., lass ..., lass ..., mich ..., mich in Ru ..., Ru ..., RUHE!“

Der Blick, den Mark auffing, erinnerte an ein bedrohtes Tier, das jeden Moment um sich schlagen konnte. Schleicher öffnete das Geschäftszimmer und knallte die Tür hinter sich zu.

Bruns kam um die Ecke, ebenfalls im Eiltempo.
„Herr Oberfeld', ein Glück, dass Sie ...“

Bruns hielt an, sah Mark mit kaltem Blick in die Augen und zeigte mit den Zeigefingern auf seine Ohren.
„Wissen Sie, was das sind, Hellberg? Das sind Ohren. Sie haben doch Ohren, oder? Oder haben Sie keine Ohren?! Doch, da, da kann ich zwei Ohren bei Ihnen sehen. Hören Sie genau zu: Sie stellen sich jetzt sofort an die Waffenkammer und sagen kein Wort mehr – das ist ein Befehl!"

Oberfeldwebel Bruns verschwand im Geschäftszimmer; sanft klackte die Tür hinter ihm ins Schloss.

Mark schleppte sich zur Waffenkammer, mit einer Hand auf dem Bauch; dort drinnen schienen sich seine Eingeweide aufzulösen. Warum macht Gott das mit mir, fragte er sich – noch nie hatte es eine Waffenausgabe vor dem Antreten gegeben, ausgerechnet heute. Das konnte doch kein Zufall sein!

Die Ersten kamen herunter, um sich vor der Waffenkammer anzustellen; verschlafen rückten sie ihr Schiffchen auf dem Kopf zurecht.
„Ihr könnt alle vor!"

Feldwebel Lampe trabte an, bahnte sich seinen Weg zur Waffenkammer, den Arm ausgestreckt, den Schlüssel wie eine Bajonettspitze in der Hand.

„Nicht jetzt, Hellberg!“

Der Tresen wurde in den Türeingang geschoben, die Waffenausgabe war eröffnet.
„Beeilung!“, rief er.

Lampe sah aus, als hätte er sich gerade die paar hellroten Strähnen auf dem Kopf gewaschen und vergessen, sie abzutrocknen. Auf seiner Oberlippe perlte der Schweiß.

Die Ersten gaben Lampe ihre Waffenkarte; er nahm sie entgegen wie ein Kassierer die Kreditkarte, griff hinter sich in den Schrank und drückte ihnen mit beiden Händen das Gewehr entgegen. Die Reihe lichtete sich; Mark geriet gefährlich nah an den Tresen.

Weitere Waffenempfänger, die gerade ihre Koppel schlossen oder sich das Schiffchen aufsetzten, stiefelten um die Ecke; Mark winkte sie durch. Seine Augen fixierten die Tür des Geschäftszimmers – endlich kamen Bruns und Schleicher heraus und steuerten gemäßigten Schrittes in seine Richtung. Mark bekam wieder Hoffnung.

Kaum waren sie auf ein paar Meter herangekommen, trat er aus der Reihe:
„Herr Oberleutnant, ich verwei ...“
Bruns sprang dazwischen:

„Gefreiter Hellberg, wollen Sie mich ärgern, ich meine, wollen Sie mich richtig ärgern? Mund halten und in die Reihe! Nein, jetzt reicht's! Ab!"
„Keine Ex …, Ex …, Extrawürst … chen, Hell …, Hellberg!"

Es war sinnlos, weiter Leute vorzulassen. Was konnte Mark noch machen? Eine Ohnmacht vortäuschen? Einfach zu Boden sinken und dann aus einem Bett im Lazarett die Waffe verweigern?

Langsam wurde er nach vorne geschoben, hatte zwei vor sich, einen – und dann war er dran.

Feldwebel Lampe hielt ihm mit abgewandtem Kopf die offene Hand hin. Als nichts hineinkam, zwinkerte er ihm zu.
„Was, Hellberg, die Waffenkarte vergessen? Macht nix, bringste mir später – wie ist deine Nummer?"
„Ich verweigere den Kriegs …"
„Nee, Hellberg, nur die Nummer, das muss heute alles zack zack gehen!"
„Was is'n da vorne wieder mit Hellberch los?", pöbelte Hahn.
„Haste die Nummer auch vergessen?"
„Die Nummer ist 42, aber ich verweigere den Kriegsdienst mit der Waffe!"

Der Feldwebel hatte bereits in den Waffenschrank gegriffen. Das Gewehr G3 tauchte vor Mark auf.

„Keine Witze heute Morgen, Hellberg, hier nimm, schnell, und dann ab!"
„Tut mir leid, aber ich verweigere wirklich den Kriegsdienst mit der Waffe."
„Was? Hellberg, komm', nimm jetzt deine Waffe und gut is'!"

Marks Hände zuckten. Feldwebel Lampe meinte es gut mit ihm – allein seinetwegen musste er die Waffe nehmen. Lampe sah die Bewegung in Marks Händen, ja, Hellberg, schien er ihn telepathisch anzufeuern: Das ist der richtige Weg, lass deine Hände einfach machen, folge dem Impuls ihrer Bewegung, lass dich von ihnen führen, ohne zu denken! Du denkst zu viel, Hellberg – natürlich, es ist schön, wenn man überhaupt denken kann, besonders in dieser Einheit, aber du, Hellberg, du übertreibst – du treibst es zu weit mit dem Denken, sogar so weit, dass du dich um Kopf und Kragen denkst ...

Zur Bekräftigung beugte sich Feldwebel Lampe über den Tresen und versuchte, ihm die Waffe gegen die Brust zu drücken. Wäre Mark nicht einen Schritt zurückgesprungen – die Waffe hätte ihn berührt.
„Nein, Herr Feldwebel, ich nehme die Waffe nicht!"

„Der steht ja immer noch da! Hellberch, du Arsch, das gibt nachher wieder auf die Fresse …"

Nicht nur Hahn wurde ungeduldig – Bruns' Schnauzbart flatterte über ihm. War Bruns schon immer so groß gewesen?

„WAS IST HIER LOS?"

„Schon geregelt, Oberfeld', Hellberg hat keine Waffenkarte …", rief Lampe dazwischen. Obwohl er wissen musste, dass der Oberfeldwebel ihn hörte, flüsterte er Hellberg zu: „Nimm die Scheißwaffe, ich sag auch nichts …"
„Herr Oberfeldwebel Bruns, ich verweigere hiermit den Kriegsdienst mit der Waffe!"

Das Gewehr knallte auf den Tresen. Mark hörte das Geräusch wie einen Donnerschlag – und hatte er eben noch geglaubt, ohnmächtig zu werden, durchfuhr ihn eine seltsame Kraft. Es erschien ihm jenes Bild von Adamantos, das er bei Lea an der Wand gesehen hatte: dieser junge Mann in einem weißen Gewand mit einer Lilie auf dem Herzen – lächelte er ihm zu? Ja, das tat er.

Das Bild verschwamm, verwandelte sich zu einem gleichschenkligen Dreieck – ah, das offenbar von einem

Schnauzbart gebildet wurde. Die Hypotenuse wurde zu einer Unterlippe, und die bewegte sich.

„SIND SIE VÖLLIG ÜBERGESCHNAPPT?!
WISSEN SIE ÜBERHAUPT NOCH, WAS SIE TUN?!
Ich erteile Ihnen hiermit den Befehl, Ihre Waffe zu nehmen!
NEHMEN SIE IHRE WAFFE, SOFORT!“

Das Gewehr schwebte ihm entgegen. Lampe hatte es von unten mit beiden Händen in der Mitte ergriffen und reichte es ihm wie eine Reliquie.
„Bitte, Hellberg, bitte ...“
„Ich verweigere den Waffendienst – ich nehme nie wieder eine Waffe in die Hand!“
„Gut, Hellberg, Ihre Entscheidung. Das ist Befehlsverweigerung, dafür kommst du in den Knast – das gebe ich dir schriftlich! Stell dich hierhin und rühr dich nicht!
STILLGESTANDEN!“

Mark legte, wie es der Befehl gebot, die geballten Fäuste an die Hosennähte und schlug die Hacken zusammen.

Einige Meter entfernt erstattete Oberfeldwebel Bruns seinem Vorgesetzten Oberleutnant Schleicher Bericht von dem Vorfall. Es sah aus, als eröffne ein Vater seinem Sohn, dass er kein Eis bekommen würde. Schleicher lief rot an und stampfte mit dem Stiefel auf den Boden. Es schien, als wolle er sich auf Mark stürzen, besann sich aber eines Besseren und drehte um. Er raste in Richtung Geschäftszimmer. Der Oberfeldwebel kam zurück.

„Was is'n hier los?", fragte Hahn.
„Fresse halten, Hahn! Alle halten die Fresse, holen ihre Waffe und treten draußen an. Um Hellberg wird sich gekümmert, der kommt unter Arrest!"

Der Oberfeldwebel tauchte vor Mark auf.
„Du kriegst dein Fett weg, Hellberg – glaub mir das. Du bleibst hier stehen, bis man dich abholt. Und du, Lampe …" Er wandte sich zum Feldwebel, der hinter dem Tresen erstarrte: „Ich melde dich dem Major! Deine Beförderung, das schwör ich dir – die kannst du vergessen!"

Kapitel 25
Der Major

Nachdem Mark etwa eine Stunde im Geschäftszimmer auf einem Stuhl gewartet hatte, öffnete sich die Tür des Majorzimmers einen Spalt breit, sonst geschah nichts. Niemand trat heraus oder rief herein.

Mark wagte es, aufzustehen, an den Türrahmen zu klopfen und seinen Kopf durch den Türspalt zu stecken. Fleckenstein saß hinter einem riesigen Schreibtisch und las.

„Worauf warten Sie? Setzen Sie sich auf den Stuhl!"
Ein schneidender Blick traf Mark.
„Wissen Sie, Gefreiter, warum Sie noch nicht in der Arrestzelle sitzen?"
„Nein, Herr Major!"
„Weil das Protokoll verlangt, dass ich mich mit Ihnen unterhalte und einen Bericht erstelle."
„Aha, verstehe, Herr Major."
„Haben Sie Ihr zuständiges Kreiswehrersatzamt von Ihrem Verweigerungsvorhaben unterrichtet?"

Der Major starrte nach unten auf ein Blatt Papier, als ob er von dort die Antwort erwartete.
„Ja, Herr Major."

„Und warum haben Sie es nicht für notwendig erachtet, Ihren Zugführer oder überhaupt irgendjemanden in dieser Einheit beizeiten zu unterrichten?"
„Das habe ich versucht, Herr Major, ich habe ..."
„Wann und wie haben Sie das versucht, Gefreiter?"

Der Major hatte begonnen, Notizen zu machen.
„Ich habe heute Morgen ..."
„Sie haben erst heute Morgen versucht, Ihre Vorgesetzten zu unterrichten? Warum nicht letzte Woche?"
„Da wusste ich noch nicht, dass ich den Wehrdienst verweigern werde."

Der Major schwieg. Seine Hand glitt mit dem Schreiber über das Papier. Mark fragte sich gerade, was der Major so fleißig aufschrieb, er hatte doch kaum etwas gesagt, da hob der Major den Blick.
„Sie können den Wehrdienst nicht verweigern. Haben Sie sich gar nicht informiert? Sie können den Kriegsdienst mit der Waffe verweigern, und bis man die Berechtigung Ihrer Verweigerung nicht anerkannt hat, können Sie gar nichts."
„Entschuldigung, Herr Major, ich hatte mich versprochen, ich meinte natürlich, den Kriegsdienst mit der Waffe zu verweigern."

Der Major schrieb ohne Unterlass, als sei er ein besessener Schriftsteller, der von einer Ideenflut heimgesucht wird.

Aber was zum Teufel verfasste er da? Unvermittelt legte der Major den Stift zur Seite und lehnte sich zurück.

Seine Hand, die sich eben noch auf dem Blatt Papier erschöpft hatte, fand Erholung im Zwirbeln an der gewachsten, hochgebogenen rechten Spitze seines wilhelminischen Bartes. Mark fiel erst jetzt auf, dass die Gesichtshaut des Majors genauso solariumgebräunt war wie seine eigene.

„Und nun ist Ihnen, nachdem Sie Ihre dreimonatige Grundausbildung abgeleistet haben und dort, wie ich annehme, auch eine gründliche Schießausbildung durchlaufen haben – oder warten Sie: Sind Sie womöglich der erste und einzige Rekrut der gesamten Bundeswehr, der keine Schießausbildung in seiner Grundausbildung durchlaufen hat?"
„Doch, doch, natürlich ..."
„Aha! Nachdem Sie also ausgiebig an Ihrem Gewehr G3 ausgebildet worden sind ..., und nachdem Sie in diese Einheit versetzt worden sind und nachdem Sie gerade einen einzigen Monat hier Ihren Dienst geleistet haben – der Ihnen womöglich nicht gefallen hat, wie mir Ihr vorgesetzter Zugführer erzählt –, da ist Ihnen am Wochenende aus heiterem Himmel eingefallen, dass Sie ein Gewissen haben, das Sie plötzlich zwingt, den Kriegsdienst mit der Waffe zu verweigern?!"

„Nein, nein, Herr Major, so war es nicht. Es ist etwas an diesem Wochenende vorgefallen ..."
„Ist es am Samstag oder am Sonntag vorgefallen?"

Der Major beugte sich nach vorne und griff wieder zum Stift.
„Ähem ..., am Sonntag ..., aber es hatte sich vorbereitet ..."
„Ach so, am Sonntag, also gerade erst gestern, natürlich ... Und vorbereitet hatte es sich auch, aber ohne dass Sie es gemerkt haben ..."

Der Major schrieb langsamer. Offenbar gefiel ihm, was er zu Papier brachte. Mark sah ihn befriedigt lächeln.
„Und was genau ist an diesem Sonntag vorgefallen?"
„Ähm, ja ..."
„Wissen Sie das noch? Es war gerade erst gestern. Können Sie sich vielleicht noch daran erinnern?"

Der Major hatte in eine ironische Tonlage gewechselt. Es schien ihm zu gefallen, einen Psychiater zu spielen, der vorsichtig mit einem Geisteskranken kommuniziert. Genussvoll zwirbelte er an der Bartspitze.

„Ich habe von einem Mann gehört, der den Weg der Menschlichkeit ging. Äh ..., er wollte 1940 mit Hitler sprechen ..., und ihn auf den Weg der Menschlichkeit bringen ..., dafür hat er sein Leben riskiert!"

„Ah, ach wirklich? Und wie hat der Oberbefehlshaber der Deutschen Wehrmacht darauf reagiert?“
„Äh …, er hat gar nicht mit Hitler gesprochen. Er wurde vorher verhaftet.“
„Ah, ich verstehe. Er wollte mit Hitler sprechen, aber bevor er dazu kam, wurde er verhaftet.“
„Nein, ja, also nicht direkt, er hat es in einem Brief geschrieben, an das Oberkommando der Deutschen Wehrmacht!“

„… Brief an das Oberkommando der Deutschen Wehrmacht geschrieben …“, der Major war dazu übergegangen, Mark vorzulesen, was er schrieb.
„Ja, als Antwort auf seine Einberufung. Und dabei hat er auch den Waffendienst verweigert. Aber ich stelle das gerade ungeschickt dar …, ich habe den Eindruck, es klingt falsch, wie ich das erzähle …“

Der Major schmiss den Stift auf das Papier.

„Ich nicht. Ich glaube, ich habe Sie sehr gut verstanden. Der Mann sollte wie jeder andere deutsche Mann seinen Dienst für sein Vaterland leisten! Ihm ist dann aber eingefallen, dass er das nicht will. Stattdessen wollte er mit Hitler über die Menschlichkeit schwadronieren. Und das Ganze hat Sie auf die Idee gebracht, von eben auf jetzt wie dieser Feigling den Kriegsdienst zu verweigern.“

„Aber Sie müssen wissen, dass dieser Mann dafür fünf Jahre ins KZ ging und dort die Menschlichkeit lebte.“ „Wissen Sie eigentlich, was für ein Glück dieser Mann hatte, dass man ihn nicht gleich erschossen hat? Wissen Sie eigentlich, wie viele Männer damals ihr Leben im Dienst für ihr Vaterland lassen mussten?“

„Aber dieser Mann hat für die Menschlichkeit gekämpft!“

„Ich werd' Ihnen mal was sagen, Gefreiter Hellberg! Auch Sie haben Glück. Ich glaube, Sie sind momentan nicht in der Lage, Ihre Situation realistisch einzuschätzen. Das ist Ihr Glück, dass ich das glaube. Ihr Glück ist auch, dass ich keine weitere Zeit mit dieser idiotischen Angelegenheit verschwenden möchte. Ich werde Sie nicht arrestieren lassen, zumindest nicht bis zu Ihrer Verhandlung. Wenn man dort Ihr Anliegen nicht anerkennen sollte, wovon ich ausgehe, dann werden Sie Ihren Dienst wie jeder andere wiederaufnehmen. Bis dahin sind Sie vom Waffendienst freigestellt. Sie werden dem Unteroffizierskasino zugeteilt und dort den ganzen Tag Kaffee kochen und abwaschen. Melden Sie sich jetzt bei Oberfeldwebel Bruns, der freut sich schon darauf, Sie einweisen zu dürfen.“

Mark war schon fast aus der Tür, da hörte er:
„Ach, Hellberg …!"
Mark linste an der Tür vorbei.
„Herr Major?"
„Im Kraftraum sehe ich Sie nie wieder!
Und jetzt raus!"

Kapitel 26
Adamantos

Adamantos hatte sich den weißen Mantel aus dicker Wolle anlegen lassen, um seine Morgenandacht auf der Terrasse durchzuführen und sich an der kühlen, so frischen Luft zu erfreuen – und den Geräuschen zu entgehen, die Lenis Reinigung seiner Räume erzeugte. Sein Blick schweifte über den Rasen zu der neuen und viel höheren Umzäunung, die den Garten nun zuverlässig vor jedem Einblick schützte, wenngleich ihm die Plastikimitation von Bambus, die Karl und Fred verwendet hatten, missfiel. Die Zelle der Menschlichkeit mit Plastik zu umhüllen, darauf konnten nur die verfallen, die noch nicht in der menschlichkeitlichen Entsprechung resonierten.

Adamantos nahm auf dem Lehnstuhl Platz, entfaltete die sorgsam bereitgelegte Decke und wickelte sie sich um die Beine. Auf dem Beistelltisch warteten die Bekenntnisse; er legte sie sich in den Schoß, strich über das feine Leinen des Einbands und schlug das Buch in der Mitte auf. Er las:

Wer mit dem Leben spielt,
kommt nie zurecht;
wer sich nicht selbst befiehlt,
bleibt immer Knecht.
Goethe

Ein Vogel piepste. Adamantos erspähte ihn auf einem Ast, der von dem großen Baum an der Seite der Terrasse über die Wiese ragte. Er hörte das Hämmern eines Spechts, der im angrenzenden Wald nach Nahrung unter einer Baumrinde suchte. Die Tiere waren unschuldig, dachte Adamantos. Diese Kreaturen befanden sich im Gesetz. Der Mensch hingegen, wenn er sich auf die Kreatur in sich beschränkte, war es nicht, dann machte er sich schuldig.

Des Menschen Bestimmung war es, zur Kultur in der Menschlichkeit zu gelangen, zur Überwindung und Erlösung der Kreatur in sich zugunsten von etwas Höherem, Metaphysischem, Göttlichem. Das bedeutete, sich in jedem Moment gegen die abziehenden Kräfte der Kreatur zu entscheiden. Diese Entscheidung war einmal zu treffen – und dann nie wieder von diesem Pfad abzuweichen.

Und dieser Mensch, der zur Kultur in der Menschlichkeit erwachte, brachte immer das Stimmige hervor, es konnte gar nicht anders sein. Doch das – Adamantos musste es sich eingestehen – hatte keiner von denen, die er seit 1946 zugelassen hatte, je vermocht. Sie versuchten es, aber sie taten es nicht. Sie zielten, aber sie trafen nicht. Immer noch brauchten sie ihn, Adamantos, als das Regulativ in der Menschlichkeit.

Anders als Jesus hatte er sich seit der Rückkehr aus Buchenwald bemüht, sein Wirken geheim zu halten und sich nur jenen zu offenbaren, die bereit waren für die neue Religion, die er geformt und beglaubigt hatte. Jesus hatte hingegen den tragischen Versuch unternommen, in die Breite zu wirken. Er hatte die Masse zu erreichen versucht, und diese hatte es ihm auf ihre Weise gedankt. Sie hatten ihn getötet, nur um ihn nach seinem Ableben zu vergöttern und eine Kirche auf sein Grab zu bauen – eine Organisation, die ein Geschäft aus seiner Lehre gemacht und ins Gegenteil verkehrt hatte. In seinem Namen hatten die Christen immer wieder Kriege geführt und Massaker begangen. So hatte Jesus das Gegenteil von dem bewirkt, was er eigentlich hatte erreichen wollen.

Dem Weg der Menschlichkeit sollte ein anderes Schicksal beschieden sein, aber die Zeit wurde knapp. Er stand vor seinem dreiundsiebzigsten Geburtstag, und die Anfälle häuften sich. Er hatte mehr geleistet, als es je ein Mensch vermocht hatte, und es war zu viel gewesen. Der Körper konnte schon lange nicht mehr, allein sein Wille war es, der ihn am Leben hielt. Ihm, Adamantos, war es nicht gestattet, zu gehen; dafür gab es einen einzigen Grund: der Nachfolger fehlte.

Vierzig Jahre hatte er sich bemüht, die Berufenen auf den Weg der Menschlichkeit zu bringen, niemand hatte es bislang außer ihm erreicht, das Kreatürliche vollständig zu überwinden. Sicher, man war guten Willens, man kam jede Woche in sein Haus, mancher seit Jahrzehnten, aber über das Stadium von Entenküken, die dem Objekt ihrer Prägung blind hinterherwatschelten, war niemand hinausgekommen. Sie hingen an seinen Lippen und wagten kein eigenständiges Wort. Wenn er den Raum verließ, um sich in seine Gemächer zurückzuziehen, dann konnte er durch die Wände hindurch hören, wie sie gackerten und schnatterten.

Sie vergaßen die Menschlichkeit, sobald er fern war; sie irrten vom Wege ab, sobald er sie nicht führte. Es hatte vielversprechende Kandidaten gegeben, sinnierte Adamantos, schon seit Anbeginn der Zeit. Viktor, der Anfang der fünfziger Jahre seine Karriere als Pianist für die Menschlichkeit hingegeben hatte, um das Lebensmittelgeschäft zu übernehmen, das sie alle versorgte. Hätte Adamantos ihn nicht dazu gedrängt, Viktor wäre seiner Gier nach Ruhm verfallen. Aber auch jetzt noch musste er, Adamantos, ihn führen, damit er die Mitte nicht verfehlte.

Leni kümmerte sich zuverlässig um die penible Reinlichkeit, in die seine Räume zu setzen waren, und mittags und abends sorgte sie für ein warmes Essen für ihn und die jeweils Zugelassenen. Von einer Frau konnte man nicht mehr erwarten, als so treu wie sie der Menschlichkeit zu dienen. Aber die Nachfolge konnte nur von einem Mann geleistet werden. Wenn der Mann führte, dann beugte sich ihm das Weib – das hatte Otto Weininger durchaus richtig erkannt. Aber der Mann musste in der gelebten Menschlichkeit führen, das war das Entscheidende. Das war das Neue, was er, Adamantos, der Menschheit geschenkt hatte.

Doch was war mit den Männern? Neben Viktor hätte es Bernhard sein können, dem er die Gelegenheit gegeben hatte, mit ihm im Zentrum der Menschlichkeit zu wohnen. So viel hatte Bernhard als junger Mann vor Jahrzehnten versprochen, aber nichts gehalten. Er war zu eigen, er war nicht bereit gewesen, sich ganz und gar der Menschlichkeit zu verschreiben, und daran würde sich auch nichts mehr ändern.

Nein, die Erlösung musste aus der neuen, aus der jungen Menschheit kommen. Karl, Fred, Lea – sie waren vor zehn Jahren als Vertreter dieser jungen Menschheit als Letzte hinzugekommen. Ja, auch sie bemühten sich eifrig, aber sie alle blieben Jünger, Schüler, Nachläufer; zur Meisterschaft der Menschlichkeit drangen sie nicht vor. So sehr er ihr Unvermögen tolerierte, so sehr er sich immer wieder um ihren Durchbruch bemüht hatte, ihm war längst gewiss: Der Erlöser des Erlösers würde nicht unter ihnen zu finden sein.

Aber was geschah, wenn er, Adamantos, starb? Die Antwort war so erschütternd wie vernichtend: Dann war alles umsonst gewesen! Dann hatte am Ende doch noch gewonnen. Die Schlacht um Gut und Böse war mit Hitlers Tod nicht beendet gewesen, wie es die Unwissenden glaubten. Nein.

Das Böse in der Welt mochte sich, nachdem es sich in der Verkörperung Hitlers vergeblich am Gipfelsturm versucht hatte, zurückgezogen haben, aber es hielt sich in Lauerstellung. Es beobachtete ihn. Es hing an ihm dran, vom frühen Morgen bis zum späten Abend. In der Nacht bedrängte es ihn, wenn er es wagte, ein paar Stunden zu schlafen; es wartete darauf, dass er nur ein einziges Mal in seiner Glaubenskraft nachließ, einen einzigen Moment zweifelte – dann würde alles verloren sein.

Aber selbst wenn er auch das noch vollbrachte, den Zweifel bis zu seinem Ableben niederzuringen, mit dem Zeitpunkt seines Todes würde der Gegenpol zum Bösen in der Welt verschwunden sein. Denn er war das Licht in der Finsternis.

Als die Unmenschlichkeit sich in der Welt manifestierte, als das Böse sich in Gestalt der Nazis anschickte, die Herrschaft in der Welt zu erringen, hatte er es durch seinen Weg-Gang abgewehrt und niedergerungen. Er hatte die Nazis besiegt, er hatte den Untergang der Welt aufgehalten, ohne je die breite Masse der Menschheit davon in Kenntnis zu setzen. Und er allein war es auch, der die Unmenschlichkeit weiterhin in Schach hielt.

Die atomaren Sprengköpfe, die auf beiden Seiten Deutschlands angehäuft wurden, detonierten nicht, weil das Licht in der Zelle der Menschlichkeit unablässig leuchtete. Doch nun drohte es zu erlöschen. Aber eine Hoffnung gab es noch.

Unverhofft war sie gekommen, in Gestalt jenes jungen Mannes, der von Adamantos' Tat gehört und sofort die Nachfolge angetreten hatte – zwanzigjährig, wie er selbst damals, als er dem Erhabenen begegnet war.

Diese Spontaneität war es, dieses Zusammenfallen von Erkennen und Handeln, das Adamantos hatte aufmerken lassen. Offenbar war dieser junge Mann so stark in seiner Glaubenskraft, dass er keine Konsequenzen fürchtete. Und wenn er schon so eindrucksvoll auf die Bekenntnisse resoniert hatte, wie würde er aufleuchten, wenn er in

Adamantos' Zelle der Menschlichkeit eintreten und der leibgewordenen Menschlichkeit gegenübertreten durfte?

Er würde reagieren, wie er, Adamantos, reagiert hatte, als der Erhabene in sein Zimmer getreten war. Das war 1933 gewesen.

Adamantos erinnerte, wie er an seinem Schreibtisch gesessen und ein theosophisches Werk gelesen hatte, da klopfte es an der Tür seiner Kammer, und der Erhabene trat ein. Eine schier unendliche Stille begleitete ihn. So hatte er keine Anstalten gemacht, etwas zu sagen, und da hatte Adamantos, damals noch als Richard, ihn angesprochen:
„Ich lese gerade *Gott, Welt und Mensch*, darf ich Ihnen daraus vorlesen?"

Wie eine lästige Fliege hatte ihn der Erhabene zur Seite gewischt.
„Das bin ich alles selbst!"

Hätte er den Erhabenen nicht erkannt, hätte er sich nicht sofort gebeugt und die Entsprechung gelebt, der Erhabene wäre unverrichteter Dinge gegangen. Aber er hatte es vermocht, angesichts des Erhabenen gegenwärtig zu bleiben.

Das hatte den Erhabenen bewogen, ihn zuzulassen, obgleich es nicht seine Art war, Schüler zu unterweisen. Der Erhabene wartete nicht auf Entwicklung. Entweder war man gegenwärtig, oder man war es nicht. War man es nicht, musste man sich aus seiner Nähe entfernen oder wurde entfernt.

Ja, der Erhabene hatte das harte Gesicht der Liebe getragen – eine Liebe, die nicht von dieser Welt war und die sich nicht darum scherte, ob ihr jemand folgte oder nicht. Den Erhabenen rührte es nicht, ob die Nazis einen Weltkrieg führten.

„Was euch noch bekümmert hier, für immer von mir wich!", hatte er gesagt, und so war es gewesen.

Er hatte diese Welt überwunden und, anders als er, Adamantos, keinen Sinn darin gesehen, einen Kampf in dieser Welt zu führen. Das hatte zu ihrem Zerwürfnis geführt: Der Erhabene hatte 1939 das Land verlassen, und er war geblieben, um die Wandlung Deutschlands zu bewirken.

Ein Geräusch störte Adamantos. Leni hatte hinter ihm die Terrassentür geöffnet.

„Adamantos ...", sagte sie leise, „die Räume sind hergerichtet ..."

Eine Handbewegung vertrieb sie. Anfang der fünfziger Jahre musste es gewesen sein, als sie sich noch einmal getroffen hatten. Aber die Wiederbegegnung war kurz geblieben; der Erhabene hatte ihm nicht einmal zugehört, als er sich als Adamantos zu erkennen gegeben und von seiner unglaublichen Leistung gesprochen hatte. Dass der Schüler zu einem größeren Meister als er selbst geworden war, hatte der Erhabene nicht zulassen können.

Da hatte er gewusst, dass ihre Wege sich trennen mussten. Sein Weg führte durch diese Welt hindurch, nicht an ihr vorbei. Sein Weg brachte die Liebe auf den Boden dieser Erde.

Im Vergleich zum Erhabenen übte Adamantos eine unendlich weiche, gütige, geduldige Lehrerschaft aus – eine mühsam erworbene Qualität freilich, denn er sehnte sich nicht nach Schülern, sondern nach einem Meister, wie er selbst einer war. Nach einem Ebenbürtigen – und die Zeichen standen gut, dass dieser junge Mann über den Geist verfügte, ihm ein solcher zu sein.

Adamantos verlangte, mehr über diesen jungen Mann zu wissen; Bernhard hatte ihn doch jahrelang unterrichtet. Er griff zur Glocke auf dem Beistelltisch.
„Lieber Adamantos ...?“
„Bernhard?“

„Ja, der ist noch da ...“, antwortete Leni von hinten. „Soll ich ihn holen?“

Adamantos hob die Hand zu einer heranwinkenden Geste.

Der Jüngling habe sich, erfuhr Adamantos, gerade im Sport durch einen unbrechbaren Siegeswillen ausgezeichnet. Adamantos schloss die Augen und sog die Information wie köstliche Atemluft ein. Aber als er die Augen öffnete, richtete sich ein kalter Blick auf Bernhard.

Warum war man nicht schon früher auf ihn aufmerksam geworden, warum hatte er, Bernhard, nicht längst Einfluss auf ihn genommen?

Aber Adamantos, man hatte, rief Bernhard. Er, der seit Jahrzehnten allein seine Ferien zu verbringen pflegte, hatte vor Jahren die Ausnahme zu machen erwogen, eben diesen Jüngling einzuladen, mit ihm, seinem Lehrer, gemeinsam in den Skiurlaub zu fahren. Nur habe dieser abgelehnt und von familiären Schwierigkeiten berichtet.

„Du? Mit diesem Jungen? Wolltest gemeinsam mit ihm in den Urlaub? Dann muss dieser Junge ein ganz Besonderer sein!“, entfuhr es Adamantos.
„Ja, Adamantos, das ist er!“

„Am Pfingstsonntag soll er hier erscheinen!"
„An deinem Geburtstag?"

Adamantos lächelte.

Kapitel 27
Der Pfingstsonntag

Marks Situation – er wollte es nicht verschreien, musste es aber doch zugeben – hatte sich seit seiner Kriegsdienstverweigerung verbessert. Der Versuch, ihn als Kaffeetante der Kompanie zu demütigen, erwies sich als Befreiung: Den größten Teil des Tages befand er sich allein im Ordonnanzraum und hatte seine Ruhe.

Einige Sprüche hatte er in den ersten Tagen von den Unteroffizieren kassieren müssen, dann war es ihnen zu einer Selbstverständlichkeit geworden, bedient zu werden, und sie hatten Gefallen daran gefunden. Keiner thematisierte noch seine Kriegsdienstverweigerung, und auch Hahn und die anderen Stubenkameraden, deren Spott und Schikanierung Mark gefürchtet hatte, ließen ihn in Ruhe. Offenbar verstanden sie nicht, was er tat, und was sie nicht verstanden, das ignorierten sie.

Man vermied es, mit ihm zu sprechen – mit Hellberg, dem völlig Durchgeknallten, der nicht mehr zu ihnen gehörte und der ja auch tagsüber gar nicht mehr zu sehen war. So war Mark zu einer Unperson geworden – ein Status, der ihn zu schützen schien, zumindest für eine Weile.

Ein Scheitern in der bevorstehenden Verhandlung würde die angenehme Lage verändern und vermutlich ins Gegenteil schlagen lassen, da war Mark sich sicher, und daher hatte er das Buch, das er zur Vorbereitung auf die Verhandlung von Stephan bekommen hatte, beständig unter seinem Tresen liegen. Er hatte es bereits mehrfach von vorne bis hinten durchgearbeitet und seine Begründung zur Kriegsdienstverweigerung geschrieben. Die war so gut geworden, fand er, dass seiner Anerkennung im Prinzip nichts mehr im Wege stand.

Aber etwas ganz anderes machte ihm nun zu schaffen: ein Ereignis am Pfingstsonntag, angesichts dessen die Verhandlung in der nächsten Woche eine Kleinigkeit zu sein schien. Lea hatte ihn angerufen und voller Freude die Erlaubnis von Adamantos übermittelt, ihn am Pfingstsonntag zum Tee besuchen zu dürfen.

Mark hatte zunächst geschwiegen, und als Lea nachfragte, ob er sich der außerordentlichen Ehre bewusst sei, die ihm zuteilwerden sollte, darauf verwiesen, dass er nur deshalb so zögerlich reagiere, weil er jederzeit zu einem Dienst eingeteilt werden konnte. Er wolle nicht etwas derart Wichtiges zusagen, erklärte er, wenn er es nicht würde einhalten können.

Immer wieder hatte er daraufhin auf den GvD-Plan geguckt und vor ein paar Tagen tatsächlich seinen Namen gefunden – aber einen Tag zu spät. Am Pfingstmontag war er eingeteilt worden, vermutlich auf Weisung des Majors, um ihm vor seiner Verhandlung noch einen reinzuwürgen. Pfingstsonntag hatte er also frei, wenngleich er sich noch am Abend auf den Weg in die Kaserne machen musste.

Er hatte gedacht, das reiche hin, um das Treffen abzusagen, und Lea am Samstagmorgen angerufen. Diese hatte sofort angeboten, ihn nach dem Treffen zum Hauptbahnhof zu fahren. Damit kam er aus der Sache nicht mehr raus.

Der Pfingstsonntag kam, und Mark wuchtete sich nach schlafloser Nacht am späten Vormittag aus dem Bett. Sonnig war es, bereits heiß, eigentlich ein wunderschöner Tag. Gerne wäre er heute in den nahen Stadtpark gegangen und hätte Fußball gespielt – wie in früheren, schöneren Tagen, in denen es einmal so etwas wie Leichtigkeit gegeben hatte. In seinem Leben war davon keine Spur mehr.

Er hatte es vor lauter Ehre, die ihm zuteilwerden sollte, nicht mehr zu fragen gewagt, was genau ihn bei Adamantos erwarten würde. Wäre er mit Adamantos und Lea allein? Oder würden andere dabei sein, und wenn ja, wie viele? Trank man nur kurz ein bisschen Tee und ging dann wieder? Nein, es würde länger dauern, sonst hätte Lea ihm ja nicht angeboten, ihn direkt zum Hauptbahnhof zu fahren.

Also würde sich das Treffen bis in den Abend ziehen, das lief auf vier, fünf Stunden hinaus – aber was machte man die ganze Zeit? Vielleicht sprach man über Pfingsten?

Was war eigentlich die Bedeutung von Pfingsten? Nicht einmal das wusste Mark. Für die Kirche und ihre Feiertage hatte er nie etwas übrig gehabt; seinen Konfirmandenunterricht hatte er seinerzeit zu zwei Dritteln geschwänzt und war um Haaresbreite einem Rausschmiss entgangen. Jesus hatte ihn nicht die Bohne interessiert.

Während der Kaffee durchlief, kramte er in seinem unsortierten Bücherregal herum, auf der Suche nach den drei Bänden seines alten Duden-Lexikons. Vielleicht würde ihn Adamantos dazu befragen, vielleicht hatte Pfingsten eine besondere Bedeutung für ihn.

Gefeiert wurde, las Mark, das Fest der Ausgießung des Heiligen Geistes.
„Um Gottes willen!“, rief er aus, griff zur goldenen Zigarettenschachtel und nahm eine Benson & Hedges heraus. Eine nach der anderen würde er sich anstecken, bis es losging.

Er holte sich Kaffee und setzte sich wieder an den Schreibtisch, vor ihm das Buch mit Adamantos' Bekenntnissen aus Buchenwald. Er wollte zur Vorbereitung auf das Treffen den nächsten Versuch starten, von Adamantos' unglaublicher Leistung berührt zu werden.

Geistesabwesend fuhr er mit dem Zeigefinger über seine Nase.
Was war das?
Er fühlte einen Schmerz, einen Stich.
„Nein, nicht heute!"

Er raste mit der Kippe im Maul Richtung Bad und durfte im Spiegelbild feststellen, dass sich mitten auf seinem Nasenrücken eine rötliche Beule zu entwickeln begann. Die Kippe rutschte ihm aus dem Mundwinkel und schlug zischend im Waschbecken auf, während er im Allibert nach dem Clerasil-Abdeckstift suchte.

Allein das Aufdrücken der Stiftspitze auf den Pickel tat schon weh. Aber jetzt sah erst recht jeder, konnte er im Spiegel nachprüfen, dass etwas mit seiner Nase nicht stimmte. Das war noch peinlicher! Er befeuchtete ein Handtuch und entfernte vorsichtig die Abdeckschicht – und nun hatte er es geschafft, die Rötung deutlich zu verstärken.

Konnte er das Treffen noch absagen? Nein, unmöglich, er musste dahin.

Mark rief sich Leas Andeutung in Erinnerung, dass eine Begegnung mit Adamantos vor seiner Verhandlung entscheidend für den Erfolg sein könne – auf eine Weise, die er allerdings erst verstehen würde, wenn er Adamantos begegnet sei. Diese Begegnung habe übrigens im Anzug zu geschehen, hatte Lea fortgeführt, und Mark hatte großmäulig „kein Problem" gesagt.

Es war aber doch eines, wie sich vor seinem Kleiderschrank herausstellte. Der jahrelang nicht getragene braune Cordanzug, den er zu seiner Konfirmation bekommen hatte, sah hässlich aus, außerdem konnte er inzwischen zu klein sein. Und das einzige weiße Hemd, dort auf dem letzten Bügel – es war am Kragen speckig.

Wie eine Henkersschlinge baumelte eine weinrote Lederkrawatte am Bügelhaken, in einem Knoten gebunden, den er seit seiner Konfirmation nicht mehr geöffnet hatte, weil er keinen Krawattenknoten binden konnte.

Als Mark alles angelegt und sich in einem letzten Griff den Knoten hochgeschoben hatte, trat er vor die verspiegelte Kleiderschranktür – und sah Popeye! Plus einem rot leuchtenden Punkt auf der Nase.

„Erbärmlich!“, rief er aus.

Der Knoten der Krawatte war so fest, dass er kaum den Kragen frei bekam. Den Impuls niederzuringen, sich die Sachen ohne Rücksicht auf Verluste vom Leibe zu reißen, kostete ihn einen weiteren Schweißausbruch. Langsam wurde die Zeit knapp, den Sack für die Bundeswehr musste er auch noch packen.

Kapitel 28
Die Fahrt

Am Bahnhof Lattenkamp traf Mark deutlich zu früh ein, die Idee war natürlich, noch eine oder zwei zu rauchen und dann einen Wrigley's-Kaugummi mit Pfefferminzgeschmack durchzukauen, sodass niemand etwas von seiner mit Lastern behafteten Lebensweise merken würde.
Das tat er noch auf dem Bahnsteig.

Bereits völlig durchgeschwitzt, lief er die Treppen durch den gekachelten Gang hinunter und trat mit seinem weißen Bundeswehrsack durch die Schwingtür auf die Straße. Hier, unter der Bahnhofsbrücke, war der Treffpunkt, und Mark überlegte, wie viele Stunden vergehen würden, bis er wieder eine Zigarette rauchen konnte.

Da, dahinten kam ein Auto um die Kurve, ein beiger Kleinwagen, hinter dem Steuer erkannte er Lea. Aber sie war nicht allein. Ein älterer Herr mit weißem Haar saß auf dem Beifahrersitz, war das gar schon Adamantos? Lea stieg bei fahrendem Motor aus und winkte ihn heran, Mark kam rüber auf die Fahrerseite.

„Das ist Viktor!"
Lea klappte den Fahrersitz vor.

„Hallo!“, rief Mark Viktor zu und kletterte mit seinem Sack zur Rückbank durch.
„Grüß dich ..., um Gottes Willen ...! Wir müssen etwas mit seiner Krawatte machen!“

Der Sitz klappte zurück, Lea stieg in den Wagen und schloss die Tür.
„Na ja, auch mit dem Anzug müsste etwas gemacht werden, nicht wahr ...?“, ergänzte Viktor.
Lea schob den Schaltknüppel nach vorne und fuhr los.
„Die Anzüge von Bernhard dürften ihm zu groß sein, aber die Krawatte können wir auswechseln“, sagte sie.
„Und das Hemd! Der Kragen ..., hhhirrr!“, ergänzte Viktor.
„Aber kommen wir zum Wesentlichen zurück! Wir haben uns gerade so belebend unterhalten, nicht wahr?! So erfrischend, gerade bei dieser Hitze, haha, nicht-wahr-nicht-wahr?“

Viktor lächelte Lea an und fächerte sich mit beiden Händen frische Luft zu. Er neigte seinen Kopf mit der dicken Hornbrille nach hinten, ohne Mark anzusehen: „Stört es dich, wenn wir unser Gespräch fortsetzen?!“

„Nein, natürlich nicht“, antwortete Mark.

„Schön! Also, es ist nicht richtig, wie von manchen immerzu betont wird ..., dass die Menschlichkeit in der Entsprechung gelebt werden muss, hhhirrr ..., denn das setzt voraus ..., dass es eine Wahlmöglichkeit gibt, nämlich, hhhirrr ..., die, dass die Menschlichkeit auch nicht in der, hhhirrr ..., Entsprechung gel-, ... hhhirrr ..., gelebt werden kann! Das ist gar nicht möglich! Hhhirrr ..., nicht wahr? Hhhirrr ..., denn die Menschlichkeit ist immer das, hhhirrr ..., der Wirklichkeit, hhhirrr ..., Entsprechende, sonst ist es gar keine Menschlichkeit! Hmmpff-hhhirrr ..., hhhirrr ..., nicht wahr, nicht wahr? Hmmpff-hhhirr ..., hhhirr!"

Das leuchte ein, antwortete Lea.

„Und du?" Viktor deutete mit einer Kopfbewegung nach hinten.
„Ist das zu hoch für dich?"
„Ne ..., war okay ..."
„Ach wirklich? Das überrascht mich aber, dass du das verstanden hast!"

In Wahrheit hatte Mark nichts verstanden.
Wenngleich er vermocht hatte, einzelne Wörter aus den wie aus einer Maschinenpistole geschossenen Wortkaskaden zu identifizieren und sogar Viktors Schnappatmung wegzufiltern, er verstand den Sinn der Aussage nicht.

Er wollte nur wieder nach draußen: Fliehen, rauchen, sonst nichts, so einfach war das, so einfach war er. Mark griff sich an die verfluchte Krawatte, die nicht nachgab.
Er musste hier raus!
Aber wie?

Es gab ja hier hinten keine Türen. Raus kam er nur, wenn er sich an einer roten Ampel durch die Lücke zwischen den Vordersitzen, genauer, der Lücke zwischen den Kopfstützen, hindurchzwängen und über Leas oder Viktors Schoß zur Seitentür kriechen würde – die öffnete, bevor einem von beiden klar wurde, was passierte – und raus! Und dann losbückeln, querfeldein, nie wieder ans Telefon gehen, nie wieder die Tür öffnen!

Das zu tun, erwog Mark ernsthaft, und das schockierte ihn.
Nein, so ging das nicht. Anders, und viel einfacher! Es lag ein Missverständnis vor, das war es! Er würde es aufklären, jetzt, und an der nächsten Straßenecke aussteigen!

„Ähem, darf ich etwas sagen?“, fragte er.
„Ja, natürlich!“ Lea warf ihm einen neugierigen Blick zu.

„Ähem ..., ähä ..., es ist ein ..., äh, tja ..., es liegt ein Fehler vor, ja ein Fehler! Ein Missverständnis, genau! Ich habe die Bekenntnisse von Adamantos ..., um die Wahrheit zu sagen …, dieses ganze Buch, ähem …, tja, gar nicht verstanden! Es ist nicht richtig, dass ich mitkomme …"

„Ach, das ist jetzt aber mal eine intelligente Aussage! Ganz großartig! Es ist nämlich schwierig, außergewöhnlich schwierig, hhhirrr, die Bekenntnisse von Adamantos zu verstehen, nicht wahr?!"

Er lächelte Lea an.
Lea nickte.

„Ich selbst finde in den Bekenntnissen immer noch etwas, was ich glaubte, verstanden zu haben, hhhirrr, dann jedoch plötzlich entdecke, hmmpff-hhhirrr, es gar nicht verstanden …, hmmpff-hhhirrr …, gehabt zu haben, hhhirrr-hhhirrr, dabei befasse ich mich seit 35 Jahren, hmmpff-hhhirrr, mit den Bekenntnissen, hhhirrr, 35!, hmmpff-hhhirrr, hmmpff-hhhirrr!"

Mark sackte in sich zusammen. Er hatte keine Energie mehr, wenn er denn je welche gehabt hatte.

Viktor hatte unablässig weitere Salven abgefeuert, längst war Marks Aufmerksamkeit abgeglitten. Aus dem Rückfenster sah er das Hamburger Stadtschild entschwinden. Sie fuhren seit einiger Zeit über eine Landstraße, und Mark fragte sich, wie er jemals zurückkommen sollte, wenn die Dinge schief liefen und er flüchten musste.

Lea setzte den Blinker und bog in eine Wohnstraße ein. Das Auto kam auf der Auffahrt eines unauffälligen Einfamilienhauses zum Stehen.
„Wir sind da!"

Aufmunternd lächelte ihm Lea über die Schulter zu.

Kapitel 29
Der verlorene Sohn

Vor dem Hauseingang war ein gepflegter Garten mit einem Kiesweg, den ein Mann in einem tiefblauen Overall mit großer Sorgfalt harkte. Der Mann, etwa im Alter von Lea, war aber kein angestellter Gärtner, wie Mark dachte, sondern wurde von Lea umarmt und ihm als Fred vorgestellt. Fred begrüßte ihn voller Freude, ganz anders als Viktor, der ihn offenbar für einen nichtigen Wurm hielt. Er schenkte Mark einen Moment der Zuversicht, die ihm sogleich wieder verging, als ein Wesen stockenden Ernstes auf Leas vorsichtiges Klopfen die Tür öffnete.

Lea und Viktor flüsterten ihm ein „Grüß dich, Karl“, zu, dieser nickte hinter seinem schwarzen Rauschebart kurz. Auf Marks nicht geflüstertes Hallo hob er den Zeigefinger über den Mund.
„Leise sein!“, übersetzte Lea.

Sie betraten einen engen Flur, in dem Mark mit seinem schlenkernden Sack beinahe eine Engelsfigur vom Beistelltisch gerissen hätte.
Karl griff zur Klinke einer seitlichen Tür und verschwand sogleich hinter dem weißen Türblatt, da ihm der enge Flur

keinen Platz ließ. Mark folgte Viktor und Lea einen steilen Treppenschlund hinunter.

Im Keller wechsele man seine Schuhe, erklärte ihm Lea, denn Adamantos' Räume dürften nicht mit Straßenschuhen betreten werden. Man würde bei ihm, da er das erste Mal kam, eine Ausnahme machen, nur müsse er sich die Schuhsohlen, sie gab ihm ein Tuch, reinigen.

„Ich gehe hoch zu Bernhard, willst du mitkommen?"
Was sollte Mark sonst tun?

„Der verlorene Sohn!", begrüßte ihn sein ehemaliger Lehrer im oberen Stockwerk und gab ihm die Hand. Er führte sie in die Kammer, die er hier oben bewohnte. Lea instruierte Bernhard, sich um die Kleidung von Mark zu kümmern und gab dann vor, Viktor in der Küche bei der Vorbereitung für das Abendessen zur Hand zu gehen. Mark hatte den Eindruck, sie wollte ihm und Bernhard Zeit geben für das Wiedersehen.

Das Zimmer war klein und funktional eingerichtet. Ein Bett, ein Regal mit Büchern, ein kleiner Fernseher, ein Kleiderschrank und ein Schreibtisch mit einem Stuhl vor einem bodentiefen Fenster.
„Schöner Blick!" Mark schaute hinaus auf Bäume und Wiesen und wünschte sich nichts sehnlicher, als durch

den Wald zu streifen. Bernhard lächelte. Mark konnte sich nicht vorstellen, wie es Bernhard, den er als lebenslustigen, weltoffenen und nach dem Sport keinem Zechgelage abgeneigten Mann kennengelernt hatte, in diesem stillen Haus in der Walachei aushalten konnte. Doch Bernhard lächelte ihn in einem Selbstverständnis an, als ob dies alles zusammenpasse und gar nicht anders sein könne.

Der Wechsel von Marks Kleidung wurde vorgenommen: Wegen Bernhards recht beträchtlichen Bauchumfangs war, wie es Lea vorausgesehen hatte, ein Tragen eines Anzugs von ihm unmöglich, es blieb bei Marks engem Kordanzug, aber Hemd und Krawatte wurden gewechselt.

„Der einfache Windsor ist für eine breite Krawatte ungeeignet!" Bernhard wollte ihn darin unterrichten, einen doppelten Windsor zu binden, aber merkte schnell, dass Mark ihm nicht folgen konnte, und legte ihm daher selbst die Krawatte um den Hals.
Er bot Mark etwas zu trinken an, Heilwasser und Johannisbeersaft.

An der Wand hing ein Bild von Adamantos, Mark kannte es schon aus Leas Wohnung: Adamantos nach dem Konzentrationslager, die Haare streng zurückgelegt, das weiße Gewand mit der Lilie über dem Herzen.

„Adamantos sieht zwar heute nicht mehr ganz so aus wie damals, aber sein Anblick ist immer noch sehr beeindruckend!“
Bernhard nickte Mark zu.
"Außerdem ist heute ein ganz besonderer Tag, es ist nicht nur Pfingstsonntag, sondern auch Adamantos' 73. Geburtstag."

Für einen Moment glaubte Mark, zusammenbrechen zu müssen. Warum mussten sie ihn ausgerechnet an einem solchen Tag herholen?

"Adamantos sagt aber immer, dass seine eigentliche Geburt später stattgefunden hat, mit 20, als er den Weg der Menschlichkeit prägte. Obwohl sein vorheriges Leben schon unglaublich hart gewesen war, bezeichnet er es doch nur als ein Präludium für das Unglaubliche, was danach kam."
Bernhard lächelte ihn erwartungsvoll an.
„Wie fühlst du dich denn?“
„Ähem, ich hab' ein bisschen Angst ...“
„Nein, Angst braucht man vor Adamantos nicht zu haben!“
„Dann also nicht Angst, sondern, ähem, sehr großen ... Respekt.“

„Respekt ist richtig, aber nicht Angst. Adamantos tut niemanden etwas, er hilft jedem, indem er die Wahrheit ans Licht bringt.“

Es klopfte, Lea trat ein.
„Es ist gleich soweit.“
Lea führte Mark nebenan in einen großen Raum. Eine für Mark im ersten Moment unüberschaubare Menge von Stühlen erwartete sie.
„Wie viele kommen denn?“, entfuhr es ihm.
„Sonntag sind wir in der Regel um die 30, aber da heute Adamantos' Geburtstag ist, werden wir noch mehr werden.“

Mark wollte nun doch nachfragen, was man von ihm erwarte, aber konnte es nicht über die Lippen bringen. Er hätte das gleich bei der Einladung machen müssen, klagte er sich erneut an. Jetzt, wo er hier ohnehin nicht mehr rauskam, war es zu spät.

„Am besten, du setzt dich in die erste oder zweite Reihe, dann bist du ganz nah am Geschehen, und Adamantos kann dich direkt sehen.“
Mark wählte den ersten Stuhl in der zweiten Reihe, mit der Fluchtmöglichkeit nahe der Tür.
„Das geht nicht, dann müssen ja alle anderen an dir vorbei! Nimm doch dahinten den letzten Stuhl an der Schräge.“

Die Stuhlreihen waren so eng aneinandergestellt, dass Mark sich vorsichtig seitlich hindurchbewegte, mit den Händen suchte er nach Halt an den vorderen Stuhllehnen, doch die hinteren Stühle, als ob sie ihn nicht durchlassen wollten, schienen nachzurücken und erwischten ihn mehrfach am Knie.
„Sei doch vorsichtig!“, rief ihm Lea hinterher, denn die zahlreichen Stuhlverschiebungen erzeugten Missklänge, die durch den Raum hallten. Endlich hatte er den äußersten Stuhl erreicht und setzte sich. In aufrechter Position, merkte Mark, hatte seine rechte Kopfseite Kontakt mit der Dachschräge. Daher übte er, den Kopf leicht nach links zu neigen.

„Ich lasse dich noch etwas allein, bevor die anderen kommen. Dann kannst du alles auf dich wirken lassen.“
"Ja ..."
Sie schloss die Tür.
Mark stiegen Tränen der Verzweiflung auf. Aber Weinen war das Letzte, was er jetzt tun durfte.

Der Raum war völlig weiß, an der gegenüberliegenden Wand hing über einem viersitzigen Sofa, das von zwei großen Sesseln umrahmt wurde, ein Bild von Michelangelo: Gott berührte Adam und hauchte ihm den Odem ein.
Mark schrak zusammen, die Tür hatte sich geöffnet.

Es war aber nicht Lea, die eintrat, wie Mark gehofft hatte, sondern ein älterer Herr in einem dunkelblauen Anzug. Mark schätzte ihn um die 50, 60, Adamantos konnte es nicht sein. Sein glattrasiertes Gesicht mit den geröteten Wangen wirkte seltsam zeitlos, allein die graumelierten Schläfen ließen auf ein fortgeschritteneres Alter schließen. Mark sprang auf, allerdings wieder begleitet von einem derben metallischen Geräusch, weil er mit dem Fuß gegen das Bein des vorderen Stuhls stieß. Oben knallte sein Kopf gegen die Dachschräge. Der Stuhl fiel ihm entgegen, Mark fing die Lehne mit beiden Händen auf und sagte:
"Guten Tag, ich, ich ..., Mark Hellberg bin ich ..."

Peinlich standen die Worte im Raum, gütig lächelte der Mann ihn an.
„Ich grüße Sie! Ich bin Baldur!"
In vollendeter Gelassenheit ging er zu dem linken Sessel an der Stirnseite, öffnete den oberen Knopf seines Sakkos und setzte sich. Auch Mark setzte sich wieder.

Es wurde still, Baldur lächelte ihn an und schien glücklich damit zu sein. Mark überlegte fieberhaft, was er sagen sollte.
Stimmen erklangen von draußen, zwei ältere Damen in braunem Rock und weißer Bluse betraten den Raum.
„Baldi! Grüß' dich! Wie schön, dich wiederzusehen!"
„Und wie schön, wieder in diesem Raum sein zu dürfen!"

Mark stand auf, diesmal vorsichtiger, und die Knie ließ er gebeugt, um der Dachschräge zu entgehen. *Grüß dich* konnte er nicht sagen, es war ihm ja nicht das Du angeboten worden, außerdem waren es zwei Personen. *Grüßen Sie sich*, nein, das ging nicht.
„Guten Tag, ich bin Mark Hellberg."

Das *Guten Tag* klang lächerlich, fehl am Platze, genauso wie sein Name.
Trotzdem sagte Mark in der nächsten Viertelstunde immer wieder seinen Spruch auf. Aber irgendwann war es so voll, erschollen so viele *Grüß dich*, dass sich Mark vom Begrüßen suspendierte und in seinen Stuhl sinken ließ.

Neben ihm war ein Mann auf Tuchfühlung zum Sitzen gekommen. Er stellte sich als Frank vor, war so um die 45, sein Anzug saß ähnlich knapp wie sein eigener. Sein Gesicht war fahl, pockennarbig und picklig, und Mark roch Zigarettenrauch. Er fand ihn sympathisch, beinahe normal.
„Also du bist der Mark, der die Bekenntnisse von Adamantos gelesen und den Bundeswehrdienst sofort verweigert hat?! Lea hat uns davon erzählt, es hat uns alle sehr beeindruckt!"
„Danke!", sagte Mark. Man kannte ihn also, und man achtete seine Tat. Vielleicht, hoffte er, würden sie ihm seine sonstigen Unvollkommenheiten nachsehen.

„Mark, ich darf dich doch Mark nennen? Gut! Ich muss dir ganz ehrlich sagen, ich kenne Adamantos schon seit zwanzig Jahren, aber dieses Letzte, worum es auf diesem Wege geht und wie Adamantos es lebt, das habe ich noch nicht erreicht. Das mag dich trösten, wenn es dir gar zu schwer vorkommt."
„Okay ..."
"In Lea hast du ja eine ganz aufrechte Kämpferin für die Menschlichkeit an der Seite. Sie hat dir sicher genau gesagt, worauf es hier jetzt ankommt!"
„Ähem, nein, sie hat es nicht so genau gesagt ..."
„Nun, wichtig ist es, vor allem wenn Adamantos da ist, dass du dein Gefühl zum Ausdruck bringst ..., oh, hier kommen Tee und Kuchen!"

Sein Gefühl zum Ausdruck bringen?
Mark hatte keine Ahnung, wie er das machen sollte.

Inzwischen war es so heiß, dass ihm der Schweiß in Strömen das Gesicht hinunterlief. Die Serviette, die er gereicht bekam, benutzte er zum Abtupfen. Ein kleiner Teller mit einem winzigen Stück Kuchen und einer Gabel landete auf seinem Schoß. Als Teetasse und Untertasse kamen, wurde es gefährlich. Er hatte ein Kuchengedeck aus verschiedenen Services erwischt, die Tasse passte nicht exakt in die Untertasse, sie kippelte.

Dass sie ihm auf keinen Fall hinunterfallen durfte, war klar.

Der Versuch, einen Schluck Tee zu trinken, wurde zu einer Höchstanstrengung, weil gleichzeitig der Teller mit den Oberschenkeln in waagerechter Lage gehalten werden musste, damit das kleine Stück Kuchen nicht hinunterrutschte. Als Mark doch noch den ersten Schluck Früchtetee in seinen Mund bekam, spie er ihn sogleich zurück in die Tasse, um sich nicht die Lippen und die Zunge zu verbrennen. Bei dem Versuch, mit der Gabel ein Stückchen von dem trockenen Kuchen abzubekommen, rutschte der Kuchen vom Teller auf seine Hose. Während er ein Knie etwas anhob, um den Kuchen unauffällig zurückrutschen zu lassen, nutzte die Tasse ihre Chance und ließ den heißen Tee auf seine Hose schwappen.

Nichts davon ließ er sich anmerken. Lea, die gegenüber auf dem Sofa saß, hatte ihn die ganze Zeit im Visier.

Schließlich war es soweit.
Adamantos trat ein, die Tür schloss sich.

Kapitel 30
Die Offenbarung

"Grüß' dich, lieber Adamantos!"
"Wie schön, Adamantos, dich wiedersehen zu dürfen!"
"Es ist so ergreifend, nach allem mit dir hier zusammenzusein!"
„An diesem so besonderen Tag!"
„Nach allem!"
„So dankbar, dass du es noch immer auf dich nimmst!"

Mark errötete und bekam einen Schweißausbruch.

Der Chor der Dankbarkeitsbezeugungen hatte ihn in der Vehemenz, in der er aufwallte, überrascht. Hätte er an der Tür gesessen, er wäre sofort geflüchtet. Eingekeilt, wie er hier saß, hatte er diese Möglichkeit nicht. Er tupfte sich mit der zerknitterten und feuchten Serviette, die er in der Hand behalten hatte, das Gesicht ab. Er war der Einzige, schien es ihm, der nichts sagte, er saß unter ihnen wie Falschgeld.

Aber was hätte er sagen sollen?

Wie schön, Sie zum ersten Mal zu sehen? Hätte er das in Runde brüllen sollen, das war Quatsch. Oder mit seinem *Guten Tag* in den Chor hineinfahren und seinen Namen dranhängen, unmöglich! Und Lea beobachtete ihn. Wenn auch nicht offensichtlich, so schweifte ihr Blick in die Runde, sicherlich um im peripheren Blick zu überprüfen, wie er sich verhielt. Mark setzte vorsichtshalber ein Lächeln auf und nickte mit dem Kopf.

Adamantos, in einem Gewand aus weißem Stoff mit einem goldenen Lilienemblem über der Brust, steuerte auf den Sessel zu, der rechts neben dem Sofa stand. Er lächelte und hob beschwichtigend die Hände.
„Bleibt ruhig sitzen“, flüsterte er, kaum hörbar für Mark.

Mark wollte etwas Unglaubliches erfahren, er war bereit, sich allein durch Adamantos' Anwesenheit erleuchten zu lassen. Er wollte das Wunder! Das Wunder der Menschlichkeit sollte ihn wandeln und von seiner Erbärmlichkeit erlösen.

War es gar schon geschehen?

Mark konnte Adamantos' Gesicht nicht klar erkennen: Es war glatt rasiert und strahlte wie das Gesicht Baldurs vor Reinheit, die Farbe der Haut jedoch blasser. Da war ein gütiges Lächeln, und da war auch etwas Hartes, Forderndes. Mark gelang es nicht, die einzelnen Züge von Adamantos' Gesicht zu einem Gesamteindruck zusammenzusetzen.

Je mehr er es suchte, desto deutlicher verschwamm es.

Adamantos hatte auf den Sessel Platz genommen, er hob die Hände über den Kopf und schüttelte sie – ein Zeichen, vermutete Mark, den Begrüßungskanon abklingen zu lassen, was auch sogleich geschah. Mark erwartete, dass ihn Lea oder Bernhard im nächsten Moment vorstellen würden, er versuchte, sich unauffällig den stetig fließenden Schweiß von Schläfen und Oberlippe abzutupfen.

Adamantos blickte in die Runde, Mark schien er nicht zu beachten.
Sollte er sich melden?

Der Druck, Adamantos als Unbekannter gegenüberzusitzen, wurde ihm unerträglich. Schon hatte sich seine Hand vom Oberschenkel gelöst, da hörte er Viktor, der außen auf dem Sofa saß, laut aufschnaufen. Viktor beugte sich vor und sah zu Adamantos.
„Die Menschlichkeit ist das Einzige, was Sinn stiftet in diesem Leben! Das erlebe ich immer wieder, hhhirrr, jeden Tag, nicht nur im Geschäft, auch in jeder Begegnung!"

Adamantos, die Arme auf den Sessellehnen, reagierte nicht.
Viktor blickte in die Runde und wackelte mit dem Kopf: „Nicht wahr, nicht wahr?"

„Ja!"
„So ist es!"
„Schön!"

Adamantos wies mit der Hand in Richtung Tür, sein Unterarm blieb auf der Sessellehne liegen.
„Lasst uns nun einen Bach hören."

Wieder sprach er so leise, dass Mark nicht sicher war, ob er richtig verstanden hatte. Denn wie sollte man jetzt einen Bach hören? Schon befürchtete er, die Aufgabe sei es nun, aus welchem Grund auch immer, das Geräusch eines Baches zu imitieren, da sah er, dass Karl aufstand.

„Oh wie schön, lieber Adamantos! Die Brandenburgischen ...?", fragte Karl.
Adamantos schwieg.
„Wie schön!"
„Wie wunderbar!"
Karl, der auf dem Platz gesessen hatte, den Mark so gerne eingenommen hätte, begab sich zur Musikanlage, die gleich neben der Tür stand, und schaltete das Kassettendeck ein.

Klassische Musik erklang, und Mark, dem klar wurde, wie fehl er in seiner Annahme gegangen war, schoss die Röte ins Gesicht. Wenn es noch eines Zeichens bedurft hätte, dass er nicht hierhergehörte, dann war es die Irrsinnigkeit seiner Idee gewesen, man müsse ein Bachgeräusch imitieren. Überdies war er so ungebildet, dass er nicht ein einziges Stück von Bach kannte.

Und welche Musik hörte er?
Bob Marley!

Jeden Song kannte er, konnte an den ersten Takten erkennen, welches Lied es war. Für einen Moment befiel ihn die Vorstellung, wie es wäre, wenn der Typ in seinem tierischen Ernst eine Platte von Bob Marley aufgelegt hätte. *Kaya* zum Beispiel, dann würde jetzt *Easy Skanking* kommen, und alle würden beginnen, sich im Reggae-Rhythmus zu wiegen, absurd! Beinahe hätte Mark gelacht, aber Vorsicht!
Hatte Lea etwas gemerkt?

Nein, sie hatte die Augen geschlossen. Auch Adamantos, und als Mark sich umsah, beruhigte er sich daran, dass niemand die Augen geöffnet hatte. Sie saßen verklärt auf ihren Stühlen, still und friedlich, ganz versunken in der Musik.

Mark schloss die Augen, um es auch zu versuchen.
Er bemühte sich, der Musik zu folgen, sie aus der Gegenwärtigkeit in der Menschlichkeit zu erleben, das strengte

ihn so an, dass ihm der Schweiß unter den Achseln ausbrach und sich in Bächen an seinen Körperseiten hinunterarbeitete. Wie lange sollte das so weitergehen, es war doch unerträglich. Draußen piepste ein Vogel, der war frei, und hier drinnen gab es nicht einmal ein Fenster, durch das man einen Blick nach draußen hätte werfen können. Ein paar Dachluken standen offen, durch die nicht ein Fitzelchen Himmel zu sehen war. Immerhin waren sie geöffnet, dachte Mark, aber niemals ließen sie doch ausreichend Luft für all die Leute herein.
Mark rutschte auf seinem Stuhl herum, so unauffällig wie möglich, sein Hintern juckte.

Ein Klickgeräusch des Kassettendecks verkündete das Ende der Musik.

„Dass wir das jetzt mit dir zusammen hören dürfen, nach dem, was du alles im Konzentrationslager geleistet hast, das ist wirklich eine unglaubliche Gnade!“
„Wie wahr!“
„Und was du auch jetzt noch auf dich nimmst!“
„Immer wieder wunderschön, die Brandenburgischen Konzerte in der Menschlichkeit erleben zu dürfen!“

„Bach ist die Prophetie der Menschlichkeit“, flüsterte Adamantos. Sein Blick schweifte durch die Runde.

Hatte Adamantos ihn angesehen, Mark war sich nicht sicher.
„Soll ich, lieber Adamantos?“ Karl stand schon wieder am Kassettendeck.
„Es wäre so schön …“
Adamantos nickte.
Karl nahm die Kassette heraus, drehte sie um und steckte sie wieder ein.
Nein!, dachte Mark.
Erbarmungslos drückte Karl die Taste.

Die Brandenburgischen Konzerte nahmen ihren Lauf, und Mark gab jeden Versuch auf, noch gegenwärtig zu bleiben. Ganz im Gegenteil.

Hinter seinen geschlossenen Augen und einer aufgesetzten Miene von Ergriffenheit emigrierte er nach Jamaika und legte sich in den Sand unter die Palmen. Er sah das türkis glitzernde Meer und stellte sich vor, wie er in die Brandung sprang und sich von den Wellen zurück an den Strand tragen ließ. Und er begann, sich in die Idee zu retten, dass die Dinge gar nicht so schlecht stünden:

1. Irgendwann würde er hier rauskommen, egal wie.
2. In drei Tagen würde er die Verhandlung gewinnen und beurlaubt werden.

3. Er würde mit seinem Vater Kontakt aufnehmen, und wenn er Glück hatte – und das musste doch auch langsam mal zu ihm zurückkehren –, dann würde sein Vater sagen, komm her, ich zahle dir den Flug. In drei, na, wenn nicht schon in zwei Wochen konnte es soweit sein.

Die musste er nur noch durchhalten.

Kapitel 31
Gestalte dich!

„Wie hat es dir gefallen?“, fragte Bernhard.

Es hatte nach dem Essen – einem Hirse-Auflauf mit Tomatensoße, den Mark, ohne sich zu befragen, wie er schmeckte, in Sekundenschnelle hinuntergeschlungen hatte – die ersehnte Pause gegeben. Auf der Auffahrt vor dem Haus standen sie, Frank war hinzugekommen und hatte sich eine Stuyvesant angesteckt, er hielt Mark die Packung hin.

Mark winkte dankend ab, eine heroische Leistung, die er nur deshalb erbrachte, um von Bernhard nicht beim Rauchen gesehen und dafür verachtet zu werden. Bernhard kannte ihn noch als asketischen Leistungssportler und hatte keine Ahnung, wie gravierend sich seine Lebensführung inzwischen geändert hatte.

Bevor Mark auf Bernhards Frage antworten konnte, geschah jedoch etwas für ihn völlig Überraschendes:
Aus der Haustür, Mark konnte den Bereich über Bernhards Schulter einsehen, trat eine junge Frau heraus, die er zuvor nicht gesehen hatte. Sie musste spät

gekommen sein, in der Phase, wo Mark sich mit Frank unterhalten hatte.

Aber was war das für ein Gerät, das da rauskam?
Ein Topmodel?
Hier?!

Sie trug ein knappes Kostüm, der Rock ging gar nicht kürzer, und ihre Highheels bewirkten, dass sie die beiden Männer, die links und rechts an ihrer Seite erschienen, um gut einen halben Kopf überragte. Die schwarzen Locken fielen ihr bis auf die Schultern, ihr Gesicht war auffallend geschminkt.
Genau sein Typ!

Bernhard folgte seinem Blick.
„Uhum, ja, attraktive Erscheinung", lächelte er süffisant, „das ist Helen!"
„Lieber die Finger davon lassen ...", Frank lachte und sog genüsslich an seiner Zigarette. Mark kippte um.
„Kann ich doch eine haben?"
„Ha, ja, hier!"

Frank ließ ein silbernes Feuerzeug aufflammen und gab ihm mit der anderen Hand Windschutz.
„An Helen ist kein Herankommen. Sie heiratet bald, den Eckhart, das ist der rechts neben ihr. Und Thorsten, der

andere, der versteht keinen Spaß, wenn es um seine Schwester geht!“

Das Triumvirat verschwand hinter der Hausecke. Mark sog den Rauch tief ein, unsicher blickte er zu Bernhard. „So eine Frau kann einen vom Wesentlichen abbringen ...“, lächelte der. „Übrigens hast du sie schon mal gesehen ...“ „Richtig! Beim Treffen am See! Ich erinnere mich ...“ Und tatsächlich, es war *sie*!

Bernhard hatte damals den Deutschkurs zu einer Feier auf dem Seegrundstück eines Freundes eingeladen, und da war sie, die Tochter seines Freundes, aus dem Haus gekommen und hatte ihnen Getränke gebracht. Mark hatte kein Wort mit ihr gewechselt, aber sich vom Fleck weg in sie verliebt. Am nächsten Tag war er nach Jamaika geflogen und hatte ihren Anblick mitgenommen, wochenlang von ihr geträumt, sich vorgestellt, sie würde zufällig auch nach Jamaika kommen und hinter der nächsten Palme auftauchen. Dann waren andere Frauen auf der Bildfläche erschienen, und er hatte sie vergessen.

„Heiraten?“, sagte er nun. „Ich dachte auf diesem Weg ...“ Hatte Lea nicht erzählt, dass es auf dem Weg der Menschlichkeit gerade nicht um Heiraten und Familie ging? „Manche sind noch nicht so weit“, sagte Bernhard. „Harald, ihr Vater, ist den Weg der Zwei gegangen und hat eine Familie gegründet. Sie versuchen trotzdem, die Menschlichkeit zu leben, aber sie gehören nicht zum Kern um Adamantos."

„Wie war es für dich, Adamantos zu erleben?", fragte Frank.
Die Frage ernüchterte Mark. Für einen Moment hatte er die Situation, in der er sich befand, vergessen. Was würde noch passieren, wie lange ging das Ganze noch?
"Ja, ähem, ich bin so beeindruckt, dass ich gar nichts dazu sagen kann."

Bernhard und Frank nickten ihm verständnisvoll zu.
"Dass es dich beeindruckt hat, ist sehr schön", sagte Bernhard, „denn du befindest dich hier im Zentrum der Menschlichkeit."
„Ja, das muss man erstmal verkraften und auf sich wirken lassen", bestätigte Frank.
Mark drückte seine Zigarette auf dem Boden aus.
„Wo ...?"
„Gib mir ..." Frank hielt ihm eine Pappschachtel für die Kippe hin.
„Mark! Kommst du einmal ..."

Lea führte ihn durch den engen Flur, eine Tür am Ende des Ganges stand offen.
„Das ist Adamantos' großer Raum!"

In der Tat war der Raum ungleich größer als der obere. Die Stühle waren nicht mehr hintereinander angeordnet, sondern standen in einer Reihe vor den Wänden und der großen Fensterfront. Immerhin konnte Mark jetzt durch die Fenster nach draußen auf eine Terrasse, auf Rasen und Bäume schauen. Der Raum war mit einem riesigen, weißen Berberteppich ausgefüllt, in der Mitte befand sich ein weißer Flügel, umsäumt von Liliensträußen in großen Vasen. In den Ecken des Raumes entdeckte Mark weitere Lilienvasen.

„Am besten du setzt dich hierhin“, sagte Lea und führte ihn zu einem Stuhl hinter dem Flügel. „Dann kannst du Adamantos gut sehen, und er dich auch!“

Noch war der Raum leer, Mark setzte sich. Einige Meter hinter Lea, die vor ihm stand, befand sich ein Sofa und daneben ein goldener Beistelltisch mit einem Buch darauf. Mark erkannte die „Bekenntnisse“.
„Wie geht es dir?“
„Ich bin so beeindruckt, dass ich erst einmal alles auf mich wirken lassen muss!“
Damit kam Mark bei Lea nicht durch.
„Das Wichtigste ist nun, dass du dich Adamantos gegenüber gestaltest. Du solltest damit nicht warten!“

Der Raum füllte sich, die chorartigen Beteuerungen der Dankbarkeit, wieder in diesem Raum sein zu dürfen, erklangen, Mark hörte sie wie aus weiter Ferne. Der strenge Liliengeruch betäubte ihn.
Er musste etwas finden, was er Adamantos sagen konnte, aber was?

Lea nahm gegenüber auf dem Sofa Platz.
Sie nickte ihm zu. *Jetzt aber!*, schien das zu bedeuten. Diesen Blick kannte er vom Volleyball, wenn sie versucht hatte, ihn vor einem entscheidenden Punkt anzufeuern. Marks Eingeweide verkrampften sich.

Kapitel 32
Das Wunder der Menschlichkeit

Karl setzte sich mit einem Cello auf den Hocker vor dem Flügel, Mark, der hinter ihm im Halbdunkel saß und vom Wirbelkasten des Cellos verdeckt wurde, wähnte sich in Sicherheit, von Adamantos nicht gesehen zu werden.

Die Cello-Suite von Bach schläferte ihn ein, ab und zu nahm er eine Hand vor den Mund und gähnte. Mühsam öffnete er seine Augen, als der Vortrag geendet hatte, und schloss sie gleich wieder, als der Nächste auf dem Hocker Platz nahm und auf der Querflöte vortrug. Das Tam-Tam, das der schnaufende Viktor aufführte, bis er sich endlich den Hocker zurechtgerückt und vor dem Flügel Platz genommen hatte, störte ihn in seinem Halbschlaf. Die Auszüge aus dem Wohltemperierten Klavier führten ihn dorthin zurück und vertieften seinen Dämmerzustand, da Viktor kein Ende finden konnte. Mark musste aufpassen, dass ihm der Kopf nicht zur Seite fiel.

„Großartig!“
„Wundervoll!“
„So dankbar!“
„Schön!“, nuschelte Mark, um nicht aufzufallen.

„Adamantos, wenn du jetzt …? Es wäre so schön …“
„Es wäre ein so tief beglückendes Geschehen …“
Adamantos streifte sich seine Ringe von den Fingern und legte sie auf den goldenen Beistelltisch.
Eine ältere Frau, die neben ihm saß, reichte ihm eine Hand, an der Adamantos sich beim Aufstehen festhielt.
Er wankte. Er steuerte in unsicheren Schritten in Marks Richtung auf den Flügel zu und sagte:
„Ich weiß nicht, ob ich es noch schaffe. Es war für diesen Körper zu viel, er besteht nur noch aus Schmerzen! Aber ich will es versuchen.“
„Adamantos, was für ein großes Geschenk an uns!“

Adamantos setzte sich auf dem Hocker vor dem Flügel, einen Meter von Mark entfernt. Sein Blick streifte ihn, Mark war zu langsam, ein Lächeln aufzusetzen, und wurde rot.
Adamantos konzentrierte sich bereits auf die Tasten.
„Eine Improvisation …“, kündigte er an.

Einzelne Töne erklangen, eine Melodie, wieder einzelne Töne. Mark versuchte, Adamantos' Geschenk tief beglückt zu erleben, scheiterte aber an der kargen Schwere des Vortrags, die ihn bedrückte.
Nicht einmal das also.
Nicht einmal dieses Opfer von Adamantos konnte ihn erreichen, so elend war es um ihn bestellt.

Ganz anders erging es jenen Menschen, mit denen er sich in diesem Raum zusammengefunden hatte. Sie erlebten das Wunder der Menschlichkeit, und so äußerten sie sich als tief Erschütterte, kaum hatte Adamantos mit seiner Improvisation geendet.

Wortlos kehrte Adamantos zum Sofa zurück und setzte sich.
Ernst blickte er in die Runde, die Danksagungen verklangen und eine unheilvolle Stille breitete sich aus.

Adamantos sah Mark an.

Minuten des Schweigens vergingen. Alle Augen hatten sich auf ihn gerichtet.
Es war Mark unmöglich, etwas zu sagen. Die Gesichtszüge entglitten ihm, sein Mund zuckte, schon glaubte er, weinen zu müssen, doch die aufsteigende Welle blieb in seiner Kehle stecken.

„Wieso befindet sich so jemand in meinem Raum?“, donnerte es in die Stille.

In der schier endlosen Zeitspanne, die nun folgte, nahm Mark in Schemen wahr, wie sich die Gesichter der Anwesenden vor Empörung verzogen. In Marks Kopf pochte es, als würde ein Vorschlaghammer im Rhythmus seines Herzens gegen seine Stirn schlagen.

„Ich, ich ...", stotterte er.

Adamantos hatte sich längst von ihm abgewendet und sah zum Fenster.
"Es ist doch die Aufgabe der Repräsentanten, jemanden, der keine Kultur in sich trägt, nicht in diesen Raum zu lassen. So jemand gehört doch nicht hierher, ins Zentrum der Menschlichkeit?!"
Sein Blick wanderte durch die Runde.

"Ja ..., Adamantos, so ist es!"
„Ich hatte gleich meine Bedenken bei ihm ...", ereiferte sich Viktor, der am anderen Ende des Sofas saß, und bereute es sogleich.
„Warum hast du nicht sofort eingegriffen?" Ein entsetzter Blick von Adamantos traf ihn.
„Und du? Wie konntest du ..."

Lea senkte demütig den Blick, hob den rotglühenden Kopf aber gleich wieder, bereit zu ihrer Schuld zu stehen, sagen tat sie nichts. Eine einzelne Träne lief ihr über das Gesicht.

Adamantos deutete mit einer Hand in Marks Richtung, ohne ihn anzusehen.

„Dass ich auch noch tragen muss, wie ein Wesen so verstört in diesem Raum sitzt ... Nach allem, was es hier erleben durfte!"

Adamantos' Körper begann zu zittern. Die Augen verdrehten sich, der Kopf kippte zur Seite, der Mund stand offen und die Zunge hing heraus. Seine Beine vibrierten, ein Fuß schnellte hoch, so kräftig, dass sich die Sandale löste und in einem hohen Bogen durch den Raum flog, sich mehrfach in der Luft überschlug und knapp vor dem Flügelhocker auf den Boden knallte.

Eine Flugbahn, die Mark, hätte er sie von der Seite gesehen und wäre er bei klarem Verstand gewesen, an den fliegenden Knochen aus der Anfangsszene von Kubricks *2001* hätte denken lassen müssen.
Beides war jedoch nicht der Fall:
Denn zum einem sah Mark dieses Objekt direkt auf sich zukommen, zum anderen war sein Großhirn zum größten Teil abgeschaltet – sein Reptiliengehirn hatte übernommen, jener älteste Teil des Gehirns, der, wenn Kampf oder Flucht nicht möglich sind, das System in einem Totstellreflex erstarren lässt.

Noch hallte das derbe Aufschlagsgeräusch durch den Raum, da war Karl schon aufgesprungen und hatte die Sandale aufgehoben. Er kniete vor Adamantos, das Zittern

ebbte ab, Karl nahm den Fuß und legte ihm behutsam die Sandale an.
„Lieber Adamantos …“, flüsterte er.

Minuten vergingen, niemand bewegte sich, niemand wagte, ein Wort zu sagen.
Adamantos öffnete die Augen, sein Gesicht war aschfahl, doch sein Blick hatte sich geklärt.
Karl setzte sich zurück auf seinen Stuhl an der Tür.

„Und …?“ Adamantos' Hand hob sich nicht von der Lehne, nur der Zeigefinger deutete in Richtung Mark.

Bernhard griff von der anderen Seite des Raumes ein: „Er hat uns draußen erzählt, dass er sehr beeindruckt ist …“
„Schön!“
„Es kann auch gar nicht anders sein!“
„Vielleicht ist er zu beeindruckt, um etwas sagen zu können …“, sagte eine ältere Frau, die am Fenster neben Bernhard saß.

Adamantos winkte ab.
„Nicht einmal vorstellen kann er sich …“, flüsterte er.

„Ich …, ich …, ich bin Mark Hellberg …“
„Wer …?“
„M-m-mark-hell-hellberch, bin ich …“

„Und was willst du hier?“
„... nichts Böses! Ich ..., ich weiß nicht ...“
„Adamantos, ich glaube, er weiß nicht, wie er sich ausdrücken soll ...“
Wieder sprang ihm die Frau zur Seite.
„Adamantos, es ist einfach zu überwältigend für ihn“, sagte Karl.

„Wie Sie im Konzentrationslager ..., m-möchte ich auch für meine Überzeugung eintreten ...“, versuchte es Mark.
„Wie schön!“
„Darum geht es!“
„Wie schön für einen junges Wesen, mit diesem Weg in Berührung zu kommen. Welch' ein Geschenk für ihn.“

Eine Handbewegung von Adamantos brachte alle zum Schweigen.
„Was ich damals im Konzentrationslager geleistet habe, das ist der Maßstab. Ich bin mit den größten Verbrechern fertig geworden! Ich nehme es auch heute noch mit jedem auf.“

Mark nickte.
„Ja ...“, stieß er hervor.
„Glaubst du an das Gute?“, fragte Adamantos.
"Ja, natürlich."
"Gut, das reicht. Den Rest müsst ihr machen."

Adamantos winkte in die Runde.
„Ja, das ist unsere Aufgabe!"
„Wir übernehmen das!"

Adamantos nahm ein Etui vom Beistelltisch, holte eine goldene Brille heraus und putzte sie mit einem Tuch. Karl eilte herbei und legte ihm die „Bekenntnisse" in den Schoß.

„Die Liebe ist die größte Macht ...", las Adamantos.

Kapitel 33
Helen

„Ich fasse es nicht!“

Ohne die Augen von der kaum beleuchteten Landstraße zu nehmen, griff ihr Bruder in die Ablage vor der Gangschaltung und hielt ihr die Zigarettenschachtel hin. Helen nahm sich eine Camel, das Feuerzeug flammte vor ihr in der Dunkelheit auf. Thorsten legte das Feuerzeug zurück, übergangsweise wanderte seine Zigarette in die linke Hand, die das Steuer hielt. Er kramte in der Ablage nach der Rittersport-Schokolade, brach ein Quadrat von vier Stücken ab und schob es sich in den Mund. Er gefiel sich darin, wie souverän er mit seinem zwei Wochen alten Führerschein bereits Auto fuhr. Fahrend, rauchend, mampfend, gelang es ihm überdies, noch ein paar Silben durch den vollen Mund hindurchzubringen.

„Ajjes Schwoch…moten …“
„Da kommt endlich mal einer, der nicht völlig uninteressant ist, und dann wird der so fertiggemacht!“
„Su unnossont …, ooch wudor nit!“
„Der sieht aus wie Terence Hill!“
„Whoa …? Numohls! Do suht nit us wu Toronz Hull …!“

Thorsten schluckte, Helen sah seinen Adamsapfel hüpfen.
„Eher wie Bugs Bunny, haha!"
„In dem Anzug kann niemand gut aussehen! Aber die Augen …"
„Ey, mal halblang, bist du jetzt scharf auf den oder was? Sei froh, dass Ecki das nicht hört!"

Helen zog geräuschvoll an der Zigarette, hielt den aufsteigenden Rauch im Mund und stieß ihn mit einem Poppgeräusch in der Form eines Ringes aus, der sich sehen lassen konnte.
„Guck mal …"
„Geil!"
Diese Augen! Die hellblauen Punkte hatten noch in der Dunkelheit des Raumes so geleuchtet, dass sie ihn wiedererkannt hatte.
Sie hatte diese Augen schon einmal gesehen, damals, als Bernhard Lea und seine Schüler angeschleppt hatte. Da hatte sie ihren Vater mit der Idee überrascht, ihnen etwas zu trinken rauszubringen. Nicht, wie ihr Vater gedacht hatte, um sich nach dem Streit durch diese Geste wieder mit ihm zu versöhnen, sondern um diese Augen von Nahem zu sehen. Und gewartet, dass der Typ etwas zu ihr sagen würde. Das hatte er nicht, aber geschaut hatte er. Sein Blick hatte sie verfolgt, das hatte sie nicht nur aus den Augenwinkeln mitbekommen, sie hatte es gespürt.

Und nun war er wieder aufgetaucht, ausgerechnet bei Adamantos. Ja, das musste *er* sein, das machte Sinn. Bernhard war die Verbindung zu ihm, und, leider, auch Lea!

„Vorsicht! Pass doch auf!"

Thorsten hatte versucht, sich eine Zigarette anzustecken, indem er mit beiden Ellbogen das Lenkrad steuerte, dabei war der Wagen deutlich auf die Gegenfahrbahn geraten. „Kommt doch keiner!"

Tatsächlich war die Landstraße am Sonntagabend so gut wie nicht befahren. In der Ferne erschien der Dorfrand, die Lichter der ersten Häuser wurden sichtbar.

Zwei Tage im Haus ihrer Eltern lagen vor ihr, sie sollte die ersten Fertigstellungen im Dachausbau begutachten. Wozu? Sie würde dort nicht mit Eckie wohnen! Und sie würde dort auch ganz sicher nicht ihre Hochzeitsnacht verbringen, wie es ihr Vater plante und gegen alle Widerstände vorbereitete.
Sie dachte an eine Flamenco-Hochzeit in Spanien, in einem dunkelroten Rüschenkleid, mit schwarzen Kastagnetten in ihren Händen.
So würde sie durch ihre Hochzeit tanzen, weit weg von ihnen allen!

Weg von diesen Leuten, die als Adamantos' Abziehbilder durch die Gegend stolzierten. Kein Wunder, dass dem Typen nichts mehr eingefallen war. Sie verstand ihn, und sie bedauerte ihn. Der wollte auch nur frei sein. Aber wenn ihn Lea und die anderen in ihre Fänge bekamen, dann konnte er das vergessen.

„Lea ist die Schlimmste von allen!", sagte Helen.
„Wie die inzwischen aussieht! Wie ein Panzer!"
„Haha, ja! Und feige ist sie auch noch. Sie hat nichts gesagt, als es darauf ankam!"
„Aber wie kann man sich *freiwillig* mit der einlassen? Zum Glück ist er beim Bund, da ist er sie los. An seiner Stelle würde ich mir das mit der Verweigerung nochmal gut überlegen, haha."
„Gute Idee! Vielleicht rufe ich ihn mal an und gebe ihm den Tipp!"
„Tust du nicht!"

Jetzt war es Helen, die lachte.

Kapitel 34
Die Zugfahrt

Mark stürmte durch die große Halle des Hauptbahnhofs, brachte die Treppe nach unten zu den Gleisen in einer Art Dreisprung hinter sich, und schaffte es, mit der Ankündigung *Vorsicht, die Türen schließen!* gerade noch, in den Zug hineinzukommen.

Gesungen wurde, gegrölt, dabei hatte Mark noch nicht einmal die Schiebetür zum Großraumabteil geöffnet. Mark war nicht in Uniform, das war ein Problem. In seinem Aufzug, jetzt wieder mit speckigen Hemdkragen und Lederkrawatte, würde ein Spießrutenlauf beginnen. Lasst ein paar Hahns darunter sein, und ich bin erledigt, dachte Mark.

Er zog sich die Krawatte über den Kopf, kam beinahe nicht über die Nase, so eng war die Schlinge, und packte sie mitsamt seinem Jackett in den Bundeswehrsack. Dieser war jetzt wichtig, denn er wies ihn als einen Dazugehörigen aus!

Mark schob die Tür zur Seite und begrub die Hoffnung, an einem Fenster zu sitzen, nach draußen in die

Dunkelheit zu schauen und in Ruhe seinen Gedanken nachzuhängen. Jeder Platz war olivgrün besetzt.

Die Geräusche allseits aufpoppender Bierdosen begleiteten ihn, als er sich, den weißen Sack wie ein Banner vor sich hertragend, durch den Gang arbeitete.
„Ey, was is' n das für' n Idiot?“
„Ist der bei den Fliegern oder was?“
„Viel besser: Bei den Pionieren!“, rief Mark.

Haha, ja! Dass er zum letzten Dreck der Bundeswehr gehörte, das war jetzt witzig, damit kam Mark unter Gelächter durch den Waggon und schob unbehelligt die nächste Tür zur Seite.

Eine Zigarette war jetzt wichtig, lebenswichtig!
Die wurde ihm bereits hingehalten.
„Hellberg, gibt' s nich' ...“
Wallner!
„Hellberg, man, siehst du scheiße aus ...“
„... trage ich sonst nie, konnte mich nicht mehr umziehen ...“
„Ne, du bist leichenblass ...“

Das saß, das hebelte Mark aus. Es wurde ihm schwarz vor Augen, seine Knie sanken ihm unter dem Körper weg. Wallner, einen halben Kopf größer als Mark und fast

doppelt so schwer, fing ihn, die Kippe im Mundwinkel, mit beiden Armen auf.
„Ey, ey, ey, Hellberg, Alter ..."

Unfähig, noch allein zu stehen, hing Mark in den Armen von Wallner.
„Is ' ja gut, is ' ja gut ... Komm' , rauch erstmal eine und dann erzähl ..."

Zehn Zigaretten später, als sie in Neumünster einfuhren und der größte Teil der Soldaten ausstieg, hatte Mark die ganze Story seit der Nacht im Pickenpack erzählt.
Sie setzten sich einander gegenüber in ein leeres Abteil, Wallner hatte bis dahin nur geraucht und zugehört.

„Also Hellberg, alles klar. Der hat also damals den Kriegsdienst verweigert, das finde ich ja auch richtig und gut. Aber ich verstehe das ganze Brimborium nicht. Was soll denn der Sinn dieser Zusammenkünfte sein? Man sitzt da, hört Bach und sagt dann Ja und Amen. Verstehe ich nicht, was das soll ..."
„Habe ich auch nicht verstanden ..."
„Wenn da wenigstens was Politisches bei rauskäme ... Dass man jetzt etwas in der Gesellschaft bewirkt oder wenigstens Theoriebildung betreibt ..."

„Tja, man versucht, den Augenblick in der Menschlichkeit zu erleben und ihn zu gestalten, ähem, in der Entsprechung natürlich ..."
„Und dieser Adamantos sagt dir dann, ob das richtig ist oder falsch. Nee, das ist Schrott, Hellberg. Faschistoider Scheiß ist das! Und was der da mit dir gemacht hat, das ist eine Sauerei! Der Typ geht mir auf den Sack! Wir haben auch unsere Leute gehabt, die haben von Anfang an gegen die Nazis gekämpft und alles riskiert! Und sind reihenweise dafür draufgegangen! Ernst Thälmann zum Beispiel! Und der ist nicht aus Buchenwald zurückgekommen!"

Wallner drückte seine Kippe an der hochgestellten Klappe des Aschenbechers aus, stampfte sie zusammen, obwohl sie längst erloschen war.
„Aber verstehe mich richtig, Hellberg. Dass du verweigerst, finde ich gut. Entweder man sabotiert den Laden von innen, wie wir das machen, oder man scheißt den Imperialisten voll vor den Koffer! Aber dieses Überhöhungszeug, nee! Bach hören und dankbar sein, das ist doch Kacke, das macht doch auch keinen Spaß ..."

Sie stiegen in Schleswig aus und entschieden sich, auf die Busfahrt zu verzichten und die gut vier Kilometer zur Kaserne zu laufen. Ihr Weg führte sie zunächst durch die Ortschaft, vor der Schlossinsel bogen sie ab, erreichten die Schlei und wanderten am Ufer entlang. Sie genossen die laue Brise, die an diesem späten Maiabend vom Fluss herüberwehte.

Wallner hatte Mark so weit wiederhergestellt, dass dieser ab und zu lachte.

Marks Welt hatte sich wieder zusammengesetzt: Adamantos war ein Größenwahnsinniger, ein Verblendeter, und all jene, die sich um ihn geschart hatten, folgten ihm auf diesen Trip, er, Mark Hellberg, nicht!

Sie hatten ihn in eine Falle gelockt und ins Messer laufen lassen, eine Gehirnwäsche hatten sie an ihm versucht! Damit war jetzt Schluss! Zum Glück hatte er Leas Bemühungen auf der Rückfahrt, ihm weitere Verabredungen aufzudrücken, trotz seines geschwächten Zustands widerstanden. Sie hatte vorgeschlagen, ihn in drei Tagen nach seiner Verhandlung beim Kreiswehrersatzamt abzuholen, aber Mark hatte dankend abgelehnt.

Wenn er die Verhandlung siegreich hinter sich gebracht hatte, dann waren die Karten neu gemischt, und das Letzte, was er sich vorstellen konnte, war danach Lea zu treffen, ja ging es noch? Nein, wenn er erst einmal aus diesem Laden raus war, wenn er frei war, dann würde es ein Gespräch geben, ein endgültiges:
Nie wieder diese Frau!

Einen Stich gab es, Helen!
Die würde er nie wieder sehen.
Aber sie heiratete ja sowieso, tröstete sich Mark.

In der Stube war Mark froh, dass seine geschätzten Kameraden noch nicht eingetroffen waren. Im blauen Pyjama legte er sich in sein Bett oben in der Ecke, er war völlig erschöpft. Es kam ihm wie ein Traum vor, was an diesem Tag passiert war, ein Albtraum, ein entsetzliches Geschehen, Aberwitz, Wahnsinn!

Grausame Welt, grausames Geschick, noch drei Tage, dachte Mark und wagte es, sich vorzustellen, wie er frei sein würde.

Dieser eine Moment, wenn die Verhandlung geschafft war, wenn es gewiss war, dass ...

Kapitel 35
Die Verhandlung

Es hatte sich Mark ein Satz aus dem Vorbereitungsbuch für Kriegsdienstverweigerer eingebrannt, da hatte jemand in einem Bericht geschrieben: „Als die Sonne am Morgen dieses so entscheidenden Tages schien, da wusste ich, dass es gelingen würde!"

Als Mark an diesem Tage seiner Verhandlung erwachte, schielte er von seinem Bett aus zum Spalt zwischen den Vorhängen. Kaum kam Licht hinein.
Er stand auf und zog den Vorhang zur Seite, es war grau, abscheulich grau. Es nieselte, und der Himmel war so schwer bewölkt, dass es unmöglich schien, dass die Sonne an diesem Tag hindurchluken würde.

Wie auf Kommando, als hätte sich das Wetter bis zu diesem Moment zurückgehalten, begann es zu gießen.
„Um Gottes Willen!", rief Mark aus und ließ die Frage zu, was passieren würde, wenn er nicht durchkommen würde.

Nein, diese Gedanken konnte er sich nicht leisten.
Das waren Gedanken, die ihm die letzte Kraft nahmen.

Nein, nein, rief er und eilte durch den dunklen Flur in die Küche, schaltete das Licht an und setzte Kaffee auf, dabei schüttete er einen ganzen Löffel in den Spalt zwischen Filter und Filtertüte, eine riesige Sauerei. Er musste den Filter aushaken und auswaschen, die befüllte Filtertüte fiel um und verstreute das Kaffeepulver auf der Arbeitsplatte und den Boden, überall das feine Pulver, Mark war schon hier am Morgen überfordert, bevor es überhaupt losging.

Er sank auf die Knie, den ausgewaschenen Filter in der Hand, ein Schluchzen kam hoch, ein brennender Kloß saß in seinem Hals, ja, und eine, eine einzige Träne rann aus seinem Auge und zog eine kitzelnde Bahn über seine Wange bis zu seinem Mund, wo er sie mit seiner Zunge abfing.

Nein, sagte er sich, ich bin gut vorbereitet.

Vier, ja fünf Mal hatte er akribisch das Vorbereitungsbuch für Kriegsdienstverweigerer durchgearbeitet, mit gelbem und rotem Marker die wichtigsten Textstellen hervorgehoben, im Prinzip hatte er das ganze Buch koloriert und mit Notizen an den Seitenrändern gespickt. Theoretisch war doch alles klar, er musste lediglich überzeugend darstellen, dass sein Gewissen durchgebrochen war, es durfte keine reine Überlegung bleiben, das hatte ihm Stephan in mehreren Telefonaten eingebläut.

Man war gemeinsam darauf verfallen, in der Begründung seines Antrags die Sache mit Hahn anzuführen: Diese Erfahrung von brutaler Gewalt, dieser Schock, der habe ihn aufgeweckt und den Boden dafür bereitet, vom Schicksal des KZ-Überlebenden berührt zu werden. Beides habe katalysatorisch an einem Wochenende seine Gewissensstimme, die er zuvor noch zu unterdrücken vermocht hatte, zum Durchbruch verholfen und ihm diese verpflichtende Entscheidung auferlegt. Er habe gar nicht anders handeln können, als zu verweigern, sonst hätte seine Seele größten Schaden genommen.

Aber Adamantos' KZ-Geschichte müsste doch schon allein genügen, um jeden umzuhauen!

Mark raffte sich auf.

Eigentlich hatte er sich schon gestern vorgenommen, mit dem Rauchen aufzuhören, das ein, zwei Stunden versucht, war dann umgekippt und hatte es auf heute verschoben, nun merkte er, das ging gar nicht, das war nicht der richtige Zeitpunkt. Es wäre auch schade, die Freiheit zu erlangen und sich darauf keine mehr anstecken zu können, man konnte sich auch alles versauen, nein, diese und auch die anderen Lebensreformen – nie mehr Alkohol trinken, nur noch vegetarisch essen – würde er ganz in Ruhe danach umsetzen.

Mark entschied sich zu einem Büßer-Look. Er wollte ja nicht den Eindruck erwecken, ihm gehe es gut, möglichst schlecht musste er aussehen, leidend, von seinem Gewissen gequält, die Bräune war zum Glück aus seinem Gesicht verflogen, da er mit dem Kraftraum auch das Solarium verloren hatte. Trainiert hatte er auch nicht mehr, denn es ging um Wichtigeres.

Ein alter Wollpullover, grau, kratzig, mit einem Rundhalsausschnitt, den er jahrelang nicht getragen und nur für den Notfall aufbewahrt hatte, falls es besonders kalt wurde, den wählte er aus. Die Haare wurden nicht gegelt, sondern Prinz-Eisenherz-artig hinuntergekämmt, kürzer waren sie jetzt, Bruns hatte ihm klargemacht, dass seine Haare ab mussten.

Im Spiegel konnte er sich bestätigen, dass er aussah wie ein armes Würstchen.

In diesem mitleiderweckenden Aufzug machte er sich auf den Weg. Er ging durch den Nieselregen zum U-Bahnhof Borgweg, fuhr mit der U-Bahn auf die andere Seite der Alster, dort befand sich sein Kreiswehrersatzamt, mitten im nobelsten Viertel Hamburgs, Harvestehude.

In der Sophienterrasse meldete er sich im Kreiswehrersatzamt, genau zur rechten Zeit, erfuhr dort allerdings, dass er sich im falschen Gebäude eingefunden hatte. Er musste runter zum Harvestehuder Weg an der der Alster, und verlor völlig die Orientierung, weil keine Hausnummern zu sehen waren.

Ein einziger Passant, mit Schirm, Mantel und einem Hund, der an einem Gebüsch gerade sein Geschäft verrichtete, konnte ihm weiterhelfen, und so durchquerte Mark eine große Rasenfläche, in deren Mitte sich das richtige Behördengebäude befand.

„Zehn Minuten sind Sie zu spät!“, begrüßte ihn der Pförtner hinter einer Glasscheibe und winkte mit dem Zeigefinger zu einer geschlossenen, riesigen Flügeltür. Mark wollte anklopfen.
„Gehen Sie einfach rein!“

Er kam in eine große Halle, hohe Fenster ermöglichten den Blick auf die Rasenfläche und einen einsamen Baum im Niesel. In der Mitte an einem Tisch saßen drei Leute, an der Stirnseite ein glatzköpfiger Mann mit einem Zwirbelbart, ganz wie ihn der Major trug, offenbar der Verhandlungsführer.

Über Eck saßen die beiden Beisitzer, die am Ende der Verhandlung gemeinsam mit dem Vorsitzenden über seine Anerkennung abstimmen würden: eine hochgeschminkte, ältere Frau in einem Kostüm und ein Mann daneben, der eine Sonnenbrille trug und mit ausgestreckten Beinen so eingesunken auf dem Stuhl saß, dass Mark dachte, er schlafe.

„Setzen Sie sich hierhin!", sagte der Mann an der Stirnseite und deutete auf einen Stuhl an der freien Längsseite des Tisches.
„Ihren Personalausweis!"
„Bitte! Ich habe den Eingang nicht gleich gefun ..."
„Ihr Pass ist seit einem Monat abgelaufen!"
„Ja, ähem, nun bin ich ja auch bei der Bundeswehr und hatte noch keine Zeit ..."
„Andere schaffen das auch, ihre Angelegenheiten rechtzeitig zu erledigen. Und zwar während sie ihren Dienst für das Vaterland verrichten!"

Die Frau nickte dem Verhandlungsführer zu, Mark fing einen abweisenden, ja verächtlichen Blick von ihr, der Mann reagierte auch, er ließ sein Kinn auf die Brust sinken.

Der Verhandlungsführer hatte einen Kassettenrekorder vor sich, sowie einige Unterlagen, nun nahm er das Mikrofon und sprach die Namen, Adressen und Berufe aller Anwesenden ein. Die Frau war CDU-Abgeordnete, der Mann, den man, dachte Mark, gezwungen haben musste, hier teilzunehmen, war Betreiber einer Gaststätte. Der Verhandlungsführer bezeichnete sich als Regierungsrat.

„Wir haben hier vorliegen ...", der Regierungsrat wies auf einen Stapel mit Unterlagen, „die Einschätzung seines Kompanieführers, Major Fleckenstein, ein hochgeachteter Offizier übrigens, mit dem ich die Ehre gehabt habe, gemeinsam dienen zu dürfen ..., sowie das Schießbuch des Antragstellers."

Der Regierungsrat griff sich das Heftchen und blätterte durch die Seiten, auf denen in lauter kleinen Zielscheiben seine Schießergebnisse eingetragen waren.
„Oha ...", rief er aus und zeigte den Beisitzern eine Seite mit Volltreffern.
Lächelnd hielt er sie Mark vor die Nase.
„Das sind ja einige Zehnen, die Sie geschossen haben, meinen Respekt!
Da hatte sich wohl ihr Gewissen noch nicht gemeldet ..."

Kapitel 36
Die Einladung

Mark war angewiesen worden, die Halle zu verlassen und im Vorraum beim Pförtner zu warten, bis man ihm nach Beratung und Abstimmung das Ergebnis mitteilen würde.

Immer noch war ein Wunder möglich, und eines Wunders bedurfte es, eines Eingriffs einer höheren, unendlich gütigen Macht, die die Katastrophe abwenden würde. Man hatte ihn vernichtet, gedemütigt, gegen eine hermetische Wand laufen lassen. Keinen Fuß hatte er auf den Boden bekommen und sich schließlich, nachdem vom Verhandlungsführer keinerlei menschliche Regung zu erwarten war, direkt an die Beisitzer gewendet und um Unterstützung gefleht. Die CDU-Abgeordnete hatte nur mit dem Kopf geschüttelt, der Mann hinter seiner Sonnenbrille keine Reaktion gezeigt.

Vielleicht war Mark dumm, nichtswürdig, primitiv – das mochte ja alles sein –, aber dass ihm hier ein Unrecht geschehen war, das hatte selbst er mitbekommen. Und dagegen würde er sich wehren.

Die Luke in der Glasscheibe öffnete sich, und der Pförtner rief ihm zu:

„Sie können wieder rein ...“
Die Luke schloss sich.

Man empfing ihn stehend. Lächelnd verkündete ihm der Regierungsrat:
„Ihr Antrag auf Anerkennung als Kriegsdienstverweigerer ist, wie ich erwartet habe, einstimmig abgelehnt! Dieser Beschluss ist vorläufig, der schriftliche Entscheid und die Begründung gehen Ihnen innerhalb von vierzehn Tagen zu. Es steht Ihnen frei, wenngleich es völlig sinnlos ist, hiergegen Widerspruch einzulegen. Ich rate Ihnen davon ab – Sie verschlimmern Ihre Lage nur –, denn ich kann Ihnen versichern, dass man Ihren Antrag auch in einer zweiten Verhandlung ablehnen wird. Sie haben sich am Montag zum Appell in Ihrer Einheit einzufinden und Ihren Dienst anzutreten! Wie jeder andere auch werden Sie Ihre restliche Dienstzeit ohne Einschränkungen ableisten!“

„Dann werde ich sofort Widerspruch einlegen!“, rief Mark.
„... können Sie beim Pförtner machen!“

Eine läppische Geste winkte ihn hinaus.

Unten am Harvestehuder Weg stand ein gelber VW-Käfer, davor eine Gestalt, mit dem Rücken angelehnt, die in seine

Richtung sah und winkte. Wer war das? Die Sonne brach durch die dichte Wolkendecke, die Strahlen spiegelten sich in der Ferne im Wasser der Alster, ließen es glitzern, wie er es aus Jamaika kannte. Mark kniff die Augen zusammen; für einen Moment glaubte er, seinen Vater zu sehen – seinen Vater, der nun doch gekommen war, um ihm in finsterster Stunde beizustehen und ihn sofort nach Jamaika zu holen.

Nein, es war nicht sein Vater; der Mann war zu dünn und der Bart zu lang.
Es war Karl.

„Hallo, Mark, Lea konnte nicht, da bin ich eingesprungen", sagte Karl.
„Wie ist es gelauf ... , uhm, nicht gut ..."
„Es ist alles verloren ...", stotterte Mark, hob den Blick und sah in Karls Augen. Die waren braun und warm, und Mark fand etwas darin, das er verzweifelt in den letzten Stunden gesucht hatte: Güte, Gnade, Wärme.
„Ich bring dich hier weg", sagte Karl.
„Komm, steig ein!"

Während sie die Außenalster entlangfuhren, dachte Mark an seinen Vater, dem er vor Wochen einen Brief nach Jamaika geschrieben hatte; gehört hatte er seitdem nichts von ihm. Nun dauerte das auch, per Luftpost vier, fünf Tage – oder noch länger. Selbst wenn sein Vater sofort geantwortet hatte, der Brief konnte immer noch unterwegs sein. Oder er war verloren gegangen, auch das war schon passiert.

„Wie ist es denn abgelaufen … , wenn du überhaupt erzählen magst …“, fragte Karl.
„Tja … , ich hatte nicht den Hauch einer Chance. Erst ging es um das Schießen, und dann eine halbe Stunde um Marx …“

Mark berichtete, wie ihn der Vorsitzende gefragt hatte, was er in seinem Leistungskurs Philosophie gelesen habe. Da fiel eben auch der Name Marx; daran hatte sich der Vorsitzende festgebissen und ihn in eine intellektuelle Diskussion hineingezogen – nur, wie sich herausstellte, um zu beweisen, dass er über einen Bildungsgrad verfügte, der ihm vor der Einberufung die Gewissensentscheidung gegen den Kriegsdienst hätte fallen lassen müssen, es sei denn, diese liege gar nicht vor.

Dann hatte der Vorsitzende den Bericht des Majors vorgelesen, und darin hieß es, dass Mark an einem Wochenende in die Fänge einer Sekte geraten sei und eine Gehirnwäsche durchlaufen habe. Mark sollte Adamantos’ bürgerlichen Namen und seine Adresse benennen; Mark hatte sich geweigert, das zu tun, er hatte Adamantos nicht schaden wollen. Denn dass diese Leute nichts Gutes im Schilde führten, war von vornherein klar gewesen.

„Eine Schande, wie sie mit dir umgegangen sind!“, Karl schüttelte den Kopf.
„Ich soll dir übrigens Grüße übermitteln …“
„Von Bernhard?“
„Von uns allen! Wir wissen, dass es am Sonntag schwer war für dich! Und dass es hart ist, manchmal unglaublich hart, sich zur Menschlichkeit zu bekennen. Wenn du damit anfängst, triffst du zunächst auf die blanke Unmenschlichkeit. Aber wir sind da, wenn du uns brauchst. Auch Adamantos!“

Karl lächelte ihn an.
„Von ihm soll ich dich ganz besonders grüßen!“

Es waren nur die braunen Augen, die Mark lächeln sah, denn Karls Bart verdeckte seinen Mund. Und da kam ein Schluchzen aus seiner Tiefe, von ganz unten, das sich gegen jeden Widerstand in ihm hochgearbeitet hatte, wegschwemmte, was sich in den Weg stellte – Mark weinte.

Karl nahm die Hand vom Schalthebel und legte sie auf seinen Arm.
„Is' gut, ist ja gut, lass das ruhig alles raus …!“

Er bog in die Heilwigstraße ab und hielt an einem kleinen Park. Marks Schluchzen ebbte ab.

„Wollen wir eine rauchen?“, überraschte ihn Karl.

Sie standen unter einer Linde, und Mark erfuhr, dass Karl früher heroinsüchtig gewesen war.
„Vom Heroin auf zwei, drei Zigaretten am Tag, das ist doch was!“, lächelte Karl mit den Augen und sog an der Zigarette, tief inhalierte er den Rauch.
„Ohne Adamantos’ Weg wäre ich schon tot“, sagte er. „Ich wäre aus der Drogenszene nicht rausgekommen, und, glaube mir, ich weiß, wie hart das ist, sein Leben zu ändern und für etwas zu kämpfen. Aber das lohnt sich, sonst lohnt sich nix!“

Sie drückten ihre Zigaretten auf den Boden aus. Karl sammelte die Kippen auf und entsorgte sie in einem Abfalleimer an einer Parkbank.

„Was wirst du jetzt tun?“, fragte Karl. „Aufgeben …?“

Das war keine Option für Mark, keinen Moment hatte er daran gedacht, einzuknicken. Nicht nach dem, was bereits passiert war.
„Nein, ich werde weiterkämpfen! Eben noch habe ich Widerspruch eingelegt. Es wird eine zweite Verhandlung

geben, und wenn ich die nicht gewinne, gibt es eine dritte, dann aber vor dem Verwaltungsgericht. Außerhalb der Bundeswehr – da hab ich eine viel größere Chance, zu gewinnen."
„Du ziehst es durch, was?"
„Ja, das mache ich! Vielleicht muss ich in den Knast, wenn ich in die Kaserne zurückkomme. Kommt drauf an, ob die es tolerieren, dass ich die Waffe nicht mehr nehme ..."
„Großartig, Mark, großartig! Das würden nicht viele tun!"

Karl nickte und klopfte ihm auf die Schulter.

„Wann musst du in die Kaserne zurück?"
„Sonntag muss ich zurückfahren ..."
„Uhum, es gibt da noch etwas ..., etwas, das ich dir von Adamantos ausrichten soll. Er lädt dich ein, heute zu uns zu kommen ..., wir sind am Freitag immer nur wenige, Lea, Fred, Leni, ich. Normalerweise niemand sonst, aber Adamantos macht eine Ausnahme. Er weiß, dass du heute deine Verhandlung hattest. Er glaubt, es ist gut, wenn du mit uns im inneren Kreis zusammen bist."

Kapitel 37
Der Kreis

Nachdem Mark sich die Schuhsohlen mit dem Lappen abgewischt hatte, führte ihn Karl direkt durch Adamantos' großen Raum hinaus auf die Terrasse. Mark, der von Karl erfahren hatte, dass er sich diesmal weder in Anzug noch Krawatte zu zwingen hatte, trug einen Pullover mit V-Ausschnitt über ein Poloshirt, als Hose eine Jeans.

Adamantos, in seinem weißen, mantelähnlichen Gewand mit der Lilie auf der Brust, saß auf einem Stuhl und blickte in den Garten.
„Lieber Adamantos ...", kündigte Karl sie an.
„Uhm ..., wer ist da ...?"
„Ich bin es, Karl, und ich habe jemanden mitgebracht ..."
„So ...?"

Adamantos sah Mark an, sein Blick war freundlich.
„... hast es nicht geschafft ...?"
„Nein ..., leider nicht ..."
„Und nun, wirst du wieder schießen?"
„Nein, nein, kommt nicht infrage. Ich werd' die Waffe nie mehr nehmen ..., und ich werde da irgendwie rauskommen ... Wie Sie werd' ich auch für die Freiheit und den Frieden kämpfen!"

„Werser is awill, ser isa wei …“
„Ähm …, habe ich jetzt nicht ganz verstanden …“
„Where there is a will, there is a way!“, sagte Karl.
„Ja, ja! So ist es! Sie sagen es!“
„… bist doch ein ganz lieber Kerl …“

Adamantos lächelte ihn an und nahm seine Hand.
„… darfst du zu mir sagen …“

*

Einen goldenen Schimmer warf die späte Nachmittagssonne in den Raum. Adamantos saß Mark gegenüber, die Beine eingehüllt in eine hellbraune Decke. Am anderen Ende des Sofas saß Lea mit glühenden Wangen und lächelte. Leni saß in einem Sessel, Fred, Karl und schließlich Mark selbst saßen auf Stühlen und schlossen den Kreis.

Mark trug noch einmal vor, dass er weiterkämpfen werde, dass er, wenn er am Montag in seine Einheit zurückkehren musste, ein Zeichen für das Gute setzen würde.

Da wusste Lea, dass sie sich nicht in Mark geirrt hatte. Und Adamantos war heute so sanft, hatte sie angelächelt und „mein Liebes“ gesagt. Alles, was am Sonntag passiert war – ihr kolossaler Fehler, Mark nicht entsprechend einzuführen und damit die Hauptschuld zu tragen, dass Adamantos sich hatte überanstrengen müssen und einen Anfall bekommen hatte – war vergeben.

„In der Menschlichkeit ist man immer ein Anfänger!“, sagte Adamantos.
„Auch ich!“, fügte er hinzu.
„Wie groß das ist, dass du das sagst, lieber Adamantos“, sagte Karl.
„Und das nach allem, was du geleistet hast!“, sagte Leni.
„Wie gütig deine Menschlichkeit ist, das berührt mich zutiefst …“, sagte Lea und wagte mit feuchten Augen, Adamantos anzusehen.

Adamantos lächelte ihr zu.

Mark war so wertvoll, dachte sie, es steckte etwas zutiefst Gutes, Ehrenhaftes in ihm. Ein Kämpfer, der sich mit allem, was er hatte, gegen eine drohende Niederlage stellte. Und Adamantos musste das auch erkannt und daran geglaubt haben, sonst hätte er Mark nie an einem Freitag zugelassen – nach nur einem einzigen Treffen, das dazu noch einen desaströsen Verlauf genommen hatte!

Das war eine Öffnung von Adamantos, wie sie sie selbst in ihrer ganzen Zeit bei ihm, das waren jetzt zehn Jahre, nicht erlebt hatte. Und drei Jahre davon hatte es gebraucht, bis sie sich so weit vorgearbeitet hatte, dass sie das erste Mal an einem Freitag dabei sein durfte. Wie sehr hatte sie kämpfen müssen, um überhaupt wahrgenommen zu werden! Mit zwanzig, so alt wie Mark jetzt, als sie zu Adamantos gekommen war, hatte man in ihr nichts als ein Anhängsel von Bernhard gesehen. Wie anders war es doch, wenn ein Mann dazukam und sich für die Menschlichkeit entschied!

Nach den schweren Tagen, die dem Sonntagabend gefolgt waren und in denen Adamantos keinen Einzigen von ihnen mehr empfangen wollte, trug er nun wieder Hoffnung in sich.

Sie alle hatten viel untereinander gesprochen und schließlich dieses Treffen erkämpft. Die Aufgabe war klar gewesen: Kümmert euch um ihn! Und vielleicht war es gut gewesen, dass es nicht sie gewesen war, die Mark nach seiner Verhandlung abgepasst hatte. Es hatte eine andere Energie gebraucht, die Mark auffing – eine männliche – und Karl hatte es wundervoll gemacht.

Lea blickte zu Mark hinüber, der am Tee nippte, unbeholfen mit der Gabel ein Stückchen von der Pufferschnitte abhebelte. Er sah jetzt anders aus, gereinigt, geklärt. Und ein Licht war in dem großen Raum entstanden, das die Schönheit und den Frieden des Raumes verstärkte.

Eine Pause war eingetreten, nachdem Karl von seinem Gespräch mit Mark berichtet und ausgedrückt hatte, wie sehr ihn diese Begegnung berührt habe. Sogar Mark hatte gesprochen! Er verhielt sich so respektvoll gegenüber Adamantos, dass es eine reine Freude war.

„Die Menschlichkeit ist ein Geschenk ..., und welche Wandlung sie hervorrufen kann ...", sagte sie.
„So ist es!", bestätigte Karl.
„Wenn sich ein junger Mann in dieser Zeit der Menschlichkeit öffnet, dann geschieht etwas Großes in der Welt!"

Adamantos sah sie liebevoll an und nickte.

„Wäre es jetzt nicht Zeit für etwas Musik?", fragte Fred.
Adamantos schüttelte den Kopf.
„Entweder ist es die Zeit, oder es ist sie nicht!"

Leni, Lea und auch Karl fielen in das Kopfschütteln ein.
Mark stutzte.
„Ich verstehe das nicht ... Was war daran jetzt falsch, was er gesagt hat?"
Adamantos lächelte.
„Ganz richtig, das ist auch nicht leicht zu verstehen. Karl ...!"
Karl nickte.

„In der Menschlichkeit handelt man, wagt man aus dem Gefühl, was richtig ist, anstatt zu zaudern und zu fragen! Ganz so wie du heute, als du dem Urteil sofort widersprochen hast!“

Fred lachte auf und schüttelte den Kopf über sich.
„Ja, natürlich! Ich lerne immer wieder neu!“

Er lächelte Adamantos an. Der hob seinen Blick nicht und schüttelte wieder den Kopf.
Er lächelte Lea an. Die schloss ihre Augen.
Er wandte sich Karl zu, der sagte:
„Die Menschlichkeit findet jetzt statt! Oder gar nicht!“
Adamantos nickte.

„Das hast du doch ...“, Adamantos sprach zu Mark, „so richtig getan: Sofort nach den Bekenntnissen zu handeln! Das hat dich geadelt.“
Adamantos blickte zu Leni.
„Und nicht erst noch lernen, zu handeln ...“
„Wie wahr!“, sagte Leni und lachte.
„Und jetzt können wir eine Musik hören!“

Sein Blick schweifte durch die Runde und blieb an Mark hängen.
„Unser Gast hat es sich heute verdient, zu entscheiden!“
Karl sprang Mark zur Seite.

„Was möchtest du hören, Mark?“
„Das Cello-Stück, das du am Sonntag gespielt hast!“
„Uhum, das Prélude aus der ersten Cello-Suite von Bach – ausgezeichnete Wahl!“, sagte Karl.
„Soll ich?“
Adamantos winkte ihm zu.
„Macht ihr das nur, bald bin ich nicht mehr da ...“
„Lieber Adamantos ...“, Leni legte ihm die Hand auf den Arm.

Karl holte sein Cello, stimmte es kurz und begann zu spielen.

Mark floss in die Musik hinein. Diesmal war es nicht anstrengend, nein, er genoss es; die Klänge trugen ihn, ja, erhoben ihn. Hier zu sitzen, unter diesen Menschen, die ihr Leben etwas Höherem geweiht hatten, das schenkte ihm tiefen Frieden. Und da meinte Mark, es entfalte sich nun sein Schicksal, zu etwas Hohem, gar Höchstem bestimmt zu sein.

Und dafür, dachte er, habe es sich gelohnt – mehr als gelohnt –, das auf sich zu nehmen, was er auf sich genommen hatte.

Kapitel 38
Das Gesetzt der Wahrhaftigkeit

Die Tür öffnete sich, und Lenis dicklicher Kopf erschien im Türspalt.
„Es ist soweit ..."

Leni hatte auf ein Nicken von Adamantos vor einiger Zeit den Raum verlassen, um, wie Mark annahm, das Essen zuzubereiten. Hätte Mark Leni auf der Straße gesehen und wäre er befragt worden, welchen Beruf diese Frau mit Mitte fünfzig wohl ausübe, er hätte ohne zu zögern geantwortet, sie sei eine Putzfrau. Und das glaubte er auch hier.

Er vermutete, sie wurde von Adamantos nur geduldet, weil sie die Haushaltsarbeit leistete, weil sie putzte und kochte und auf diese Weise der Menschlichkeit diente. Etwas anderes, gar etwas Geistreiches oder Interessantes, glaubte Mark, war von dieser Frau nicht zu erwarten.

Sie erhoben sich und gingen hintereinander hinaus in den Flur, Adamantos blieb zurück. Mark befand sich in der Mitte der Reihe und wurde in einer Art Gänsemarsch in das Esszimmer geführt; hier befand sich ein großer, runder Tisch mit fünf Stühlen.

Alles war weiß: die Wände, der Vorhang, das Tischtuch, die Stoffservietten. Selbst die Rücklehnen der Stühle waren mit weißem Stoff bezogen.

„Dort nicht!", hörte Mark, als er sich gerade gesetzt hatte, und schnellte wie von der Tarantel gestochen wieder hoch. Den Stuhl, der umzufallen drohte, fing er noch ab.
„Da sitzt Adamantos!"

War da ein Vorwurf in Leas Stimme?

Aber woher hätte er das nun wieder wissen sollen? Die Alte ging ihm auf den Sack! Sie war schuld gewesen, dass das erste Treffen zu einer Katastrophe geworden war. Sie hätte ihn nur Adamantos vor der Zusammenkunft vorstellen müssen, wie es vorhin Karl getan hatte, dann wäre alles wunderbar gelaufen, und vielleicht hätte er durch den Kraftschub, den ein erfolgreiches Treffen wie heute mit sich brachte, sogar die Verhandlung bestanden.

Anstatt ihn, wie sie es getan hatte, unvorbereitet in eine unmögliche Situation zu schicken. Sie hatte die Katastrophe verursacht, nicht er – das zeigte sich doch jetzt!

Nein, korrigierte er sich. Ohne sie wäre er gar nicht hier gelandet. Sie hatte es nur gut gemeint, und sie meinte es auch jetzt nur gut. Es ging in der Menschlichkeit darum, das Gute hervorzubringen, indem man an das Gute im anderen glaubte. So viel, immerhin, meinte er bereits verstanden zu haben.

Und dann gab es auch noch die Gegenwart, die absolute Gegenwärtigkeit, wie Adamantos sie lebte: Es zählte immer nur der Augenblick, in ihm galt es zu handeln, aus dem Gefühl für das Stimmende – egal, welche Konsequenzen das nach sich zog. Aber wie man das machen sollte, das blieb ihm ein Rätsel.

*

Es dämmerte. Mark fand es angenehm, in dem bläulichen Licht, das die karge Atmosphäre des Raumes streichelte und die Konturen verwischte, zu verschwimmen und sich verstecken zu können.

Aber Fred brachte einen Kerzenleuchter und platzierte ihn in der Mitte des Tisches, entflammte ein Streichholz und zündete die fünf Kerzen an. Leni und Karl kamen mit Serviertabletts, auf denen sich befüllte Teller und Brotscheiben befanden.

„Kleine oder große Portion?“, fragte ihn Leni.
„Möglichst groß …“, antwortete Mark.

Er bekam einen bis zum Rand gefüllten Teller und musste sich zurückhalten, sich nicht gleich den rötlichen Brei reinzuschaufeln. Denn Adamantos war noch nicht da.

„Ein Geschenk, Leni, dies wieder essen zu dürfen. Ganz kostbar!“, sagte Fred.

Sicher war es ein Geschenk, und Mark war auch dankbar, etwas umsonst zu essen zu bekommen, aber wie Fred es sagte, klang es aufgesetzt, hölzern.
„Da vergeht einem ja gleich wieder der Appetit!“, sagte Karl, und Mark entfuhr ein Lachen.

Zu seiner Überraschung war er aber nicht der Einzige; jeder lachte.
„Fred, du bist schon so eine Nummer!“, sagte Leni.

Adamantos erschien, und das Lachen verstummte.
„Weiter, weiter ...“, er winkte mit beiden Händen, als wolle er sie ermuntern, aufzustehen, und um Haaresbreite hätte Mark das getan, bemerkte aber rechtzeitig, dass es darum nicht ging.
„Endlich Leben in der Bude ...“, sagte Adamantos und wanderte an der Wand entlang. Lea und Karl rückten mit ihren Stühlen an den Tisch heran, um ihm einen ungehinderten Durchgang zu ermöglichen.

„Esst, esst ..., wartet nicht auf mich, ich bin nicht mehr wichtig. Auf euch kommt es jetzt an, ich habe genug geleistet.“
„Wie wahr, Adamantos, wie wahr!“, sagte Leni.
„Du auch, mein Engel“, sagte Adamantos zu ihr und setzte sich neben sie.
„... leistest jeden Tag dein Möglichstes!“
„Liebster Adamantos ...“, antwortete Leni.
„Auf die Jüngeren kommt es jetzt an, auf die junge Menschheit! Auch – und vielleicht vor allem – auf dich!“

Adamantos’ Blick traf Mark.

Mark schluckte den zweiten Löffel Brei, den er sich bereits reingeschoben hatte, ungekaut hinunter. Ein Schweigen entstand. Er musste etwas sagen – etwas Gutes, Schönes, etwas Gegenwärtiges, Menschliches, möglichst Erhebendes. Oder all dies nicht, aber Hauptsache, irgendetwas.

Fred sprang ein:
„Ich möchte mich jeden Tag immer mehr der Menschlichkeit verpflichten ...“
„Red’ nicht drumherum, tue es einfach!“

Adamantos schüttelte den Kopf und lachte, Leni stimmte ein, Karl rief entzückt:

„Großartig, Adamantos, köstlich!“

„Ich möchte das aber tatsächlich tun!“

Hatte Mark es wirklich gewagt, dies zu sagen? Es war ihm entfahren, bevor er hatte eingreifen können.
„Entschuldigung“, versuchte er nachzubessern.
„Ich habe es nicht verstanden, warum das falsch ist, was er gesagt hat. Denn ich möchte genau das tun ..., die Menschlichkeit mit jedem Tag mehr leben ...“

„Bei dir ist es stimmig, Mark, wirklich schön!“

Karl nickte ihm zu, ebenso Leni, Lea – und auch Fred.
Und Adamantos?

Mark wagte es, ihn anzublicken.
Adamantos lächelte ihn an.
„Wenn zwei das Gleiche sagen, ist es nicht dasselbe! Und nun lasst uns essen!“

*

Lea stand an der Spüle und wusch das Geschirr. Mark befand sich hinter ihr und nahm die nassen Teller in Empfang, trocknete sie mit einem Handtuch ab und reichte sie Leni, die sie im Schrank verstaute.

Die Abschiedsworte von Adamantos klangen ihm nach. Er habe sich heute gut benommen, er solle nicht aufgeben, egal, wie schwer es werden würde. Und Mark meinte in den Augen dieses Mannes gesehen zu haben, dass dieser alles erlitten hatte, was es in der Welt zu erleiden gab – es durchwandert und überwunden hatte.

Mark hatte sich von ihm gesegnet gefühlt – und sich geschworen, dem Lächeln dieses Mannes gerecht zu werden.

„Es wundert mich nicht, dass du die Verhandlung verloren hast ..."
„Was? Wieso?"

Leni sah Mark in die Augen.
„Du hast die Kriegsdienstverweigerung im Zeichen der Lilie begonnen, daher unterstehst du nun dem Gesetz der Wahrhaftigkeit. Du kannst dich nicht mehr durchschummeln! Deine Verweigerung wird erst dann anerkannt, wenn sie durch und durch wahr ist. Aber wie wir alle, lieber Mark, wirst auch du erfahren:

Die Wahrheit ist immer erlitten!"

Kapitel 39
Die blaue Lagune

Mark lag auf der Matratze in seinem Schlafzimmer, eingehüllt unter zwei Decken, beide Fensterflügel sperrangelweit zum Hinterhof geöffnet. Er genoss die angenehm kühle Nachtluft und fragte sich, ob Jamaika nun verloren war, jetzt, wo er unter dem Gesetz der Wahrhaftigkeit stand.

Mit dem Weg der Menschlichkeit sei nicht zu spielen, man werde überprüft, insbesondere wenn Adamantos sich einem zuwende. Das hatte ihm Lea noch auf der Heimfahrt zusätzlich stecken müssen. Damit er sich ja nicht einen Moment auf seinen Lorbeeren ausruhe, oder was?

Und Leni, diese Putzfrau, er hatte sie total unterschätzt. Verhandlung gescheitert, danach gleich zu Adamantos, das Treffen bestanden, aber den Bund und drohenden Knast vor sich, und diese beiden Frauen, diese Wuchtbrummen, hatten nichts Besseres zu tun, als gleich neuen Druck aufzubauen.

Mark riss sich die Decken herunter, schmiss sie durch das Zimmer an die gegenüberliegende Wand und hatte dabei Glück, dass sein kleiner Schwarz-Weiß-Fernseher nicht vom Regal kippte. Er sprang auf, eilte in die Küche und griff sich die Zigarettenschachtel.

„Scheiß drauf!", rief er der Idee zu, als nun Gereinigter nie wieder zu rauchen.

Die Glut leuchtete in der Dunkelheit auf. Kaum war die Zigarette aus, zündete er sich die nächste an. Er hatte Nachholbedarf.

*

Mark unternahm einen zweiten Versuch zu schlafen. Er war erschöpft, völlig überdreht, und sehnte sich zutiefst danach, nicht mehr zu denken. Die frische Nachtluft sollte ihn beruhigen, die Stille, der er nun lauschte, zum Einschlafen ermuntern.

Doch was war das?

Ein Stöhnen. Nein, doch. Es wurde lauter. Kam es aus der Wohnung unter ihm oder aus einem angrenzenden Haus? Das war nicht auszumachen, der Hinterhof fungierte als eine Art Resonanzverstärker.

Wenn er jemals in diesem Raum noch einmal mit einer Frau schlafen sollte, dann, gelobte er sich, müssten diese Fenster geschlossen bleiben.

Mark hörte der Frau zu, lauter hätte es auch nicht sein können, wenn sie direkt unter ihm liegen würde. Die Frau kam. Kaum war sie fertig, fing der Mann mit dem Stöhnen an.

Na, dachte Mark, da lief es ja perfekt. Erst nachdem er sie befriedigt hatte, kam er, eine Sache, die ihm, wenn er ehrlich war, außer bei Julia, seiner ersten richtigen Freundin, nie gelungen war.

Er kam zu früh, und das war auch, erinnerte sich Mark, ein Riesenproblem auf Jamaika gewesen. Immer wieder hatte er im Bett versagt, ganz anders als sein Vater, der an keinem Tag müde wurde zu berichten, dass bei ihm jede Frau einen Orgasmus bekam, selbst wenn sie zuvor noch nie einen gehabt hatte.

Mit dem Druck, es ihm gleichzutun, war er nach dem Erlebnis mit der Nutte, von dem er so gut wie nichts mitgekriegt hatte, quasi als Jungfrau in den ersten One-Night-Stand seines Lebens geraten.

Eine Frau an der Bar hatte ihn mit einem Hello angesprochen und im nächsten Satz gefragt, ob er sie in ihre Suite begleiten wolle. Kaum hatten sie mit dem Sex begonnen, kaum war er in sie eingedrungen, war es schon passiert, das hysterische *What happened? What happened?* von ihr, das hatte er immer noch im Ohr.

Im Vergleich zu seinem Vater hatte er sich als absoluter Versager im Bett erwiesen.

Diese erste Erfahrung, als sich die Tür der Suite hinter ihm geschlossen hatte und es um Leben oder Tod ging, war so schrecklich gewesen, dass er Angst davor bekommen hatte, überhaupt noch einmal mit einer Frau zu schlafen.

Aber solange es nicht ins Bett ging, war er der Star gewesen. Die Amerikanerinnen standen auf ihn. Zumindest auf der letzten Reise, die war jetzt fast zwei Jahre her.

Er war durch das Bodybuilding muskulös geworden, kein Gramm Fett auf dem Körper, nach einer Woche schon braungebrannt und mit langem, durch das Salzwasser blondgebleichtem Haar. Ha, sie hatten ihn schüchtern gefragt, ob er Christopher Atkins aus dem Film *Die blaue Lagune* sei. Und er erinnerte sich an jenen einen, unglaublichen Tag, an dem er tatsächlich in die Nähe von Brooke Shields geraten war.

Schon an jenem Morgen hatte ein besonderes, ein verheißungsvolles Licht geschienen. Der Himmel war klar, glasklar und doch nicht strahlend blau, als läge eine Watteumhüllung über dem Strand und dem türkis schimmernden Wasser.

Sein Vater hatte ihm gesagt, sie müssten zwei Surfbretter hoch zu einer Beach kreuzen, an der ein Filmteam warten würde. Kaum waren sie von der Windsurfingschule gestartet, bekam sein Vater ein Problem mit dem Mastfuß des Windgliders und musste umkehren. Er wies Mark an, vorauszufahren, um dem Filmteam Bescheid zu geben.

Mark war an der Beach entlanggesurft, als eine Frau in einem Bikini aus dem Palmenhain trat und ihm zuwinkte. Mark, der den nagelneuen Semi-Sinker von Shark fuhr, leitete eine Powerhalse ein, glitt über einen Wellenkamm in Richtung Strand, ließ das Segel fallen und sprang auf den Sand.

Erst im Schatten der Palmen sah Mark, dass diese Frau die schönste war, die er je gesehen hatte. Und sie jubelte, sie lief auf ihn zu und sagte, es sei unfassbar, er sei Christopher Atkins aus dem Gesicht geschnitten.

Mark hatte geglaubt zu träumen, es war zu perfekt. Sie küsste ihn auf die Wange, nahm ihn an die Hand und zog ihn hinter sich durch die Palmen zu einem Swimmingpool. Lauter schöne Menschen erwarteten ihn, Kameras, und die Frau sagte, Brooke Shields sei am Set, die müsse ihn unbedingt sehen.

Der Regisseur sprang aus seinem Stuhl und wollte ihn vom Fleck weg für den Film engagieren. Man müsse ihn nur etwas älter machen, eine Maskenbildnerin wurde herbeigerufen, auch sie geriet über seinen Anblick aus dem Häuschen.

Und Marks Herz hatte gelacht, gejohlt, denn er hatte gewusst, dass er an der Schwelle stand, aus dem Leben der Armut und dem Elend in Deutschland hinüberzutreten in ein neues, großartiges Leben mit allem, was er wollte, den schönsten Frauen, Reichtum, Berühmtheit.

All dies war zum Greifen nahe, und da war es dann passiert, das Schreckliche.

Sein Vater kam aus dem Palmenhain gestürmt, den Kopf rotglühend vor Wut, schrie, schimpfte, tobte wie ein Rumpelstilzchen. Entsetzt flüchtete das Filmteam.

Man hatte ihn, seinen Vater, nicht an der Beach erwartet, ja gar nicht beachtet, als er zum Swimmingpool kam. Das war der Punkt. Wenn sein Vater meinte, man würde ihm keinen Respekt erweisen, dann rastete er aus. Deswegen war er ja dauernd, jeden Tag, ausgerastet, weil er ständig glaubte, man behandle ihn nicht respektvoll genug.

So hatte ihm sein Vater den Traum zerstört.

Diese eine, diese eine riesige Chance, die er in seinem Leben gehabt hatte, dachte Mark jetzt, die hat er mir kaputt gemacht. Sonst wäre sein Leben ganz anders verlaufen. Nie wäre er nach Deutschland zurückgekehrt, nie hätte er sich mit der Bundeswehr abärgern müssen, und nie wäre er zu Adamantos gekommen.

Aber vielleicht, überlegte Mark, war es gar nicht seine Bestimmung gewesen, ein großer Filmstar zu werden. Vielleicht war ihm ein noch viel größeres Schicksal beschieden, eines, das bedeutender war, nämlich dazu auserwählt zu sein, diese Welt zu retten.

All das Unglück, das ihm widerfahren war, damals bei dem Filmteam um Brooke Shields, dem späteren Verhängnis, bei den Pionieren zu landen, die Demütigung von Hahn, schließlich die Niederlage in der Verhandlung, all das hatte passieren müssen, erkannte Mark, um ihn seinem Schicksal zuzuführen und diesen heutigen Nachmittag bei Adamantos zu ermöglichen.

Erhoben hatte ihn Adamantos aus der Banalität seines Lebens, geadelt und eingeladen, etwas für die Welt Bedeutendes zu leisten.

Gehörte er jetzt wirklich dazu?
War er zu einem der jungen Vertreter der Menschlichkeit geworden?
War er nicht gar, hatte das Adamantos nicht selbst gesagt, der alles entscheidende junge Mann, an dessen Wandlung das Schicksal der Welt hing?

Wenn Mark es richtig verstanden hatte, dann entschied das, was im Zentrum der Menschlichkeit um Adamantos geschah, über das Schicksal der Welt, damals und auch heute, an diesem erneuten Abgrund, wo jeden Tag ein Atomkrieg ausbrechen konnte.

Draußen war Ruhe eingetreten.

Längst hatte er die Fenster geschlossen, und selbst wenn das Paar eine zweite Runde einlegen sollte, er würde es nicht mehr hören müssen.

Aber auch in ihm drinnen war Ruhe eingekehrt.

Er hatte sich die Welt so hingebaut, dass sie ihm, wenn nicht Frieden, so doch für einen Moment genug Entspannung schenkte, um einschlafen zu können.

Kapitel 40
Rückkehr in die Stube

Mark hatte mit Lea telefonisch abgesprochen, am Sonntag nicht zu Adamantos mitzukommen. Denn selbst wenn ihn Lea nach dem Treffen wieder zum Hauptbahnhof fahren würde, war die Gefahr, den letzten Zug nach Schleswig zu verpassen, zu groß.

So setzte sich Mark am Sonntagabend in den Zug nach Schleswig, in olivem Kampfanzug und schwarzen Kampfstiefeln – wie fast alle Bundeswehrsoldaten, die in die Kaserne zurückkehrten. Über das Feldhemd trug er die Feldjacke, die er lässig offenließ, denn Ende Mai war es eigentlich schon zu warm dafür, aber Mark wollte Platz in seiner Tasche sparen.

Einige T-Shirts mehr hatte er eingepackt, reichlich Unterwäsche und Strümpfe sowie einige Bücher: *Die Bekenntnisse*, das Vorbereitungsbuch zur Kriegsdienstverweigerung und zwei Bücher, die Karl ihm mit auf den Weg gegeben hatte. Eines davon war ein Buch in altdeutscher Frakturschrift von 1922, *Gedanken sind Kräfte* von Ralph Waldo Trine, das andere hieß *Leben und Lehren der Meister* von Spalding.

Mit diesem Gepäck hielt sich Mark dafür gerüstet, einige Wochen in einer Gefängniszelle klarzukommen. Er würde sich geistig ausrichten sowie sein Rüstzeug für die zweite Verhandlung erweitern. Mark freute sich auf diese Phase einer Daseinsvertiefung und wünschte, er säße bereits in der Zelle und müsse nicht erst noch den Weg dorthin zurücklegen.

Denn dieser konnte unangenehm werden. Wie würde das abgehen? Wer würde ihm sagen: *Los, Gefreiter Hellberg, hier liegt eine Waffe, fassen Sie die jetzt an! Sie sollen das Gewehr berühren, das ist ein Befehl!*

Der Major?
Wohl kaum. Der würde sich ja dann die Blöße geben, sich persönlich mit ihm zu befassen.

Schleicher?
Ne…, Ne…, Nehm…en Sie die Wa…, Wa…, Waffe, Hell…

Nein, da konnte Mark ja sogleich sagen: „Habe den Befehl nicht verstanden, wiederholen Sie bitte." Haha, und Schleicher würde das garantiert nicht hinkriegen, also lief es auf Bruns hinaus. Der würde es richtig auskosten, vielleicht beim Antreten:

*Gefreiter Hellberg, treten Sie vor!

STILLGESTANDEN! AUGEN GERADEAUS! NEHMEN SIE DIESES GEWEHR UND EXERZIEREN SIE!
Nicht? Na, dann:
RECHTS UM, MARSCH-MARSCH INS GEFÄNGNIS!

*

Zehn Uhr abends war bereits durch, als Mark die Tür seiner Stube öffnete. Der Erste, den er sah, war Hahn. Der saß mit dem Rücken zur Tür am Tisch, in der einen Hand eine Dose Bier und eine Kippe, in der anderen die Karten.

„Von der Belle!", rief Hahn und klatschte eine Karte auf den Tisch. Kunz, der über Eck saß, rief: „Scheiße!" und schmiss die Karten hin.

„Guck mal, Hellberch ist wieder da!"
Hahn drehte sich um.
„Na, Hellbärchen, nicht geklappt, was?"
„… hat es leider nicht …"

Hahn rutschte mit dem Stuhl in seine Richtung, stieß sich dabei mit dem Kampfstiefel vom Tischbein ab. Der Tisch verschob sich abrupt, sodass Kunz' Bierdose umfiel.

Der griff sofort hinterher und flüsterte: „Hahn, pass doch auf ..."

„Hätt' ich dir gleich sagen können, dass das nicht klappt. Ich sehe dich schon jede zweite Nacht auf dem Wachplan, haha."

Mark ging in seine Ecke und wuchtete die Tasche auf das obere Bett.
„Glaub' ich nicht."

Hahn stand auf, kam auf die gegenüberliegende Seite und sah Mark über dem Bett an.
„Wieso?"

Mark, der seine Tasche ausräumen wollte, hielt inne.
„Weil ich weitermache. Ich verweigere jeden Waffendienst."

„Du bist doch nicht ganz dicht, Hellberch. Lass doch die Scheiße, die stecken dich in den Knast."
„Ich rechne damit."

„Hellberch, du hast hier oben" – Hahn zeigte ihm einen Vogel – „einen richtigen Schaden! Du hast keine Ahnung, wovon du redest. Im Knast überlebst du keinen einzigen Tag, das sach' ich dir!"

„Es ist ja kein richtiger Knast. Ich denke, ich komme in eine Arrestzelle hier in der Kaserne, bis zur zweiten Verhandlung, und wenn ich da nicht gewinne, dann bis zur dritten Verhandlung."

„Aber warum das Ganze?"
„Weil ich für den Frieden kämpfe."

„Was hast du da …"
Hahn griff in Marks Tasche und hatte Adamantos' Bekenntnisse in der Hand.

„Das ist das Buch von jemandem, der damals für den Frieden ins KZ gegangen ist."

Hahn blätterte durch das Buch, aber las nicht. Mark vermutete, dass er nicht lesen konnte. Hahn warf das Buch zurück in die Tasche.

„Hellberch, Hellberch …"

Kopfschüttelnd ging er zurück an den Tisch.
„Wenn man mit Hellberch redet, fühlt man sich immer scheiße …", sagte Kunz.
„Spielen wir noch 'ne Runde?"
Hahn winkte ab.

Kapitel 41
Die Kunst des Rückfalls

In dem Licht der Morgendämmerung, das von den hellbraunen Vorhängen kaum abgefangen wurde, kroch Mark aus seinem Bett und schlüpfte in den blauen Trainingsanzug, den er auf einem Stuhl vor seinem Spind zurechtgelegt hatte. Er schlich durch den verlassenen Korridor zum Waschraum, schüttete sich kaltes Wasser ins Gesicht und putzte sich vor seinem Spiegelbild die Zähne. Blass sah er aus, fand er, seit er nicht mehr unters Solarium ging.

Würde es in der Gefängniszelle Tageslicht geben, würde er überhaupt Ausgang haben? Die Haare waren kurz, mit Gel stylte er sie nach oben und stellte sich dabei vor, sie auf ein paar Millimeter runterzuschneiden, im Prinzip sich kahl zu scheren, wie es sich für einen Sträfling gehörte.

Jamaika war außer Sicht geraten.

Von seinem Vater hatte er nichts gehört. Geld kam von ihm schon seit Langem nicht mehr. Wenn es ihm tatsächlich gelingen sollte, in einigen Wochen aus der Bundeswehr rauszukommen – wie würde er nach Jamaika kommen? Das Geld für den Flug hatte er nicht. Der Bundeswehrsold und die paar Kröten von seiner Mutter, damit kam er gerade so durch den Monat, aber nur, wenn er sich so gut wie gar nichts leistete.

Mark sah im Spiegelbild jemanden, der kraftlos über den Waschtisch zusammensackte.
„Reiß dich zusammen!“, rief er sich zu und schüttete sich eine weitere Ladung eiskalten Wassers ins Gesicht.

Er konnte es sich nicht leisten, zu verzweifeln, nicht heute, nicht an diesem Tag, der ihm bevorstand. Was hatte Adamantos alles durchgestanden – verglichen damit war es ein Klacks, womit er zu ringen hatte.

Mark ging über den großen Exerzierplatz zum Kantinengebäude, die Ausgabe wurde gerade geöffnet, und er war einer der Ersten, die sich ihr Tablett mit einem Teller, zwei Brötchen, Käse, Marmelade und einem Salamischeibchen befüllen durften.

Die Salami war natürlich nicht okay, denn wenn er zu Adamantos’ Kreis gehören wollte, musste er Vegetarier werden wie alle anderen auch, das war klar. Und mit dem Rauchen aufhören! Und nie wieder Alkohol trinken! Und sich nie wieder einen runterholen!

„Verstanden, du primitive Sau!“, rief ihm sein Spiegelbild abschließend zu.

Schleicher tanzte regelrecht, als er die Reihe der Soldaten, die vor dem Kompaniegebäude angetreten waren, abging und Anweisungen erteilte. Mark vermutete, dass der Major abwesend war, daher die gehobene Stimmung. Er stand ganz außen. Normalerweise war er als „Kaffeetante“ nur der Form halber beim Antreten dabei und erhielt keine Anweisung, da seine Aufgabe ja immer dieselbe war. Den Kaffee hatte er im Ordonnanzraum bereits aufgesetzt, vielleicht zum letzten Mal. Neben ihm stand Hahn, daneben Kunz.

Hahn kickte Mark mit dem Ellenbogen an.
„Gleich bist du dran ...“, flüsterte er.

Schleicher wies Kunz an, den Panzer zu waschen, nach wie vor in bester Laune. Wie konnte Schleicher so entspannt sein, warum war Bruns nicht an seiner Seite, um ihm bei Marks Hinrichtung zu assistieren?

„Hahn, du gehst heute mit Kunz, aber Vorsicht mit dem Wass..., Wasserschlauch, ha, ha, nich’, dass du mir wie..., nich’ wieder den Kunz du...schen..., und du, Hellberg, kochst wieder deinen Kaffee, über das an..., andere reden wir noch.“

Schleicher wendete sich abrupt ab. Hahn schüttelte den Kopf, sah Mark an, der zuckte wie zur Entschuldigung, dass nichts weiter passiert war, mit den Schultern.

„Und jetzt ab…, ab mit euch, ihr faul…, faulen Hunde!“

Mark öffnete die Tür zum Ordonnanzraum, da kam Schleicher aus dem gegenüberliegenden Geschäftszimmer. „Haste schon Kaff…, den Kaff…fee fertig, meine ich, Hellberg?“
„Müsste schon durch sein, Herr Oberleutnant.“

Schleicher folgte ihm, nahm sich eine Tasse, Mark entkoppelte die Kanne und goss ihm ein. Die restliche Menge kippte er in die große Pumpkanne, die in der Mitte auf dem Tresen stand.

„Uhm, direkt aus der Kanne, schön…“, Schleicher schlürfte.
„Ihr Kaffee is’ gut, Hell…berg, wie gesagt, Sie kochen bis auf Weiteres…, hier schön Ihren Kaffee. War ja klar, dass Sie hier nicht raus…, rauskommen, würd’ dann ja jeder machen, jaja. Ne, so läuft…, läuft das hier nich’. Und was dann…, was dann weiter mit Ihnen passiert, das…, das macht der Ma…, Ma…jor, wenn er wieder da is’. Ne, sag nix, Hell…, Hellberg, ich will mir nicht die Stim…, Stim…mung versau’n lassen!“

Nachdem Mark mit zwei weiteren Kannenladungen den Pumpbehälter bis zum Anschlag befüllt hatte, verließ er den Ordonnanzraum und ging nach oben in die Stube. Dort stand die Tasche vor dem Spind, fix und fertig für den Gefängnisaufenthalt. Tja, daraus wurde jetzt nichts. Und es war auch unwahrscheinlich, dass der Major, wenn er denn irgendwann wiederkam, ihn einsperren lassen würde.

Sein Kaffee war einfach zu gut.

Aber was machte er nun? Was war der nächste Schritt auf dem Weg der Menschlichkeit?

Wieder unten im Ordonnanzraum hatte Mark sich bereits entschieden, mit dem Rauchen aufzuhören. In einem abschließenden Ritual drückte er die letzte Zigarette im Aschenbecher aus, er ließ sich Zeit damit, die Glut zum Erlöschen zu bringen. Und dann war's vorbei. Diese Entscheidung war endgültig! Mark zerdrückte die beinah noch volle Schachtel und beförderte sie in den Mülleimer.

Dreißig, na, zwanzig Minuten vergingen.

Vor ihm hatte sich seine zukünftige Welt der Menschlichkeit ausgebreitet: Unter der Woche ein Vegetieren in diesem verrauchten Raum, in dem er der Einzige sein würde, der nicht rauchte. Aber durchsetzt vom Kaffeegeruch: immer wieder Kaffeekochen, Kaffee ausschenken, die Kaffeetassen spülen. Und er als der Einzige würde von dem Kaffee gar nicht mehr trinken, denn das war unmöglich, ohne dabei zu rauchen. Am Wochenende dann das Highlight, wenn er wieder bei Adamantos im großen Raum oder bei Lea in der Küche sitzen würde: Kräutertee und trockener Puffer, den Hirseauflauf nicht zu vergessen. Etwas Klaviermusik dazu, vielleicht das Verklingen einzelner, trauriger Töne, wenn ihm die Gnade einer Improvisation von Adamantos zuteilwerden sollte.

Nie wieder eine rauchen, nie wieder ein Bier trinken – mit Wallner in eine Kneipe zu gehen und sich die Birne wegzuballern, das konnte er für immer vergessen.

Er griff unter seinen Tresen, um sich in seinem Vorhaben zu bestärken: In dem Buch von Trine las er, wie Gedanken die Welt beherrschten. Jeder Gedanke war eine feinstoffliche Kraft, die über die Gefühle, die er auslöste, auf die äußere Welt einwirkte und Ereignisse anzog, die auf derselben Frequenz oszillierten. Durch Gedanken bestimmte man seine Gefühle, und durch die Gefühle die Ereignisse, die einem widerfuhren. Wer, wie Mark, negativ dachte und dadurch ständig negative Gefühle in sich erzeugte, musste sich also nicht wundern, wenn er eine Niederlage nach der anderen bezog.

Bei Spalding, dessen Buch er in der Mitte aufschlug, las er, dass der Verlust von Sperma geistige Zerrüttung bewirke und jede spirituelle Entwicklung verhindere. In Adamantos' Bekenntnissen fand er Zitate von Otto Weininger, die die Keuschheit vergötterten.

Mit dieser Lektüre, Mark überprüfte es an der Wanduhr, die über der Tür hing, hatte er es innerhalb von zwanzig Minuten geschafft, sich so mies draufzubringen wie noch nie zuvor in seinem Leben. Diese Welt strotzte vor Kargheit, vor Verboten, die bis zum Lebensende durchzuhalten waren. Ein Leben ohne Spaß, ohne noch eine Spur von Leichtigkeit, ein Leben, das in der Bemühung abzufristen war, etwas nicht zu tun.

Es kostete ihn eine Minute, sich diese Welt in Gedanken einmal umzudrehen, und dann sah sie besser aus. Nicht karg, nicht tot, sondern interessant: eine sinnlich-lustvolle Welt voller Rausch und ohne Verbote, eine Welt der Freiheit, in der er tun und lassen konnte, was immer er wollte.

Mark kramte in dem Mülleimer und fischte die Zigarettenschachtel heraus, die er in seinem asketischen Wahn zerdrückt hatte. Er wischte mit einer Serviette den Kaffeesatz ab und suchte in der verbogenen Ramschmasse nach einer Zigarette, die die Aktion überlebt hatte. Und er fand eine, gut, die hatte einen Knicks, aber das Papier war kaum gerissen. Er zündete sie an, nein, das klappte nicht. Mit Daumen und Zeigefinger an der geknickten Stelle und der größtmöglichen Flammeneinstellung seines Feuerzeugs brachte er das Ding zum Lodern und sog gierig daran. Dazu genehmigte er sich ein paar Schlückchen seines köstlichen Kaffees.

Kaum war die Zigarette aufgeraucht, kippte die Welt wieder um. Es war die Zigarettenschachtel gewesen, die schuld war. Sie musste tiefgreifender vernichtet werden, sodass ein Rückfall komplett ausgeschlossen wurde.

Er raste in den Waschraum und drehte den Wasserhahn auf, darunter hielt er die verknitterte Schachtel.
„So geht das!", rief er aus.

Aus dieser Schachtel war niemals wieder eine rauchbare Zigarette herauszudestillieren, selbst wenn man den Scheißhaufen tagelang trocknete. Er ging zurück in den Ordonnanzraum, gemäßigten Schrittes, beruhigt, ja befreit, die Sache war doch erledigt.

Im Ordonnanzraum nahm er sich den blauen Bottich und wanderte die Tische ab. Er räumte die Tassen, Untertassen und Teller, teilweise mit Senf und Ketchup verschmiert, hinein, das Radio hatte er aufgedreht, es erklangen die ersten Takte eines Liedchens, zu dem er seinerzeit gern getanzt hatte, in einer Nacht, als er erst auf einer Party gewesen und danach in einem abgerissenen Laden auf der Reeperbahn gelandet war. Da war genau dieses Lied von *Bronski Beat* gekommen:

„... kicked around, always a lonely boy ..."

Mark summte mit.
„... turn away, run away, turn away ..."

Er erinnerte sich, wie er damals völlig ausgerastet war:
„Cry boy, cry, cry ...!"

Einmal wieder so einen Abend erleben, dachte er, und da kam es ihm hoch, die Sache mit Julia, die ihn einmal so geliebt hatte, ja, die ihm verfallen gewesen war, sodass er gedacht hatte, diese Liebe, die ihn umhüllte, sei eine sichere, doch als der Bund nähergerückt war und die Woche bevorstand, in der er in die Kaserne musste, da war es passiert. Abrupt war sie verschwunden, hatte den Hörer tagelang nicht mehr abgenommen, und als er sie schließlich doch noch erreichte, einen Tag vor der Abfahrt in die Kaserne, da war sie eine veränderte Person gewesen: die Stimme eiskalt, das Interesse an ihm auf null gefallen. Sie liebe jemand anderen, das täte ihr leid, sie brauche Abstand und würde mit ihrem neuen Freund zum Haus seiner Eltern an den Bodensee fahren.

Mark brauchte eine Zigarette. Sofort. Es war unmöglich, sich das Lied anzuhören, ohne eine zu rauchen. Und wie sollte das überhaupt gehen, unter den rauchenden Idioten und Würstchen – wie sollte man denn hier nicht rauchen, wie sollte man überhaupt leben, ohne zu rauchen?

Er stellte den Bottich mitten auf den Tisch, eilte im Laufschritt aus dem Gebäude, raste die 150 Meter über den Exerzierplatz, stieß die Schwingtür der Kantine auf und haute zwei Zweier in den Automaten. Benson & Hedges hatten sie natürlich nicht, schmeckten sowieso beschissen, wenn man mehrere davon hintereinander rauchte. Dann eben Marlboro, scheiß drauf.

Wieder zurück, das Lied war längst zu Ende, ein anderes, gutes würde sicher gleich kommen, dazu einen frischen Kaffee und dann sich genussvoll eine reinziehen, und dann noch eine und noch eine. Danach auf die Toilette gehen und sich primitiv einen runterholen.

„Scheiß darauf, scheiß auf euch alle!“, rief er, es war alles Scheiße.

Kaum hatte Mark in einem kathartischen Befreiungsanfall ein paar geraucht, schlug das Ganze wieder um, und er stellte sich vor, ein reines, erhabenes Leben zu führen, alle Triebe überwachsen zu haben und aus der Reihe der gewöhnlichen Sterblichen ausgetreten zu sein – zu einem Erhabenen, zu einem Erleuchteten, der nicht mehr litt, der kein Begehren nach irgendetwas in sich trug, der im reinen Sein lebte und darin sein Glück fand.

Uhum! Das pendelte also jetzt immer hin und her. Ach so!

Mark war jetzt klüger geworden, er berechnete den Rückfall. Mit der Technik, die er bisher entwickelt hatte, war nichts zu werden: Eine volle Zigarettenschachtel, der er nur eine einzige Zigarette entnommen hatte, wegzuschmeißen und sich dann wieder eine neue zu kaufen, das ging ins Geld, und dieses Geld hatte er nicht.

Die Lösung stieg spontan auf, und er handelte sofort. Er nahm das Marlboropäckchen und verließ den Ordonnanzraum. Da, Hahn kam die Treppe runter.

„Hahn, Hahn!"
„Was willst du, Hellberch?"
„Etwas Gutes will ich, etwas Schönes, etwas, was dich freuen wird!"
„Häh?" Hahn zog die Augenbraue hoch.
„Was soll der Scheiß?"
„Hier Hahn, schaue dir das an ..." Mark hielt ihm die Packung hin.

„Die ist für dich, Hahn, eine volle Packung, ich habe nur eine Bitte ...“
„Uhum ...“, Hahn überprüfte die Packung, „erzähl!“
„Wenn ich ab und zu doch wieder Lust auf eine Zigarette bekomme, dann würd’ ich mir eine davon bei dir holen! Es wird vermutlich nicht passieren, aber wenn doch, dann ...“
„Und wenn die Schachtel schon alle ist ...“
„Dann ist es Pech für mich!“
„Super Idee, Hellberch!“
Hahn lachte und steckte sich das Päckchen in die Brusttasche.

Mark sah ihn durch die Flügeltür verschwinden, den Kopf schüttelnd und sich mit dem Zeigefinger an die Schläfe klopfend.

Der Tag verging. Immer wieder sprach Mark bei Hahn vor, der zückte die Schachtel und Mark nahm sich eine. Am späten Nachmittag war die Schachtel leer, nach dem Essen zog sich Mark eine neue aus dem Automaten.

Morgens, nach dem Frühstück, bei einem ersten guten Kaffee und einem passenden Song im Radio, da rauchte er ein paar und dachte an Julia, seine Exfreundin, wie sie in Freiheit, Reichtum und Glück in einem luxuriösen Haus am Bodensee weilte. Keinen Moment dachte sie an ihn, so ersetzt, so völlig ausgetauscht war er worden.

Mark entdeckte, dass sich diese eigentlich unerträglichen Gedanken in Kombination mit köstlichem Kaffee, Zigaretten und einem wehmütigen Lied schön anfühlten.

Dann hatte er wieder genug davon, fällte eine endgültige Entscheidung, suchte Hahn und schenkte ihm, mit Hinweis auf die Erneuerung ihrer Vereinbarung, die noch reichlich bestückte Schachtel.

Hahn, weniger begeistert als noch tags zuvor, sagte nur: „Jaja, Hellberch, gib her."

Am Nachmittag war die von Hahn in Kommission genommene Schachtel wieder leer, Mark erhielt am Abend einige Zigaretten aus Hahns eigenem Bestand.

Kapitel 42
Im Namen der Menschlichkeit

„Hellberg, Sie sind übrigens morgen dabei!“
„Wie? Wo bin ich dabei?“

Oberfeldwebel Bruns schlürfte den Kaffee, den er sich am Tresen von der Pumpkanne abgezapft hatte.
Er wischte sich über die vom Bart verdeckte Oberlippe.

„Mhm ... gut Hellberg, stark, aber gut. Genau richtig, würd' ich sagen. Wissen Sie das noch gar nicht?!
Ihre Stube wird morgen früh um Punkt fünf Uhr draußen antreten und mit dem Bus zum Güterbahnhof fahren.
Dort wird das Gerät für das Manöver in Ingolstadt verladen.
Ne, Hellberg, keine Chance, Waffen sind nicht dabei.
Ihre Stube wird nur den Iltis verladen, hat sich der Major überlegt.
Ach, das wissen Sie womöglich auch noch nicht ...“

Bruns nahm einen weiteren Schluck Kaffee und bewunderte die Flüssigkeit, während er die Tasse schaukeln ließ.

„Beim Manöver sind Sie auch dabei. Befehl vom Major!

Der will nämlich beim Manöver nicht auf Ihren Kaffee verzichten, haha!
Warum werden Sie denn so rot, Gefreiter Hellberg? Geht es Ihnen nicht so gut?"

Er winkte mit der Tasse zu dem befüllten Bottich, der hinter Mark stand.
„Vergessen Sie dabei aber nicht, rechtzeitig vor der nächsten Pause das Geschirr abzuspülen!"
Seine Tasse landete auf dem Tresen.
„Und die Pumpkanne immer schön mit Kaffee auffüllen!"
Die Tür klackte ins Schloss.

Mark zitterte.

Vom bevorstehenden Manöver in Ingolstadt hatte er gehört. Pech hatte der, der mitmusste: Man schlief in Zelten, man wurde von morgens bis abends getriezt, und das Ganze zwei Wochen!
Allein die Fahrt mit dem lahmen Bundeswehrzug nach Ingolstadt sollte über zwanzig Stunden dauern.

Mark packte die Tasse von Bruns in den Bottich, hob ihn an, begab sich zur Tür, mit dem Ellbogen drückte er die Klinke hinunter.
Das geschah alles auf Autopilot.

Wie konnte er verhindern, dass man ihn zum Manöver mitnahm?

Mit dieser Frage beschäftigte er sich den Rest des Tages. Spätabends schlief er ein, ohne eine Lösung gefunden zu haben.

*

„Alles Aufstehen!“, rief der Gefreite vom Dienst und schaltete das Licht an. Spitz war es, aus der Nachbarstube, Mark erkannte ihn an der Piepsstimme.
„Ihr faulen Säue, hoch mit euch!“
Das klang lächerlich, und Mark hielt es für einen Fehler, Bruns nachzuäffen.
Die Antwort kam sofort, und sie kam von Hahn.
„Spitz, du Stück Scheiße!“, schrie Hahn von seinem Bett. „Dafür kriegst du auf die Fresse!“

Mark sah auf seinen Wecker, den er neben seinem Kopfkissen auf der metallenen Kante, die an den Spind stieß, deponiert hatte. Zwanzig vor fünf. Sein Kopf sank zurück auf das Kissen.
Was war das für ein Geräusch?
Nein, dachte er. Es regnete.

Befohlen war Feldhemd.
Mark zog sich das olive Unterhemd drunter, auf das er sonst verzichtete – der Grund war die zu erwartende Nässe.
Das war eine gute Idee, aber sie nützte ihm nichts.

Als sie in der Dunkelheit am Güterbahnhof ankamen, befahl ihnen Lampe, der einen Parka angelegt hatte, den Iltis auf einen Waggon zu fahren und festzuzurren.
Mark war dazu auserkoren, den Allrad-Jeep mit der schwergängigen Kupplung die Rampe hochzufahren; das Auto war ihm, bevor er mit der Verweigerung begonnen hatte, zugeteilt worden.
Immerhin war er im Auto nicht dem Regen ausgesetzt.

Der Regen hämmerte über ihn auf das Planverdeck ein, strömte über die Scheibe, kaum dass vor ihm noch etwas im Licht der Scheinwerfer zu erkennen war.
Hahn, Kunz und die anderen standen an den Seiten des Waggons und riefen, anstatt ihm Instruktionen zu geben, ständig: „Scheiße!"

Lampe kam aus dem Unterstand hervor, die Kapuze des Parkas übergeschlagen.
„Abbruch, Abbruch!", rief er. „Los, alle raus aus dem Regen!"

Mark blieb im Wagen sitzen, in der Hoffnung, der Regen würde einen Moment nachlassen.
Lampe klopfte vorne an die Scheibe und winkte ihn raus. Die wenigen Meter im Laufschritt zu dem Unterstand durchnässten ihn völlig.

„So können wir den Zeitplan nicht einhalten ...", stöhnte Lampe.
„Mein Gott, wir schaffen das Verladen nicht rechtzeitig ... Aber ich kann euch doch nicht in dem Scheißregen lassen! Wir machen jetzt alle erstmal eine Rauchpause!"

„Mir ist kalt!", rief Kunz.
„Wir holen uns hier ja den Tod! Warum dürfen wir denn keinen Parka anhaben?"
„Is' ja gut, Kunz. Befehl von oben, aber ich überlege ...", sagte Lampe, und Mark sah die Glut seiner Zigarette aufleuchten.

Mark stieß Hahn an. „Hast du mal eine ..."
„Hellberch, Mann, schon wieder, Scheiße, hier."
„Danke", sagte Mark.
„Das geht so nicht weiter!"
„Scheißregen ...", sagte Hahn und inhalierte tief. „Aber was soll's, kannst nix machen ..."
„Uhum, ich mach das aber nicht mit!", sagte Mark.
Hahn lachte. „Jaja, Hellberch, träum weiter!"

Zwei Scheinwerfer leuchteten auf, ein VW-Bulli.
Die Schiebetür öffnete sich, zwei Gestalten traten heraus, eingemummt in Parka, die Kapuzen festgezurrt – einer groß, einer klein.
Kaum waren sie ausgestiegen, fielen sie in einen Laufschritt.

„Lampe, was ist hier los? Warum ist der Il ..., Iltis noch nicht oben? Das gib ..., gib's doch ni ..., nicht!"
„Aber ..." Lampe hob die Hände zum Himmel, und als von da nichts kam, ließ er sie wieder fallen.

„Alle raus und den Iltis verladen! Marschmarsch!", schrie Bruns.

Hahn schnippte die Zigarette in die Dunkelheit.
„Siehste, Hellberch ..."

Gerade wollte Hahn Kunz in den Regen folgen, da rief Bruns: „Hellberg, das gilt auch für Sie, los, beeilen Sie sich gefälligst!"

Wie auf Kommando, als habe er nur darauf gewartet, legte der Regen noch eine Schippe drauf.
Das anschwellende Prasseln gab Mark den Schubs über die Schwelle.
Und er sah die Chance, hier und jetzt aus der Sache mit dem Manöver rauszukommen.

„Mache ich nicht!“

„WIE BITTE?“

Hahn, noch bevor er den schützenden Unterstand verlassen hatte, hielt in seiner Bewegung inne und sah Mark mit offenem Mund an.
Er versuchte, Mark am Arm zu ziehen.
„Lass doch, Hellberch, komm schnell …“, flüsterte er.
„Ich sage, ich gehe da nicht raus!“

Bruns trat einen Schritt an ihn heran.
„RAUS DA, SOFORT!“

„Mach …, mach … en Sie jetzt, Hell …, sonst … Ärger! … ist …, is’ n Befehl!“

„Hellberg geht schon …“ Wieder zog ihn Hahn am Arm.

„Ich verweigere diesen Befehl. Sie tragen Parka, wir dürfen nur ein Hemd tragen.
Das ist unter diesen Bedingungen gesundheitsgefährdend.
Es ist unmenschlich! Daher verweigere ich diesen Befehl im Namen der Menschlichkeit!“

„RAUS IN DEN REGEN!“, schrie ihn Bruns an.

„Nein! Sperren Sie mich ein, aber ich gehe da nicht raus, nicht ohne Parka!
Ich habe ein Recht auf angemessene Kleidung!“

Es sah aus, als könne sich Bruns nicht mehr beherrschen.
Er trat einen Schritt vor, die Hand zur Faust geballt.
Hahn wich zurück, von hinten griff Schleicher Bruns’ Arm.

„Bruns, komm’ ..., komm’ mal kurz mit ...“

Bruns ließ sich von Schleicher zur hinteren Wand des Unterstands führen.

„Scheiße, Hellberch, du hast recht!“, flüsterte Hahn.

Bruns und Schleicher diskutierten, ein Nicken, Bruns trat an den Rand des Unterstands und schrie in den Regen:

„ALLE HIERHER! Neuer Befehl: Sie steigen alle in den Bus, wir fahren zurück in die Kaserne, Parka anziehen!“

Hahn stupste Mark mit dem Ellenbogen an.
Im peripheren Blick sah Mark ihn lächeln, Bruns’ Blick wich er nicht aus.

„Das wird ein Nachspiel haben, Hellberg, das schwöre ich Ihnen!“

Kapitel 43
Sieg!

Nach dem Vorfall am frühen Morgen hatten die Unteroffiziere bei der nachmittäglichen Kaffeepause Mark weitestgehend ignoriert.
Schleicher und Bruns zeigten sich nicht, ebenso trat der Major nicht in Erscheinung.

Irgendetwas war im Busch, ahnte Mark.

Und tatsächlich, am Spätnachmittag kam Stabsfeldwebel Haas ins Ordonnanzzimmer und trat mit einem Haufen Papier an seinen Tresen.
„Hellberg, da ist etwas für Sie angekommen, das muss ich Ihnen persönlich übergeben, und Sie müssen mir das quittieren."

Mark nahm einen Brief entgegen, der sehr dick war; als Absender war das Kreiswehrersatzamt angegeben.

„Den können Sie später lesen, Hellberg, dieses Fax hier, das ist jetzt wichtig."

Mark überflog den Ausdruck, ebenfalls vom Kreiswehrersatzamt.

„Wie Sie sehen, Hellberg, ist Ihre Verhandlung schon gleich nächste Woche. Da gibt es nun ein Problem, aber unterschreiben Sie erstmal den Empfang."
Haas legte ihm einen zweiten, identischen Zettel vor und hielt ihm einen Kugelschreiber hin.
„Hier Ihren Namen, Ort, Datum und die Uhrzeit: 16.50 Uhr."

Mark unterschrieb.
„Das ist ja schon in fünf Tagen ..."

„Genau, Hellberg. Sie können dann nicht mit zum Manöver. Und jetzt das Problem: Wenn Sie die Verhandlung nicht gewinnen, müssten Sie im Prinzip nach Ingolstadt nachkommen. Denn es macht ja keinen Sinn, dass Sie sich in der Kaserne aufhalten, wenn hier keiner is'. Aber der Aufwand, Sie nach Ingolstadt zu bringen, macht auch keinen Sinn."

„Natürlich nicht ..."

„Genau, Hellberg, und nun haben wir uns etwas überlegt. Ist alles vom Major bereits abgesegnet: Wie ist es denn, wenn Sie sich ab morgen für zweieinhalb Wochen Urlaub nehmen? Dann können Sie sich ganz in Ruhe auf Ihre Verhandlung vorbereiten, und dann müssen Sie, falls Sie verlieren, auch nicht nachkommen. Das spart uns doch allen viel Ärger!"

„Klingt gut, alles andere wäre ja Blödsinn!“

„Sehr gut, Hellberg, dann unterschreib hier den Urlaubsantrag. Die Daten habe ich bereits eingesetzt.“
Mark bekam einen weiteren Zettel vorgelegt; unten hatte der Major bereits unterschrieben und damit den Urlaub genehmigt.
Mark hatte den Kugelschreiber schon angesetzt.

„Und was passiert, wenn ich die Verhandlung gewinne?“

Der Stabsfeldwebel drehte sich zur Tür und tat so, als versichere er sich, dass ihn niemand hörte.
Er beugte sich zu Mark über den Tresen.
„Dann bist du aus allem raus, Hellberg. Und es kann sein, dass es diesmal besser läuft ...“

Haas nickte ihm freundlich zu und hob den Zeigefinger.
„Aber das hast du nicht von mir gehört! Und diese ganze Sache hier – Urlaub während eines Manövers und dergleichen – das ist natürlich eine Ausnahme aufgrund der besonderen Situation. Das bleibt alles schön unter uns. Haben wir uns da verstanden?“

„Absolut, Herr Oberstabsfeld'!“

Mark unterschrieb.

Die späte Sonne warf ihre Strahlen in den Ordonnanzraum hinein.
Mark stand am Fenster und lächelte.

Er sah den saftig-grünen Rasen, den Baum in seiner Blüte, den wolkenlosen Himmel – wie intensiv die Farben waren, wie schön doch das Leben.

Er ballte die Faust.
„Ja, ja, haha, ja!“, rief er.

„Sieg!“

Kapitel 44
Pik Sieben in Trumpf

Nach dem Abendessen unternahm Mark einen ausgiebigen Spaziergang an der Schlei.
Es war warm, ein laues Lüftchen wehte und ließ die Pappeln rauschen, die letzten Strahlen der Sonne warfen einen goldenen Schimmer über das Wasser.
Alles war schön, wunderbar, und womöglich war es der letzte Abend, den er hier verbrachte.

Aber noch war er nicht frei!

Gut, das Manöver war aus dem Weg, das war schon mal hervorragend.
Aber die Verhandlung stand bevor.
Die Andeutung von Haas, diesmal könne es besser laufen, konnte nur bedeuten, dass der Major wieder seine Strippen gezogen hatte.

Kein Zweifel, man wollte ihn loswerden.
Oder lief er etwa direkt in eine Falle?

Den Brief des Kreiswehrersatzamtes hatte er geöffnet und nur kurz zur Kenntnis genommen, dass es sich um

Ablehnungsbescheid und Begründung der ersten Verhandlung handelte.
Mit dem Mist, der garantiert darin stand, wollte er sich nicht die Stimmung versauen lassen.
Morgen, auf der Rückfahrt im Zug, da würde er die Begründung intensiv studieren – und sie widerlegen!

Aber nicht heute!

Heute war es Zeit zu feiern!
Hahn und Kunz hatten ihm beim Abendessen gesteckt, dass sie einige Sixpacks in Schleswig kaufen würden und fest mit ihm rechneten.
Sogar nach seiner bevorzugten Biersorte hatten sie gefragt.
Mark hatte sich daraufhin entschieden, seine Rückfahrt nach Hamburg auf den nächsten Morgen zu verschieben.

Er stieg die Treppe hinauf in den ersten Stock, öffnete die schwere gläserne Tür, ein fahles Licht fiel von der Laterne vor dem Fenster in den Korridor.
Mark roch den Geruch des gebohnerten Fußbodens, ein Geruch, den er immer gehasst hatte.
Diesmal sog er ihn ein, um ihn sich ins Gedächtnis zu schreiben.
Jetzt, an der Schwelle zur Freiheit, wollte er die Ausweglosigkeit seiner Existenz, die ihn verfolgt hatte, seit er beim Bund war, tief in sich einbrennen.

Um nie wieder zu vergessen, wie sehr er hier gelitten hatte!

In der Stube war bereits etwas los.
Mark horchte vor der Tür und vernahm seinen Namen.
Es war Hahn, der über ihn sprach.

„Auf Hellberch lass' ich nichts kommen ..."

Hahn war den Tag über nicht müde geworden, sich an Marks Tat zu begeistern, dem Oberfeld' *Mache ich nicht!* ins Gesicht zu sagen und damit durchzukommen.

Mark öffnete die Tür, sah seine Kameraden in Schwaden von Zigarettenrauch eingehüllt am großen Tisch sitzen, in der Mitte die Sixpacks aufeinandergestapelt.

„Hellberch, komm, setz dich!"

Hahn entkoppelte eine Dose Bier aus dem Gummi, ein Stuhl wurde von Kunz an den Tisch gezogen.

Mark, der sich vorsorglich für diesen Abend vom Anspruch auf Reinheit und besonnene Lebensführung freigestellt hatte, setzte sich und nahm einen großen Schluck Faxebier.

„Hellberch, Hellberch!“, rief Hahn und klopfte Mark auf den Oberschenkel.
„Was du hier abziehst, meine Fresse. Und das Ding mit den Zigaretten war übrigens oberlink!“, lachte Hahn.

„Wieso, was war denn da?“, fragte Kunz.

Hahn berichtete, wie Mark ihn mit Scheingeschenken von vollen Zigarettenschachteln ausgetrickst habe, nur um sich danach so viele Zigaretten von Hahn wieder abzuholen, dass dieser am Ende ein Minusgeschäft gemacht hatte.

Die Stimmung war heiter, lustig, doch mahnte Mark sich zur Vorsicht.
Er wusste, dass bei Hahn, ganz wie er es von seinem Vater kannte, die Stimmung jederzeit umschlagen konnte:
War man eben noch sein bester Freund, konnte man im nächsten Augenblick der Todfeind sein.

Nach ein paar weiteren Bieren, unzähligen Zigaretten – Mark hatte sich im Rahmen seiner Freistellung am Zigarettenautomaten mit zwei Schachteln Marlboro eingedeckt – begannen sie zu dritt, Hahn, Kunz und er, Klapperjazz zu spielen.

Ein Kartenspiel, das ihm sein Vater auf Jamaika beigebracht hatte.

Jas, Mi, Belle, Stich – das waren Begriffe, die die nächste Stunde durch den Raum flogen.

Die anderen Stubenkameraden lagen längst in ihren Betten, verfolgten von dort das Treiben am Tisch oder versuchten vergeblich, einzuschlafen.
Hahn oder Mark machten in wechselnder Reihenfolge das Spiel, Kunz verlor ein ums andere Mal.

Mark dachte gerade, es sei ein schöner Abschluss seines vielleicht letzten Abends in dieser Stube, da passierte es:

23.00 Uhr war gerade durch, die Tür wurde aufgestoßen.

Der kleine Spitz stampfte in die Stube und rief:
„Schluss! Aus! Vorbei! Alle gehen sofort ins Bett!"

Mark fand die Idee gut, zum Abschluss zu kommen.
Spitz' anmaßenden, lächerlich gepiepsten Befehlston ignorierte er – nicht aber Hahn.

Die Karten noch in der Hand, sprang Hahn auf und nutzte die paar Schritte durch den Raum zum Anlauf, holte dabei wie ein Tennisspieler bei der Rückhand mit dem rechten Arm aus und rammte seinen Ellenbogen wie eine Bajonettspitze in Spitz' Gesicht.

Dieser stürzte nach hinten, Blut spritzte ihm aus der Nase, die jetzt absurd schräg stand.
Spitz schlug mit dem Hinterkopf an die Tür, dort sackte er zusammen.

Hahn, als sei gar nichts passiert, kehrte zum Tisch zurück und zog die Karte aus seinem Blatt, die er zuvor hatte ausspielen wollen.

Eine Pik Sieben in Trumpf.

Mark und Kunz, die keine Trumpfkarten mehr hatten, warfen ihre niedrigsten Karten hinzu.
Hahn sammelte den Stich ein und hatte die Runde gewonnen.

Keiner sagte ein Wort.

Das Geräusch des Mischens, Ablegens und Aufhebens der Karten wurde begleitet von einem Wimmern, das von der Tür kam.

Mark linste zu Hahn, konnte aber nicht lesen, ob dieser sich beruhigt hatte oder im nächsten Moment wieder zuschlagen würde.
Kunz starrte eisenhart auf die Karten in seiner Hand.

Er verpasste es, den Buben in Trumpf als *Jazz* anzusagen und nahm den Punktverlust reaktionslos hin.

Die anderen in ihren Betten blieben dabei, so zu tun, als seien sie gar nicht da.

Aus den Augenwinkeln konnte Mark die Bemühungen von Spitz beobachten, sich mit einer Hand an der Türklinke hochzuziehen, mit der anderen versuchte er, die Blutung aus seiner Nase zu stoppen.

Spitz schaffte es nicht, sich aufzurichten.
Es gelang ihm jedoch vom Boden aus, die Tür zu öffnen und durch den entstehenden Spalt nach draußen zu kriechen.

Das Letzte, was Mark von Spitz sah, waren seine schwarzen Stiefel, die er wie den Schwanz einer Schlange hinter sich herzog.
Die Tür klackte ins Schloss, eine Blutspur war auf dem Boden entstanden.

Mark hatte die ihm ausgeteilten neun Karten einfach liegen gelassen, nicht mal mehr hineingeschaut.
Hahn und Kunz, ohne ein Wort dazu zu sagen, machten mit den restlichen Karten weiter.

Runde um Runde spielten sie, ohne seine Karten hinzuzunehmen.

Das gespenstische Spiel wurde unterbrochen, als drei Männer, alle in der blauen Uniform der Luftwaffe, eintraten und vor der Tür Position bezogen.

Die weiße OvWa-Binde über dem Oberarm und die silbergrau geflochtene Schulterschnur machten den Mann in der Mitte als Oberkommandierenden Wachoffizier der Kaserne erkennbar.

Die Soldaten, die ihn flankierten, hatten die Hand am Gürtelholster, bereit, auf Befehl die Handfeuerwaffen zu ziehen.

Kapitel 45
Kein Gewissen

Mark verließ die Kaserne früh am Morgen.

Die Tasche, die er geschultert hatte, war bis zum Anschlag gefüllt.
Alle persönlichen Habseligkeiten, die er noch in seinem Spind hatte finden können, hatte er in die Tasche hineingepfropft.

Auf das Frühstück in der Kasernenkantine hatte er verzichtet, um sich in Schleswig ein schönes Frühstück zu gönnen: Rührei, Brötchen oder gleich einen Croque Monsieur, dazu einen heißen Kaffee – alles auf einer Terrasse im schönsten Sonnenschein serviert, als sei er bereits ein freier Mann.

Das war zumindest die Idee gewesen, die er noch gestern am Abend entwickelt hatte.

Er verließ das Ufer der Schlei und schlug den Weg durch die Stadt in Richtung *Patio* ein, wenngleich es unwahrscheinlich war, dass das Lokal bereits geöffnet hatte.
Wenn nicht, dann machte das auch nichts, sein Appetit hielt sich in Grenzen.

Das Gefühl, das ihn gestern noch so beschwingt hatte – frei zu sein oder zumindest an der Schwelle zur Freiheit zu stehen – war nicht wiederzubeleben.
Der Vorfall mit Hahn hatte es ihm genommen.

Am Zaun vor der Irrenanstalt von Schleswig schulterte Mark die Tasche ab und steckte sich eine Zigarette an. Sein Blick fiel auf den Wasserturm, der sich auf dem Gelände der Irrenanstalt befand und sich durch Marks Augen wie ein mahnender Zeigefinger in den Himmel hob.

Hatte Mark überhaupt ein Gewissen?

Wenn es so war, dass ein Gewissen sich darin zeigte, zwingend für den Frieden einzutreten und keine Konsequenzen zu scheuen, dann hatte er keines.
Er hatte nichts getan, nicht eingegriffen, sich nicht einmal um Spitz gekümmert, der an der Tür verreckt war.

Auch jetzt regte sich in ihm nichts, kein Gefühl, gar nichts.

Trug der Wind da nicht einen Schrei aus dem Turm an sein Ohr, ausgestoßen von einer eingekerkerten, verirrten Seele?

Tatsächlich kannte er ein Irrenhaus von innen: Ochsenzoll, am Stadtrand von Hamburg, die Nervenheilanstalt, in der seine Mutter größtenteils lebte.

Stunden hatte er gebraucht, um einzuschlafen.
Wenn ihm das überhaupt gelungen war – es schien ihm eher, als habe er die Nacht da oben in seiner Ecke in einem Dämmerzustand abgefristet.

Hahn hatte sich nicht mehr im Zimmer befunden, es hatte keine Gefahr mehr gedroht, aber ein grauenhafter Nachklang des Vorgefallenen war in der schweigenden Stube verblieben – und der stechende Geruch eines Putzmittels.
Kunz war, nachdem Hahn abgeführt worden war, wie ein Roboter losmarschiert und hatte aus dem Putzraum Reinigungsmittel und Wischtücher geholt.
Gemeinsam hatten sie die Blutschlieren, die über Boden und Tür verteilt waren, beseitigt.

Hahn hatte sich widerstandslos abführen lassen und ihm noch einen letzten Blick zugeworfen, der Mark nun beschäftigte.
Der Blick eines Menschen, der sein unvermeidbares Schicksal erfüllte und sich darin fügte.
Sieh, Hellberg, ich gehöre hierhin – in den Knast, unter die Verbrecher, denn ich bin einer und werde immer einer sein.

Hahn hatte ihn angesehen wie einer, der sich gewiss war, sein Leben verspielt zu haben.

„Viel Glück, Hellberg“, hatte Hahn zum Abschied noch gesagt – und seinen Namen zum zweiten Mal richtig ausgesprochen.

Das *Patio* war noch Stunden davon entfernt, zu öffnen. Mark ging schnurstracks zum Bahnhof und erwischte den früheren Zug nach Hamburg.
Er schlüpfte in ein leeres Abteil, wuchtete seine Tasche in die Ecke am Fenster, gegenüber nahm er Platz.

Spitz hatte er nicht mehr gesehen, der war ins Lazarett gebracht worden.

Wenn der mal, überlegte Mark, nur mit einem Nasenbeinbruch davongekommen war.
Vielleicht war auch das Jochbein gebrochen, eine Gehirnerschütterung hatte er mit Sicherheit kassiert.

Aber wie würde Spitz den psychischen Schock verkraften?

Würde er einfach zurückkommen und seinen Wehrdienst ableisten, als sei nichts gewesen?

Oder würde er Marks Beispiel folgen und zum zweiten Verweigerer in der Geschichte dieser glorreichen Einheit werden?

Ha, dachte Mark, kaum waren sie ihn los, kam schon der Nächste – verdient hatten sie's. Viele Grüße an den Herrn Major.

Aber so weit war es noch nicht.
Er musste etwas finden, womit er den Ablehnungsbescheid aushebeln konnte.

Mark beugte sich hinüber, öffnete den Reißverschluss, wühlte mit einer Hand tief in der Tasche und brachte den dicken Brief hervor.

Ausschuß für Kriegsdienstverweigerung beim Kreiswehrersatzamt Hamburg

2000 Hamburg 13
Sophienterrasse 1a
Tel. 4150-506

Reg.-Nr.: AfKVD 4 (N) 64-15/85
PK: 31 10 64-H-1014 7

Bescheid

Auf den Antrag des Wehrpflichtigen

Hellberg	Mark	.
(Name)	(Vorname)	

geboren am 31.10.1964 in Hamburg

.

wohnhaft Barmbeker Str. 75 2000 Hamburg 60.
(Straße, Hausnummer) (Ort)

zur Zeit: 5./PiBtl. 820.
Auf der Freiheit 13 2380 Schleswig .

vom 05.05.85

wegen Anerkennung als Kriegsdienstverweigerer hat der Ausschuß in seiner Sitzung vom 29.05.85 entschieden:

Der Wehrpflichtige ist nicht berechtigt, den Kriegsdienst mit der Waffe zu verweigern.

Entscheidungsgründe

... führte der Antragsteller sodann aus, daß das für ihn Entscheidende in seiner Stammeinheit passiert sei, wo er von einem Kameraden zunächst verbal und dann körperlich angegriffen wurde. Er habe regungslos dagestanden und sich nicht wehren können. Er habe sich innerlich verletzt und gedemütigt gefühlt. Sich zu verteidigen und den Kameraden möglicherweise zu verletzen, sei ihm jedoch als falsch und als nicht erlaubt erschienen. Der Antragsteller trug vor, hierin ein zwingendes Gebot seines Gewissens erfahren, es jedoch zu diesem Zeitpunkt noch nicht als ein solches erkannt zu haben.

Umso überraschender war sein Antrag auf Anerkennung als Kriegsdienstverweigerer am 05.05.85, den er mit Schreiben vom 22.05.85 begründete, daß ihn die Zeugnisse eines ehemaligen Konzentrationslagerinhaftierten dazu bewogen hätten, nunmehr seine Anerkennung als Kriegsdienstverweigerer anzustreben.

Zur Begründung führte er später nach entsprechender Aufforderung u.a. aus, erst diese Zeugnisse des ehemaligen Konzentrationslagerinhaftierten, der seine Ideale in jener Hölle zu bewahren und ihnen entsprechend zu wirken vermocht habe, ließen ihn erkennen, daß er sich allein durch Widerstand und Kritik im Denken nicht der Wirklichkeit und dem Handeln entziehen könne. Jeder einzelne Augenblick sei eine Tat und somit ein Wirken, für das man die volle Verantwortung trage. Erwägungen über das persönliche Wohl dürften nicht das Handeln bestimmen. Es sei nun sein tiefer Glaube: Nur das Tier tötet, der Mensch niemals.

Die Bemühungen des Ausschusses für Kriegsdienstverweigerer um Erkenntnisse darüber, wie die Lektüre der Briefe dieses ehemaligen Konzentrationslagerinhaftierten es vollbringen konnten, daß der Antragsteller nunmehr eine andere gewissensmäßige Orientierung als bisher entwickelte, führten diesen zu der Erkenntnis, daß sich der Antragsteller in formelhaften Äußerungen über die Menschlichkeit des Handelns ergehe.

Der Antragsteller erklärte, daß der ehemalige KZ-Häftling sich selbst nie untreu geworden sei, daß er jeden Augenblick einfach losgelöst empfinde und ständig gut handele, ohne dabei abzuwägen. Er habe das Gefühl, der ehemalige KZ-Häftling sei ein Mann ohne Sünde und Fehler, wenngleich er nicht soweit gehen möchte, ihn für so etwas wie einen Messias zu halten. Das wäre ihm zu äußerlich. Er möchte aber sagen, daß dieser Mann immer das Gute lebe.

Befragt durch den Ausschuß für Kriegsdienstverweigerer, ob dieser ehemalige KZ-Häftling noch lebe, wie sein Name und ggf. seine Adresse lauten, erklärte der Antragsteller, er wolle diese Fragen nicht beantworten.

Der Ausschuß bemühte sich angesichts dieser schwer verständlichen Ausführungen des Antragstellers um eine wohlwollende Betrachtungsweise, gelangte jedoch zur Erkenntnis, dass der Antragsteller offensichtlich sein subjektives Bewußtsein von seinem Gewissen verloren hat. Er hält jetzt nicht mehr seine Fähigkeit zu unterscheiden, was gut und was böse, was richtig und was falsch ist, für sein Gewissen, sondern seinen dringenden Wunsch, keinen Menschen zu verletzen oder zu töten.

Die Widersprüchlichkeit und die in Frage zu stellende Glaubwürdigkeit seiner Ausführungen machten dem Ausschuß deutlich, daß sich der Antragsteller eben erst – wenn überhaupt – am Anfang des Versuchs einer moralischen und ethischen Neuorientierung befindet und jedenfalls noch weit entfernt von einer ihn bindenden und innerlich zwingend verpflichtenden Gewissensentscheidung gegen den Kriegsdienst mit der Waffe ist.

In Anbetracht der Tatsache, dass jedem Menschen bewußt ist, dass es in der Regel unmoralisch ist, Menschen zu töten, und auf Grund der aus den Medien täglich zu erfahrenden Aufgaben von Soldaten und Geschehnissen bei bewaffneten Konflikten hätte der Antragsteller sich sogar schon vor Dienstantritt ernsthaft in seinem Gewissen prüfen können – und auch müssen! Stattdessen hat er jedoch eine „Kosten-Nutzen-Analyse" durchgeführt und für sich festgestellt, daß der kürzere Dienst bei der Bundeswehr für ihn gravierende Vorteile hätte.

Wenn der Antragsteller nämlich tatsächlich von einem absolut zwingenden Gewissensgebot getragen wäre, so wäre dieser Gewissensappell in seiner Grundausbildung, d.h. insbesondere bei der Schießausbildung, in der er die „handwerklichen Fertigkeiten des Tötens von Menschen" erlernte, erfolgt, und nicht erst nach 7 Monaten, wo er schon gar nicht mehr mit Waffen zu tun hatte, sondern Kraftfahrer war und Ordonanz.

Von einer Gewissensentscheidung gegen den Kriegsdienst mit der Waffe kann daher keine Rede sein.

Für den Ausschuß bestand trotz einer wohlwollenden Betrachtungsweise keine Möglichkeit, in dem Vorbringen des Antragstellers die Voraussetzungen erfüllt zu erkennen, Art. 4 Abs. 3 des Grundgesetzes in Anwendung zu bringen.

Der Ausschuß lehnte das Antragsbegehren des Antragstellers somit ab.

Der Vorsitzende	Ausgefertigt:
gez.	Hamburg. 11.06.85
Brandmann	Meier
Regierungsrat	Regierungsobersekretär

Kapitel 46
Die Strategie

„Du darfst das nicht persönlich nehmen, auf keinen Fall!"

Stephan klatschte die letzte Seite des Ablehnungsbescheids, den Mark als „Hinrichtungsschreiben" bezeichnet hatte, auf den Tisch.
Er schlug die Lucky-Strike-Schachtel an die Tischkante, nahm die hervorpoppende Zigarette mit dem Mund entgegen.
Er ratschte ein Streichholz an und hielt es Mark vors Gesicht, der sich zeitgleich seine Benson & Hedges in den Mund gesteckt hatte.

„Uhum ..." Das Streichholz landete in einem halb mit Kippen befüllten Aschenbecher.

„Es ist die übliche Sauerei. Es reicht ihnen nicht, rein sachlich die Ablehnung zu begründen, sie müssen dich zusätzlich persönlich abwerten, weil du den Kriegsdienst verweigerst!"
Stephan drehte sich zur Bedienung hinter dem Tresen.
„Krieg ich bitte noch 'nen Kaffee? – Du auch? Zwei Kaffee!"

„Kommt gleich, Stephan!“

Mark sah zu der jungen Frau mit den hochgesteckten, schwarzen Locken hinüber, wieder sah er nur ihren Hinterkopf.

Was für eine arrogante Zicke, dachte er.
Seit seinem Eintreten hatte sie ihn keines Blickes gewürdigt, ihm sogar den Kaffee mit abgewandtem Gesicht auf den Tisch geknallt.
Nun stand sie in einiger Entfernung mit dem Rücken zu ihnen und bediente den Kaffeeautomaten.
„Kennst du die ...?“
„Die Ellen? Klar, bin jeden Tag hier, ja, die is' heiß ...“

Sie hatten sich in der „Glocke“ getroffen, einem Lokal an der Grenze zwischen Harvestehude und Eppendorf.
Stephan, den Mark nach seiner Rückkehr nach mehreren Versuchen schließlich telefonisch erreichen konnte, hatte seine Termine über den Haufen geworfen, aber zur Bedingung gemacht, dass sie sich bei ihm in der Nähe trafen.

Mark war sofort in die U3 gesprungen und zum Eppendorfer Baum gefahren.
Dafür hatte er ein mögliches Treffen bei Adamantos sausen lassen; bei Lea hatte er sich gar nicht erst gemeldet, um eine Diskussion darüber zu vermeiden. Sie hätte ihn

gedrängt, die Chance zu ergreifen, bei Adamantos in der Menschlichkeit gefestigt zu werden.
Ihn aber verlangte es nach sachlicher Unterstützung, nach einer Perspektive, wie er die Verhandlung gewinnen könnte.

Er brauchte Hoffnung auf eine Chance.

„... es gibt ja immer Ausnahmen, aber in der Regel ..., danke!"
Stephan nahm die dampfende Tasse entgegen, die ihm gereicht wurde; Marks Tasse war zuvor wie aus dem Nichts neben ihm auf dem Tisch gelandet.
Schon war die Bedienung verschwunden. Wieder war es ihm nicht gelungen, ihr ins Gesicht zu sehen.

„In der Regel hat man in der ersten Verhandlung so gut wie keine Chance. Insbesondere, wenn man wie du aus einer Kampfeinheit verweigert! Das hätte sonst ja eine fatale Signalwirkung auf die anderen, die auch keinen Bock mehr auf den Bund haben."
Stephan schlürfte am Kaffee.

„Ich kenne zig solcher Bescheide, es ist immer dasselbe, es gibt keine wohlwollende Betrachtungsweise! Das ganze Verfahren ist Schrott, eine Schikane:
Der Vorsitzende formuliert deine Sätze um und spricht sie

dann auf Band; dabei verdreht er dir alles, und man kann hinterher nicht mehr nachweisen, was du wirklich gesagt hast!"

„Genauso war es!"

„Leider wird es jetzt in der zweiten Verhandlung, vor der Kammer der Wehrbereichsverwaltung, genauso laufen, aber ..."
Stephan zeigte auf das Blatt, das oben auf dem Haufen lag. „Hier sind zum Schluss Fehler gemacht worden!
Hier ..."

Er griff sich die Seite, Mark rückte heran.

„Die Sache mit der Kosten-Nutzen-Analyse!
Ja, vor deinem Dienstantritt, da hast du die durchgeführt, weniger Dienstzeit und so weiter. Dann ist der Vorfall mit dem Schläger passiert und dann die Begegnung mit dem KZ-Überlebenden. Tja, und mit deiner Verweigerung daraufhin hast du eben gerade keine Kosten-Nutzen-Analyse mehr durchgeführt, weil der Zivildienst viel länger dauert.

Das ist der entscheidende Punkt:
Deine Dienstzeit verlängert sich durch die Verweigerung insgesamt um volle fünf Monate.

Das ist das tragende Indiz dafür, dass du eine durch Leiderfahrung geprägte, dich bindende Gewissensentscheidung getroffen hast und den Nachteil einer längeren Dienstzeit in Kauf nimmst.
Und da ist noch etwas ..."

Stephan fuhr mit dem Zeigefinger zum letzten Absatz.

„Hier: Ordonnanz bist du doch erst seit deinem Antrag, und wenn ich es richtig verstanden habe, erst seitdem vom Wachdienst befreit ..."

„Genau ..."

„Aber vorher musstest du doch Wachdienste machen?"

„Ja!"

„Tja, dann hattest du eben doch mit Waffen zu tun! Du hättest unter Umständen sogar auf Menschen schießen müssen anstatt auf Pappkameraden. Damit kann man arbeiten!"

„Uhum!"
Mark schöpfte wieder Hoffnung.
Im Zug, nach der Lektüre des Bescheids, hatte er jeden Glauben verloren gehabt, dass es möglich sei, die Verhandlung zu gewinnen.

Stephan kramte einen Block aus seiner Tasche, die an der Lehne seines Stuhls hing.
„Ich schreibe dir einzelne Sätze auf, die du auswendig lernen und in der Verhandlung genauso anbringen solltest. Und dann bestehst du darauf, dass der Vorsitzende sie exakt ins Mikrofon spricht.
Erstens kriegt der dann ein Problem mit seiner Taktik, zweitens, falls du nicht durchkommst, haben wir eine hervorragende Grundlage für die dritte Verhandlung vor dem Verwaltungsgericht.
Da sieht es nämlich sowieso gut aus – das weiß ich aus Erfahrung, die Kammer dort ist ausgesprochen anerkennungsfreundlich, da kommst du mit dem hier“, Stephan wies auf die Sätze, die auf seinem Block noch nicht entstanden waren, „auf jeden Fall raus!“

Eine Hochbahn, die draußen über die Brücke fuhr, erzeugte ein quietschendes Geräusch und ließ die leeren Kaffeetassen auf den Untertassen hüpfen.
Stephan, der in großer Schrift mehrere Seiten seines Blocks vollgeschrieben hatte, erwachte aus seiner Trance und sah auf seine Armbanduhr.

„Mein Gott, ich muss los, verdammt!“
Er riss die Zettel heraus und überreichte sie Mark.
„Wenn noch irgendwas is’, ruf an!“

Er blickte zum Tresen, die Bedienung war nicht zu sehen; Mark winkte ab.
„Ich zahl das natürlich, Stephan. Und ich möchte mich schon mal zutiefst …"

Bevor Mark mit seiner Dankesbekundung loslegen konnte, war Stephan schon aufgestanden.
„Lass, lass, alles gut …"
Er schulterte seine Tasche.
„Falls wir uns vorher nicht mehr hören, Mark – viel Glück!"

Mark schickte ein „Zahlen!" in Richtung Tresen und lehnte sich zurück.
Ha! Mit diesem Handwerkszeug sah die Sache doch wieder ganz gut aus. Auch bestand außerdem die Möglichkeit, dass der Major seine Beziehungen genutzt hatte, um ihn loszuwerden.

Eine junge Frau mit blondem Haar und einer großen Brieftasche in der Hand trat an seinen Tisch und lächelte ihn freundlich an.
Die andere Bedienung, die Haare nun offen, verschwand in Windeseile durch die Flügeltür.

Das Einzige, was Mark noch von ihr sah, war ein schwarzes Lockenmeer.

Kapitel 47
Die Schuhe

Neben intensiven Fernseheinheiten hatte Mark den Großteil des Wochenendes mit der Vertiefung in die Kriegsdienstverweigerung zugebracht und die Sätze, die ihm Stephan notiert hatte, auswendig gelernt.
Er hatte geprobt, sie in seinen normalen Sprachfluss zu integrieren und sich sogar ermutigt gefühlt, mit einzelnen Worthülsen zu spielen und sie zu neuen Sätzen zusammenzubauen.

Darüber hatte er das Telefon, das mehrfach klingelte, ignoriert und fühlte sich erst am späten Samstagnachmittag in der Lage, Leas Vorhaltungen, dass er sich nicht gemeldet hatte, zu ertragen.

Dass er dem Treffen am Sonntag bei Adamantos, einem Tag vor seiner Verhandlung, nicht entgehen konnte, war ihm klar gewesen. Dem gemeinsamen Frühstück, das Lea am Sonntagmorgen vorschalten wollte, entging er mit dem Verweis auf die letzten Vorbereitungen, die er für seine bevorstehende Verhandlung zu treffen hatte.

Mark hatte die schwarzen Halbschuhe, die er zu seiner Konfirmation getragen hatte, noch am Sonntagvormittag im Keller gefunden, entstaubt, mit Schuhcreme eingeschmiert und mit neuen Schnürsenkeln ausgestattet. Indem er dieses zweite Schuhpaar mitbrachte, wollte er Lea zeigen, wie ernst er die Treffen bei Adamantos nahm und wie sehr er die dortigen Regeln respektierte.

Das klappte.
Lea nickte ihm zu.
„Schön, dass du dich darum gekümmert hast!"

Fred hatte ihm ein weißes Oberhemd überreicht, das ihm selbst zu groß geworden war.
Denn auf dem Weg der Menschlichkeit, hörte Mark, sei es eine Verpflichtung, sich um seine „Physis" zu kümmern, durch gesunde Ernährung und sportliche Betätigung. Und so habe Fred in den letzten zehn Jahren viele, viele Kilos verloren.
Schuhe und Oberhemd waren nun also okay; eine Krawatte wurde ihm von Bernhard angelegt, der verhasste Cordanzug blieb ihm jedoch erhalten.

Oben, im Dachgeschossraum, hatte er sich wieder auf seinen „alten Platz" in der zweiten Reihe des Stuhlpulks gesetzt.
Und wenn einer reinkam, war er brav wie ein Hampelmann aufgesprungen und konnte, ganz anders als beim ersten Mal, mit Überzeugung „Grüß dich!" ausrufen.

Siezen oder nicht, das spielte keine Rolle mehr.
Man kannte ihn, man hatte gehört, dass er an einem Freitag bei Adamantos gewesen war.
Mark spürte es, jeder wusste:
Der gehört jetzt dazu.

Tee und Gebäck wurden gereicht.
Diesmal passte die Tasse in die Untertasse, und Mark, inzwischen zum Profi geworden, aß erst sorgsam den Kuchen, um den Tee abkühlen zu lassen.

Von der ersten Einheit hier oben im Dachgeschoss, die rund zwei Stunden dauern würde, konnte er mindestens eine Stunde abziehen, in der Bach gespielt wurde. Er konnte die Augen schließen und so tun, als versinke er in der Musik, niemand erwartete etwas anderes von ihm. Schwierig, gefährlich war die übrige Zeit, wenn Adamantos aus den Bekenntnissen las und man aufgefordert war, sein Gefühl auszudrücken. Aber eine ergriffene Miene aufzusetzen und „Danke" zu sagen, das ging, das kriegte auch Mark hin.
Den Rest erledigten Viktor, Bernhard, Baldi oder Ilse, die Frau, die ihm beim ersten Treffen zur Seite gesprungen war.

Sie wagten es, ganze Sätze zu sprechen, die Wortmodule der Menschlichkeit neu zusammenzusetzen und mit einem persönlichen Erlebnis, das sie in der vergangenen

Woche gehabt hatten, zu kombinieren. Adamantos segnete das ab, indem er nickte oder auf die Dringlichkeit hinwies, die Menschlichkeit jetzt, in diesem Moment, hervorzubringen, denn er selbst, er habe genug geleistet und bald sei er nicht mehr da.

Mark blinzelte ab und zu nach hinten, wenn von dort ein besonders lautes „Danke" kam, und erkannte, dass doch einige, die da nickten und die chorartigen Phrasen aussprachen, in eine Art Schlafmodus gefallen waren.
Beim Musikhören, auch da schaute er einmal nach hinten, ja, da sackten ständig die Köpfe nach unten oder zur Seite. Die schliefen einfach, wenngleich in ungeheurer Dankbarkeit.
Das hielt er für eine gute Idee:
So konnte man die Zusammenkunft viel besser überstehen, wenn man die Zeit des Musikhörens für ein kleines Schläfchen nutzte.

Doch Mark machten seine Schuhe einen Strich durch die Rechnung.

Immer wieder drückte er mit der Hacke gegen das Stuhlbein, um eine Veränderung der Drucksituation, insbesondere im rechten Schuh, zu bewirken.
Aber das brachte nur für einige Sekunden Linderung, es war auf die Dauer nicht auszuhalten.

In ungeheurer Langsamkeit, damit ja niemand etwas bemerkte, mitten in einer Tiefschlafphase des Wohltemperierten Klaviers, senkte er den rechten Arm, hob zeitgleich den rechten Fuß und versuchte, an dem dünnen Schnürsenkel zu ziehen.
Er hatte aber das Pech, das falsche Ende zu erwischen.
Die Schleife öffnete sich nicht, sondern zog sich stattdessen noch enger zusammen. Der Druck, spürte Mark genau nach, hatte sich durch die Aktion nur verstärkt.

Es lief also doch wieder auf Qual und Aushalten hinaus. Sein Ziel war das Essen; danach gab es ja die Pause, und in der würde er, egal, was ihm in den Weg kam, in den Keller gehen und seine Schuhe wechseln. Vorher natürlich mit dem dortigen Lappen über die Sohlen fahren. Dann trug er eben die Turnschuhe, wenn es unten in den großen Raum ging. Das sah doch niemand, wenn er da in einer Ecke in der einbrechenden Dämmerung mit Turnschuhen sitzen würde. Da gab es doch weitaus Wichtigeres und Wesentlicheres, als auf seine blöden Schuhe zu gucken!

„Ich muss noch mal kurz in den Keller ...", sagte Mark zu Frank, dem er die Treppe nach unten gefolgt war.
Dieser nickte nur und ging durch die offenstehende Haustür nach draußen.
Mark verschwand hinter der Kellertür.

Der Gang die schmale Treppe hinunter war schon beleuchtet, den Lichtschalter brauchte er gar nicht zu suchen.
Er schloss die Tür.

„Ah, endlich!“, rief er und stieg die gewundene Kellertreppe hinunter.
Kaum war er um die Kurve, sah er eine Gestalt, die ihm von unten entgegenkam.
Es war Helen – die Frau, die ihn in der „Glocke“ ignoriert hatte, Mark war sich absolut sicher! – in einem enganliegenden Kostüm, die unendlichen Beine noch verlängert durch hohe Absätze, das schwarze Lockenmeer frei bis über die Schultern, ihr Gesicht deutlich geschminkt.

Er errötete.
Was sollte er machen?
Zurück konnte er nicht, und Helen, sie sah ihn nur kurz an, senkte den Blick.
Da die Treppe zu eng war, um aneinander vorbeizukommen, wich sie zurück.

„Hallo, ähem, ich meine, grüß dich!“, sagte Mark im Absteigen und war sich sicher, dass er den sprachlichen Kontakt nicht hätte dümmer einleiten können.
Folgerichtig antwortete sie ihm auch gar nicht erst, überhaupt, es schien ihr unangenehm zu sein, Mark anzusehen.

Ihm fiel noch ein: „Haben wir uns nicht Freitag in der Glocke gesehen?“

Auch das, wurde ihm sofort klar, war wieder ein Fehler, denn offensichtlich hatte sie genau dies zu verheimlichen versucht.
Sie räusperte sich, und Mark, der nun nicht weiter wusste, ging gesenkten Blickes an ihr vorbei.

Da griff sie ihn an die Schulter.
Mark, überrascht, musste seine Blickachse leicht nach oben justieren, denn Helen, auf ihren Absätzen, war ein paar Zentimeter größer als er.

„Mark, das muss unter uns bleiben …“

„Kein Problem!“
Mark zuckte mit den Schultern.

„Echt? Einfach so, keine Nachfragen?“

„Ähem …“, Mark wies mit dem Zeigefinger nach oben und lächelte.
„Ich denke, du wirst deine menschlichkeitlichen Gründe haben …“

Helen strahlte ihn an.

Außer ihrem Bruder und ihrem Freund wisse niemand, sprudelte es aus ihr heraus, dass sie in der „Glocke“ arbeite – er, Mark, sei nun der Dritte im Bunde.

Mark deutete eine Verbeugung an und griff sich seine Turnschuhe aus dem Regal.

„Die willst du doch jetzt nicht anziehen?“

„Doch, die anderen sind zu eng.“

„Das kannst du nicht bringen!“

Mark hatte im großen Raum hinter dem Flügel einen Platz gefunden. Die Schuhe drückten immer noch, aber es machte ihm nichts mehr aus. Sie waren es, die ihn in den Keller geführt und die Begegnung mit Helen ermöglicht hatten. Dafür war er gerne bereit, Tribut zu entrichten.

Er strahlte.
Er war beglückt, ja, er war seiner üblichen Qualen enthoben.

„Schön, wieder in diesem Raum sein zu dürfen!“, rief er. Adamantos hatte sich gesetzt, alle saßen auf ihren Stühlen und waren zur Ruhe gekommen. Eine erste Stille war entstanden, mit ihr eine Spannung, und er, Mark, hatte diesen Satz in den Raum geworfen.

In fester Stimme, voller Freude ausgesprochen – es war wahr!

Die Reaktion fiel überwältigend aus.
Ein Chor hob an; von allen Seiten hörte Mark: „Oh, wie schön, schön, Mark, wundervoll!"

Adamantos merkte auf, suchte im Raum nach der Quelle der Stimmungserhebung, fand Marks Gesicht hinten über dem Flügel, lächelte ihn an, ja, nickte ihm zu.
„Wenn es stimmt, stimmt es!"
„Wie wundervoll, Adamantos, wie gegenwärtig und wahr!", rief Ilse.

Durch die großen Fenster warf die Abendsonne ihre Strahlen in den Raum. In den Vasen reckten sich die weißen Lilien, als erblühten sie ein weiteres Mal in diesem Schein. Auch Viktor lächelte sich zu, als er am Flügel Platz nahm und eine Bachsonate intonierte.

Schön war es, was er spielte, fand Mark.
Noch schöner war es, jede Minute, ja Sekunde, die eben im Keller vergangen war, immer wieder neu zu erleben, mit Details auszustatten, die er im Ersterlebnis nicht

ausreichend hatte würdigen können. Erst jetzt, in der Gewissheit, dass alles gut ausgegangen war, konnte er sie hinzufügen:
Helens hinreißende Blicke, ihr Lachen!

Ja, sie hatten gelacht und gescherzt, unten im Keller, darüber Zeit und Ort vergessen. Erst als sie die Haustür ins Schloss fallen hörten, waren sie aus dem Rausch erwacht. Beide hatten es für besser gehalten, in einem zeitlichen Abstand aus dem Keller zu kommen und sich getrennt in dem abebbenden Strom einzufinden, der durch den Flur in den großen Raum floss.

Hätte Mark den Versuch unternommen, ein Haar in der Suppe zu finden, er hätte nicht nur eines, sondern mehrere finden können.

Da war Lea, vorne auf dem Sofa, direkt in seinem Blickfeld.
Die hätte sich nun freuen sollen, dass sein zweites Erscheinen in der sonntäglichen Zusammenkunft so anders, so großartig zu verlaufen schien. Aber auf ihrem sonst in Ergriffenheit versunkenen Antlitz war davon nichts zu finden.
Rot waren ihre Wangen, wie üblich, wenn sie in der Nähe von Adamantos ihren Platz eingenommen hatte. Aber sie lächelte nicht, sie sah Mark nicht an, vermied

von vornherein seinen Blick und hatte sich einer Zustimmungsbekundung über Marks Gestaltung seines Gefühls, das sie zuvor doch so vehement eingefordert hatte, enthalten.

Außerhalb von Marks Blickfeld, ganz hinten in der entferntesten Ecke, wo Helen mit ihrem Anhang saß, da waren vier Leute sauer.

Warum war Helen nicht nach draußen gekommen?
Warum war sie so guter Stimmung gewesen, als man sich im großen Raum wiedertraf?
Was habe sie im Keller gemacht, hatte sie Eckhart gefragt, als sie sich in die Zange zwischen ihm und ihren Bruder setzte.
Ihr Vater, der daneben saß, ihre Mutter noch weiter außen, hatten skeptisch das Ausbleiben ihrer Antwort verfolgt.

Die Antwort, die nicht kam, wäre gewesen, sie habe Mark getroffen, zunächst diesem und sie alle vor einem weiteren Eklat bewahrt, indem sie ihn von der Ursünde abgehalten hatte, mit Turnschuhen im großen Raum aufzulaufen.

Darüber seien sie in ein Gespräch geraten – einer witzigen Unterhaltung, in der sie sich über ihre jeweiligen Lebensumstände grob in Kenntnis gesetzt hatten:

sie über ihre Eingespanntheit, ihr Pendeln zwischen dem Haus ihrer Eltern und der Wohnung von Ecki, dem Flamenco- und Balletttraining in Ottensen, den Schichten in der „Glocke“, die ihr Spaß machten, weil dort die Stimmung so locker war und niemand etwas von ihr wollte, außer Getränke serviert zu bekommen und mit ihr zu flirten; sie sich einmal nicht beobachtet fühlte und den Erwartungen ihrer Familie gerecht zu werden hatte; schließlich der Aussicht, bald in Urlaub zu fahren, mit ihrem Bruder in Richtung Bodensee, wo sie sich verschiedene Hotels ansehen und womöglich eine Ausbildung zur Hotelfachfrau beginnen wolle – weit weg von allem anderen, eine Auszeit, ein bisschen Freiheit von allem und jedem, darauf freue sie sich.

Mark hinwiederum hatte von seiner unmittelbar bevorstehenden Verhandlung erzählt, von der Hoffnung, sie diesmal zu gewinnen.
Wie sehr er sich danach sehne, genau wie sie, Helen, seine Freiheit zurückzugewinnen, womöglich, und das sei nun sein Geheimnis, das er ihr im Gegenzug zur „Glocke“ anvertraue, zu seinem Vater nach Jamaika zu fahren. Und von der Gefahr einer Inhaftierung, sollte er morgen seine Verhandlung nicht gewinnen.

Da hatte Helen gesagt, sie müsse unbedingt danach erfahren, wie es gelaufen sei, wolle sich mit ihm freuen,

wenn er es geschafft habe, ihn unterstützen und aufrichten, falls nicht.
Die Idee kam auf, nach der Verhandlung zu telefonieren, aber wie?

Sie anzurufen, hatte Helen gesagt, sei generell keine gute Idee, denn sie sei ja schwierig zu erreichen. Außerdem waren entweder Ecki oder ihr Bruder meist zuerst am Telefon; das würde dann wieder endlose Rechtfertigungen nach sich ziehen.

Das verstand Mark sofort und verwies auf Lea – die würde ihn nämlich genauso verhören – und ließ sich dazu hinreißen, zu sagen, wie sehr ihm dieses Unterdrucksetzen auf den Sack gehe.
Dass er das sagte, genau in diesen Worten, vertiefte die sich zwischen ihnen entspinnende Verbindung, sprach er ihr doch aus der Seele, und sie gelobten einander, Stillschweigen über ihre Bekanntschaft zu wahren. Alles schön geheim halten, die beste Möglichkeit war daher, Mark gebe ihr seine Telefonnummer.

Einen Zettel fanden sie in Marks Jackett-Tasche, einen Beleg von vor Jahren, von einer Reinigung, in die er das Jackett hatte geben müssen, weil er sich auf seiner Konfirmationsfeier in einer zutiefst peinlichen Weise mit Kaffee und Kuchen eingesaut hatte.

Ein Kugelschreiber fand sich in Helens großer Tasche, die neben dem Schuhregal lagerte; bei ihrem Hin und Her hatte sie ja ständig zig Sachen mitzuschleppen.

Mark, der ihr dabei über die Schulter lugte, wies auf die John Player Specials hin, die gleich oben lagen.
„Ah, und was ist das?"
„Deinetwegen habe ich auf die Pausenzigarette verzichtet!"
Vorwurfsvoll zwinkerte sie ihm zu, ein weiteres Geheimnis war in Marks Besitz gelangt. Und Mark bekannte, nun stünde er in ihrer Schuld und müsse das unbedingt wieder ausgleichen. Er würde sich etwas einfallen lassen, um sie für die ausgefallene Zigarette zu entschädigen.
Unterdessen schrieb er seine Telefonnummer vorsichtig auf die Rückseite des ultradünnen Papiers.

„Morgen am Nachmittag also!"

Sie wisse noch nicht genau, wann; sie würde ihn aus der „Glocke" anrufen.

Erst da, mit dem Klacken der Tür oben, waren sie aus der gemeinsamen Kellertrance erwacht, in der sie völlig vergessen hatten, wo sie waren und wer oben auf sie wartete.

Kapitel 48
Leas Urteil

Das Schweigen in Leas Auto wäre Mark recht gewesen, wenn es sich nicht so unbehaglich angefühlt hätte. Erst jetzt fiel ihm seine Verhandlung, die am nächsten Tag um halb elf bevorstand, wieder ein. Das Beklemmungsgefühl in seinem Bauch verstärkte sich.

„Wo bist du denn in der Pause gewesen? Bernhard hatte nach dir gefragt …"

„Im Keller! Meine Schuhe haben so gedrückt, dass ich sie eigentlich wechseln wollte. Aber ich hatte ja nur noch die Turnschuhe, und das ging ja gar nicht … Jedenfalls, ich hoffe, ich komme da morgen raus, lieber Gott, das wäre so schön …"

Lea hielt die Augen starr geradeaus auf die kaum befahrene Straße. Im Widerschein der nächtlichen Lichter schwieg sie eisern, bis sie ihm an einer roten Ampel den Kopf zuwandte.

„Wenn du da morgen aus der Bundeswehr rauskommst, wird sich zeigen, wie ernst es dir in Wahrheit mit diesem Weg ist …"

Die Ampel sprang auf Rot-Gelb, Lea schob den Schaltknüppel nach vorn und fuhr los. Das war aber noch nicht alles.

„Was wirst du morgen nach der Verhandlung tun?“

„Ha, die Freiheit genießen …“, lächelte Mark und tat so, als überhöre er den feindseligen Ton, den Lea angeschlagen hatte. Er wollte nur nach Hause und seine Ruhe haben.

„Und wenn es nicht klappen sollte, werde ich wohl mit Stephan sprechen und gleich den nächsten Schritt einleiten. Stephan kennt einen hervorragenden Anwalt, Friedeck heißt der oder so, der einzige, der mal einen Totalverweigerer durchgebracht hat, wenngleich auch nur in der ersten Instanz …“

„Tja …“, Lea schüttelte den Kopf. „Aber das Wichtigste ist doch wohl, dass du dich uns gegenüber gestaltest! Dass du dich bei denen meldest, die dich unterstützen und Anteil nehmen. Oder willst du nicht mal Bescheid geben? Willst du nicht einmal Adamantos in Kenntnis setzen, wie es ausgegangen ist? Ich verstehe das nicht. Du nimmst das alles, aber du gibst nichts zurück. Im Gegenteil, du musst darauf hingewiesen und angetrieben werden. Nein, so geht das alles nicht! Der nächste Schritt ist doch, gerade nach der heutigen Erfahrung, sich morgen zu einem von uns zu gestalten …“

„Genau das werde ich tun! Ich habe es bereits vorbereitet und mich zu einem Telefonat verabredet ..."

„Schön!", sagte Lea. „Mit Karl? Oder mit Fred? Das ist gut, denn die sind beide morgen Abend bei Adamantos und können ihm dann berichten. Und sie können vorbereiten, dass du am Mittwoch mit zu Adamantos kommst. Und übrigens, am Donnerstag treffen wir uns alle bei mir und versuchen, die Menschlichkeit ohne Adamantos hervorzubringen."

„Uhum ...! Nein, nicht Karl und nicht Fred."

„Viktor etwa? Nein, glaube ich nicht. Frank? Oder mit Bernhard, natürlich! Ha, der hat mir gar nichts davon gesagt, das ist wieder mal so typisch für ihn ..." Lea lächelte in sich hinein.

„Nein, die alle nicht ..."

„Nun lass dir doch nicht alles aus der Nase ziehen ..."

„Leider darf ich es nicht sagen!"

„Was? Wieso?"

„Weil die Person es nicht möchte!"

„Wer sollte denn …, warte mal, doch nicht etwa Helen?“

Mark sah aus dem Beifahrerfenster. Sie waren bereits in seiner Straße, noch gut zweihundert Meter. Er würde zügig aussteigen und nichts mehr dazu sagen.

Aber Lea riss das Steuer herum, fuhr auf den Kantstein und stellte den Motor aus.

„Du warst mit ihr im Keller, richtig?! Statt die Möglichkeit zu nutzen, mit den anderen in der Pause zu sprechen, gehst du in den Keller und redest mit Helen, das gibt es doch nicht!“

„Doch, das gibt’s!“

„Und mit der willst du morgen telefonieren, das soll deine Gestaltung sein? Ausgerechnet Helen, ich fasse es nicht!“

Marks Idee, entspannt zu Hause anzukommen und sich nicht noch auf der Zielgeraden Ärger einzuhandeln, geriet in Gefahr. Schon wollte er nach hinten zu seiner Tasche greifen und aussteigen, vielleicht noch zum Abschied den Mittelfinger zücken, bremste sich aber sofort mit den Gedanken an die bevorstehende Verhandlung.

„Was ist denn so falsch an Helen?“ Mark bemühte sich, in ruhiger Stimme zu sprechen, konnte aber einen schneidenden Unterton nicht verhindern. „Ich dachte, Adamantos hat gesagt, es gehe gerade darum, dass die Jüngeren sich in der Menschlichkeit verbinden …“, setzte er nach.

„Entschuldige …, natürlich“, sagte Lea. „Ich habe mich einen Moment vergessen. Das weißt du natürlich alles nicht. Aber Helen und ihre Familie sind ganz weit draußen. Helen ist noch so in der Welt verstrickt …“
Lea schüttelte den Kopf.

„Sie zieht dich nur vom Wesentlichen ab! Du brauchst jemanden, der in der Menschlichkeit gefestigt ist und sich direkt zu Adamantos gestaltet …“

Kapitel 49
Over and Out

In übler Stimmung schloss Mark die Haustür auf und wollte gerade die erste Treppensequenz mit Anlauf nehmen, da fiel ihm ein, dass er gestern, als er das Haus nicht verlassen hatte, auch den Briefkasten nicht geleert hatte.

Er öffnete das blecherne Türchen am oberen Ende der Briefkastenanlage und fand hinter dem Wochenblatt tatsächlich einen weißen Umschlag. Sofort erkannte er die Krickelschrift seines Vaters. Nur warum stand sie auf einem normalen Kuvert und nicht, wie es üblich war, auf einem hellblauen Umschlag mit rotem *Air Mail*-Stempelaufdruck?

Vielleicht hatte sein Vater den Brief einem heimreisenden Gast mitgegeben, weil es schneller und sicherer war, dass der Brief ankam. Luftpostbriefe aus Jamaika konnten verloren gehen oder wochenlange Umwege einschlagen. Mark schaltete die Treppenhausbeleuchtung an und besah sich beim Treppensteigen den Stempel auf der Briefmarke. Ja, der Brief war in Deutschland aufgegeben worden, in München.

Inzwischen war es Monate her, dass er etwas von seinem Vater gehört hatte. Nach seinem letzten Brief, in dem er ihm von seiner Verweigerung berichtet und die Möglichkeit in den Raum gestellt hatte, er würde vielleicht bald Zeit haben, nach Jamaika zu kommen, hatte er von seinem Vater nichts mehr gehört. Umso bedeutender war nun dieser Brief.

Mark nahm die letzten Treppen in Riesenschritten, jeweils über drei Stufen, und stürmte durch den Flur der obersten Etage zu seiner Tür. In der Küche riss er die Schublade auf, entnahm ein Messer und öffnete vorsichtig das Kuvert. Nur einen einzigen Zettel holte er heraus, mit einer abgerissenen Kante, offenbar eilig aus einem Ringblock gerupft.

Ich bin fertig mit der Insel, las Mark, mit zitternder Hand. *Over and out!*

Nach fünf Jahren, schrieb der Vater, verlange es ihn nach einem neuen Abenteuer. Daher habe er seine Existenz auf Jamaika völlig aufgegeben und sei zunächst zu einer seiner Freundinnen nach München geflogen. Er habe nur noch einen Koffer, darin befinde sich sein gesamter Besitz. Mark glaube gar nicht, wie frei er sich fühle.

Mal sehen, vielleicht würde er eine Surfschule auf den Malediven aufmachen, oder etwas ganz anderes. Auf jeden Fall würde er vorher nach Hamburg kommen, er müsse unbedingt Willi, seinen alten Freund, wiedersehen, der inzwischen Millionär geworden sei. Und dann würde er ein paar Tage oder Wochen bei Mark wohnen. Dann könnten sie sich endlich einmal wiedersehen, denn er vermisse ihn so sehr.

Schön wäre es, wenn Mark ihm ein bisschen Geld schicken könnte, er sei gerade extrem knapp bei Kasse, und seine Alte hier mache schon Zicken. Hundert, zweihundert Mark wären bereits gut, bekäme er natürlich bei Gelegenheit wieder zurück. Alles Weitere in Kürze, er werde bald anrufen.

Wow, das mit der Verweigerung sei ja ein Ding! Er hoffe, es gehe Mark gut und alles laufe bestens.
Jah-Rasta! Soon come, yeah mon!

Mark ließ den Zettel auf den Tisch sinken und schaltete das Küchenlicht aus. Er ging zum Fenster und sah hinunter auf die vierspurige Straße. Vor der rotleuchtenden Ampel hielt ein einzelnes Auto. Der leichte Niesel, der schon den ganzen Abend hin und wieder niedergegangen war, hatte sich zu einem Regen verdichtet. Erst jetzt hörte Mark das Prasseln der Tropfen, sah die Schlieren, in denen sie sich an der Scheibe hinabbewegten.

Er hatte Jamaika immer geliebt, noch bevor er die Insel zum ersten Mal betreten hatte. An einem Silvesterabend war es passiert, wie alt war er da gewesen, zwölf oder dreizehn? Es war die Zeit, als sie seine Mutter nach dem Selbstmordversuch abgeholt hatten, und er alleine in der Wohnung zurückgeblieben war.

Er hatte Radio gehört, und es war so wunderschön gewesen, als in der Einsamkeit dieses Abends *Positive Vibration* von Bob Marley erklang. Es war eine Musik aus einer anderen Welt, einer warmen Welt, sanft und zärtlich wiegend, einer Welt, in der es schön war, drinnen zu sein.

Und Mark hatte die Hälfte der fünfzig D-Mark, die er jede Woche aus der Klinik in Ochsenzoll von seiner Mutter abholte, für die nach *Catch a Fire* zweite Bob-Marley-Platte seines Lebens ausgegeben: *Rastaman Vibration.*

Dann war das Wunder passiert: Sein Vater, der Steuerschulden angehäuft hatte, floh ausgerechnet nach Jamaika, und Mark hatte wieder angefangen, an Gott zu glauben, an eine gütige Macht, die ihm zuhörte und seinen tiefsten Wunsch erfüllte.

Jamaika hatte seine Liebe erwidert. Er hatte es in dem Moment gemerkt, als er aus dem Flugzeug hinaustrat und eine Brise der unendlich warmen Luft über sein Gesicht strich.

Die Fahrt die Küstenstraße entlang von Montego Bay nach Ocho Rios war atemberaubend. Mark hatte noch niemals und nie wieder etwas so Schönes gesehen wie diese Sandbuchten, Palmen, ja, und das strahlende Blau des karibischen Meeres.

Mark wanderte durch den Flur, streifte das Jackett ab, öffnete das Hemd, ging in sein Wohnzimmer und legte sich auf seine Schaumstoffmatratze. Immer noch hing das Bob-Marley-Plakat über seinem Bett. 1980 in Hamburg – Mark war dabei gewesen.

Das Plakat trocknete noch an der Litfaßsäule, da war er schon unterwegs die fünfzehn Stationen zum Jungfernstieg, um bei der Konzertkasse händeringend anzufragen, ob es noch Karten gebe.

Er war der Vierte gewesen, der eine Karte kaufte, erfuhr er von der Frau an der Kasse, und die schenkte ihm auch das Konzertplakat.

In der Ernst-Merck-Halle waren es dann siebentausend Menschen gewesen, die Bob Marley geliebt hatten.

Niemand hatte geahnt, dass es eines seiner letzten Konzerte sein würde.

Sieben Zugaben hatte der todkranke Bob Marley gegeben. Mark erfuhr ein Jahr später aus der *Bild*-Zeitung, die seine Mutter kaufte, wenn sie einmal zuhause und nicht in der Klinik war, dass Bob Marley versucht hatte, Jamaika zu erreichen, bevor er starb.

Bringt mich nach Jamaika! Das war sein letzter Wunsch. So hatte es in riesigen Lettern auf der letzten Seite der Zeitung gestanden.

Es war Bob Marley nicht vergönnt gewesen, Jamaika noch einmal zu sehen.
Und Mark auch nicht.

Er hatte es bei den ersten Zeilen des Briefes gefühlt – etwas in ihm war zugegangen, ein kurzer Stich, tief in seinem Bauch, und dann war da nichts mehr. Die Flamme, die ihn genährt hatte, war erloschen.

Mark hatte seine Mutter dafür gehasst, sich umbringen zu wollen, nun überlegte er zum ersten Mal ernsthaft, ihr nachzufolgen. Und es musste jetzt geschehen.

Es war sinnlos, morgen zur Verhandlung zu gehen, es gab nichts mehr zu gewinnen.

Die Aussicht auf ein Leben in der Menschlichkeit, wie Lea es vorschlug, mit drei Treffen in der Woche, wenn es dabei überhaupt blieb, bei Adamantos zu sitzen und Ja und Amen zu sagen, das reichte ihm nicht.

Er war zu kaputt, um darin Freude zu finden. Es schenkte ihm nicht genug, um am Leben bleiben zu wollen.

Die Alternative, zum Bund zurückzukehren, einfach aufzugeben und wieder normaler Soldat zu sein, nein, das war noch sinnloser.

Und das auszuhalten ohne Jamaika, Mark wusste, dass er das nicht schaffen würde.

Gab es nicht irgendetwas, wofür es sich lohnte, am Leben zu bleiben?

Er ging hinüber in das andere Zimmer, in dem allein sein Kleiderschrank stand. Hier, in diesem Zimmer, hielt er sich kaum auf, weil der Lärm von der vierspurigen Straße, der auch nachts nicht abriss, zu laut war.

In diesem Zimmer befand sich nur sein großer Kleiderschrank, und an den Wänden hingen Drucke von Dalí, surrealistisch verschmolzene Uhren, all das in einem Anfall von Wahnsinn aufgehängt, vor einem Jahr etwa, als er hier eingezogen war.

Er hatte versucht, ein originelles, schönes Zimmer zu gestalten, dabei hatte Dalí ihm nie etwas bedeutet.

Er hatte das Zimmer von außen eingerichtet, sich überlegt, was cool sein könne, und gar nicht sein Inneres befragt. Infolgedessen war das Zimmer zu einer Abstellkammer geworden, in die er nur hineinging, wenn er an den Kleiderschrank musste.

Es war ein erbärmliches Zimmer, Zeugnis – Mark stieß einen sarkastischen Lacher aus – eines völlig verkorksten Lebens.

Er hing den Anzug auf einen Bügel, sorgsam, eine Abschiedstat. Diesen Anzug würde er nie wieder tragen. Das Hemd, das ihm Fred geschenkt hatte, folgte.

Helen fiel ihm ein.

Er schaute auf den Wecker, der hier stand, weil er so laut tickte, es war zehn Uhr.

Noch vor einer Stunde war er glücklich gewesen, erinnerte er sich. Befreit, euphorisiert, voller Zuversicht.

Und dann hatte ihm Lea alles kaputt gemacht.

Er riss den Anzug samt Bügel aus dem Schrank. Zunächst war der Bügel dran, ein schwarzer Plastikbügel, ihn zerbrach er in einem Sekundenbruchteil.

Das Jackett nahm er an den Ärmeln und riss es wie einen Expander auseinander. Das reichte nicht, das Jackett leistete Widerstand. Er trat auf einen Ärmel, den anderen riss er nach oben. Das brachte es.

Ebenso verfuhr er mit dem anderen Ärmel sowie der Hose. Den ganzen Scheißhaufen packte er und warf ihn mit voller Wucht in die Ecke.

„Hier, du Sau!“, schrie er. „Friss das!“

Ehe er sich's versah, nur in Unterhose, befand er sich in der Küche und zerriss in einem Ruck von oben nach unten den Schandzettel seines Vaters.

Dieser Mann, der ihm keinen Unterhalt gezahlt, der ihn mit seiner depressiven Mutter allein gelassen hatte, um den großen Mann auf Jamaika zu spielen, dieses Arschloch, das ihm die Chance seines Lebens versaut hatte, auch mit diesem Mann war er fertig.

Er zerknüllte die Fetzen und warf sie in den Mülleimer.

Ja, es war Zeit, dieses Leben zu beenden.
Ein Leben, das aufgebaut war auf Verboten und auf Hoffnungen, die sich nie erfüllten.

Es war Zeit, ein neues Leben zu beginnen.
Eines, das ihm gehörte und dessen Gelingen oder Scheitern allein in seiner Hand lag.

Kapitel 50
Das Gericht

Die Sonne schien, als Mark erwachte. Er erkannte es an der Helligkeit, die trotz der schweren, abdunkelnden Vorhänge sein Zimmer erfüllte. Die Vögel piepsten, und er schlug die Decken zur Seite, zwei schwere Decken, unter denen er auch jetzt noch trotz der zunehmenden Wärme schlief, weil das Gewicht ihm Geborgenheit schenkte.

Er duschte, setzte den Kaffee auf, schnitt sich zwei Scheiben dunkles Vollkornbrot ab, beschmierte sie mit Frischkäse, biss einmal ab, kaute an dem Bissen endlos lange und benötigte Kaffee, um ihn hinunterzuspülen. Vor ihm auf seinem Frühstückstisch lagen die Zettel, die Stephan für ihn geschrieben hatte. Er hielt die Sätze und Satzbausteine zu, rezitierte aus der Erinnerung, und schob die Hand nach unten. Ja, die hatte er alle drauf, das saß. Das musste jetzt nur noch in einer natürlich anmutenden Weise in seinen Redefluss eingemengt werden.

*

„Schön, dass Sie es einrichten konnten, pünktlich zu erscheinen!"

Meinte der Vorsitzende das ernst? Mark war sich unsicher, ob es eine sarkastische Einstimmung auf die Verhandlung sein sollte oder ob der Vorsitzende ihm tatsächlich aus Freundlichkeit dankte. Dieser ältere Mann mit grauem Haar und den braunen, hinter einer Brille gutmütig wirkenden Augen war ihm eigentlich sympathisch.

„Selbstverständlich!", sagte Mark nur.

Der Beisitzer, der ihm direkt gegenübersaß, sah ihn mit großen Augen an und nickte ihm so deutlich zu, dass sein weißer Bart auf die Brust wippte. Ein freundliches Gesicht, das ihm Mut zusprechen wollte und die Botschaft schickte:
Ich bin auf jeden Fall auf deiner Seite!

Sein Name war Lauf, hörte Mark, Psychologe, und offenbar kein Unbekannter, denn der Vorsitzende bedankte sich bei ihm in überschwänglicher Weise für seine Teilnahme und ließ ihn wissen, dass er mit dessen Arbeit vertraut war und einige Artikel, die dieser geschrieben hatte, äußerst schätze.

Mark schräg gegenüber, zwischen dem Vorsitzenden und Lauf, saß eine korpulente, auffällig geschminkte ältere Frau, die laut auflachte, als der Vorsitzende ihren Beruf

als Hausfrau ablas. Sie würdigte Mark keines Blickes, und er verstand auch diese Botschaft:
Sie war auf jeden Fall gegen ihn.

Der Vorsitzende trug den Ablauf des bisherigen Verfahrens vor, er sprach in ein Mikrofon, das über ein dünnes Kabel mit einem Kassettenrekorder verbunden war.
„Wenn wir einmal alles vergessen, was bisher in Ihrem Fall gesagt und in diesen Dokumenten erfasst worden ist ...", er wies auf den Haufen Papier, der sich vor ihm gebildet hatte, „und Sie uns ganz einfach in Ihren Worten erklären, warum Sie erst nach vier Monaten Wehrdienst den Kriegsdienst verweigern ..., und inwiefern es sich hierbei um eine für Sie zwingende Gewissensentscheidung handelt?"

Der Vorsitzende klemmte das Mikrofon in einen Ständer und drehte es in Marks Richtung.

„Ich ...", fing Mark an.

Er versuchte, die Sätze von Stephan zu erinnern, die er sich eingetrichtert hatte, doch sie waren komplett verschwunden.

„Ich ..., ähem ...", fing Mark wieder an, aber es war ihm unmöglich, ein weiteres Wort zu finden, ja überhaupt einen klaren Gedanken zu fassen. Gleichzeitig baute sich ein Beklemmungsgefühl in seinem Brustkorb auf, Mark zog an dem Ausschnitt seines T-Shirts, als ob ihm das beim Atmen helfen würde.

„Herr Vorsitzender“, schaltete sich Lauf ein, „Sie überfordern den jungen Mann ja völlig. Eine Gewissensentscheidung ist gerade eben nicht eine einfache Sache, sondern ein hochkomplizierter Prozess der Durchdringung und Abwägung, insbesondere wenn sie die gravierendsten Konsequenzen nach sich zieht. Herr Hellberg hat dort, in der Kaserne bei der Bundeswehr, – das haben wir gehört – den Kriegsdienst mit der Waffe verweigert und musste die Möglichkeit in Betracht ziehen, dafür eingesperrt zu werden. Das macht man doch nicht aus Spaß, das macht man doch nur, wenn einem keine andere Wahl mehr bleibt. Es ist doch die Tat, diese Tat …“, er nickte Mark zu, „in der sich das zwingende Gebot des Gewissens zeigt!“

„Das möchte ich gar nicht in Abrede stellen! Ich will nur verstehen, warum erst jetzt und warum nicht früher? Ganz einfach!“

„Ich …“, versuchte es Mark wieder, aber seine Kehle war zugeschnürt.

Es brannte ihm im Hals, er schluckte immer wieder, aber er bekam keine Luft mehr. Mark begann zu zittern und klammerte sich mit beiden Händen an die Tischkante.

Es stieg etwas in ihm auf, aus seinen Eingeweiden, eine Art Ungeheuer, das ihm den Atem abschnürte. Er griff sich an die Kehle, und gerade als er meinte, ohnmächtig zu werden, ruckelte es in seinem Körper. Ein Schluchzen brach sich Bahn, tiefe, abgehackte, von einer geschundenen Seele ausgestoßene Töne kamen aus seinem Mund, gleichzeitig strömten ihm Tränen aus den Augen.

Er riss sich die Hände vor das Gesicht.

„Ganz ruhig, Herr Hellberg, das ist alles in Ordnung …", sagte Lauf, „ich glaube, wir können uns das hier alle gar nicht vorstellen, unter welche Anspannung man als Kriegsdienstverweigerer in so einer Kampfeinheit gerät …"

„Das wollte ich …", der Vorsitzende griff zum Kassettenrekorder und drückte die Stopp-Taste, „… glauben Sie mir, das wollte ich gerade nicht!"

Er schüttelte den Kopf und blickte Lauf an.

„Ich wollte es ihm wirklich nur einfacher machen … Mir ist der Vorsitz so kurzfristig angetragen worden, vielleicht bin ich es nicht richtig angegangen … Aber ich versichere Ihnen allen, dass ich eine wohlwollende Betrachtungsweise ansetze, das ist für mich, möglicherweise anders als bei einigen Kollegen, keine Floskel! Herr Hellberg, brauchen Sie eine Pause? Wir können jederzeit unterbrechen …"

„Wir sollten die Verhandlung gleich ganz beenden!", sagte die Beisitzerin. „Der ist doch gar nicht in der Lage, sich zu erklären!"

Doch Mark hatte sich gefasst. Er nahm die Hände vom Gesicht.
„Es geht, es geht jetzt wieder …"

Etwas war passiert, etwas in ihm hatte sich verändert. Eine innere Blockade, die ihn gehindert hatte, frei zu sprechen, schien sich gelöst zu haben.

„Es ist vielleicht gar nicht so kompliziert, ich sage Ihnen ganz einfach, wie es gewesen ist. Ich hab' nicht nachgedacht, als ich zum Bund ging. Die Wahrheit ist, als mein Vater nach Jamaika ausgewandert ist, da dachte ich, er würde mich zu sich holen. Ich habe geglaubt, dass ich bei ihm leben würde. Nur das wollte ich! Bis zum letzten Tag vor meiner Einberufung habe ich daran geglaubt …"

„Sehen Sie, das verstehe ich jetzt!"

Der Vorsitzende schaltete den Kassettenrekorder wieder an. „Ich verstehe jetzt, warum Sie die Gewissensentscheidung nicht vor der Einberufung vollzogen haben. Weil Sie dachten, es bestehe für Sie durch die mögliche Auswanderung keine Notwendigkeit dazu!“

„Darf ich fragen“, mischte sich Lauf ein, „was mit Ihrer Mutter war? Sie lebten doch hier in Deutschland bei Ihrer Mutter, das ist doch ungewöhn ...“

„Was spielt denn die Mutter für eine Rolle?“, empörte sich die Beisitzerin, „darum geht's hier doch wirklich nich'!“

„Doch, doch, genau darum geht es. Ich vermute, dass Herr Hellberg nicht in einer Sozialisation aufgewachsen ist, die eine Auseinandersetzung mit dem Für und Wider einer Kriegsdienstverweigerung in irgendeiner Weise begünstigt hätte!“

„Das sehe ich auch so!“, sagte der Vorsitzende. „Herr Hellberg, möchten Sie die Frage beantworten?“

„Meine Mutter war größtenteils in einer Klinik, sie ..., sie war krank, ist es auch noch ...“

„Uhum! Das tut mir leid. Aber wie sind Sie dann aufgewachsen, gab es da Verwandte, die sich um Sie gekümmert haben?“, fragte der Vorsitzende.

„Nein, leider nicht."

„Das ist natürlich schwer!"

„Und woran litt oder leidet Ihre Mutter, wenn Sie das sagen möchten ...", fragte Lauf.

„Depression."

„Ja sind wir denn in einer Therapiestunde von dem Herrn Psychologen hier?!" Die Beisitzerin warf die Hände in die Luft und blickte zum Vorsitzenden.

„Nun gut, ich denke, wir haben einen ungefähren Eindruck gewinnen können, in welchen Verhältnissen der Antragssteller aufgewachsen ist! Was mich wundert ...", er blätterte in den Zetteln und überflog einzelne Passagen, „dass im Protokoll gar nichts ..., hier steht nur: Vater, Surflehrer auf Jamaika; Mutter, Frührentnerin. Hat der Vorsitzende Sie in der ersten Verhandlung denn gar nicht zu Ihren Familienverhältnissen befragt?"

„Nein."

„Unfassbar!", rief Lauf.

Der Vorsitzende nickte Lauf zu und wandte sich wieder an Mark.
„Wie ist es Ihnen dann in der Bundeswehr ergangen?"

„Ich habe versucht, irgendwie durchzukommen. Ich habe gedacht, ich halte das alles aus, aber ich habe keinen Sinn mehr in meinem Leben gesehen ..."

Der Vorsitzende durchblätterte den Stapel, nahm sich das eine oder andere Dokument hervor.
„Sie haben ja ganz normal die Grundausbildung abgeleistet, auch den Dienst an der Waffe, sind dann nach Schleswig versetzt und zum Kraftfahrer ausgebildet worden. Dann hat man Sie zum Ordonnanz-Dienst eingeteilt. Dann hatten Sie ja, in der Tat, wie es hier auch steht, nichts mehr mit dem Waffendienst zu tun?"

„Doch, hatte ich. Man hat mich erst nach meiner Verweigerung zum Ordonnanzdienst eingeteilt, vorher gab es Wachdienste mit scharfer Munition ... Für meine Verweigerung war jedoch eine andere Sache entscheidend ..."

„Was war das Entscheidende?"

„Es gab einen Vorfall auf meiner Stube. Jemand hat mich angegriffen und geschlagen. Als das passierte, bin ich innerlich erstarrt. Ich war wie gelähmt und konnte mich nicht wehren. Ich wusste gar nicht warum. Da ist eine Welt in mir zusammengebrochen, ich konnte nicht mehr so weitermachen wie bisher. Ich wollte mich umbringen …"

„Tja …", die Beisitzerin schüttelte den Kopf und lächelte.

„Darf ich eine Frage stellen, Herr Vorsitzender?", fragte Lauf.
„Bitte!"

„Herr Hellberg, wenn Sie das beantworten könnten und auch wollen: Gab es frühere Gewalterfahrungen, sind Sie vorher schon einmal geschlagen worden?"

„Ja, natürlich. Früher, als Kind."

„Natürlich?" Lauf zog die Augenbrauen hoch.

„Wir haben doch alle mal einen Klaps gekriegt, das ist doch ganz normal, das gehört doch dazu! Das rechtfertigt doch nicht, zu einem Feigling zu werden!"

Die Beisitzerin zuckte mit den Schultern.

„Das glaube ich eben nicht. Ich glaube nicht, dass Gewalt eine Normalität sein darf. Gegen eine Auffassung wie die Ihre", Lauf blickte ihr in die Augen, „dass Gewaltanwendung ein legitimes Mittel der Erziehung ist, dafür kämpfe ich jeden einzelnen Tag!"

„Ist doch lächerlich ...", die Beisitzerin sah zum Vorsitzenden, der ignorierte sie und wandte sich an Lauf. „Worauf wollen Sie hinaus?"

„Ich will darauf hinaus, wie einschneidend diese Gewalterfahrung für Herrn Hellberg gewesen sein muss! Ich vermute, dass dieses Ereignis auf den Boden einer kindlichen Traumatisierung gefallen ist, daher auch die Erstarrung, von der Herr Hellberg berichtet. Typisch ist auch der nachfolgende Zusammenbruch der Kompensation. Was vorher noch ging, geht jetzt nicht mehr."

„Ich versteh' kein Wort von dem Geschwafel! Wir verschwenden hier nur meine kostbare Zeit!"

„ABER UM SIE GEHT ES HIER NICHT!"

Der Vorsitzende, der bislang auf Mark gütig und unendlich geduldig gewirkt hatte, konnte auch anders. Die Schärfe, in der er die Beisitzerin zurechtwies, erinnerte Mark daran, dass die Verhandlung jederzeit kippen konnte.

Die Beisitzerin verschränkte die Arme vor der Brust, lehnte sich zurück und verzog den Mund wie ein schmollendes Kind.

Der Vorsitzende wandte sich Mark zu:
„Lassen wir einmal die psychologische Interpretation von Herrn Lauf so stehen ..., wie aber vollzogen Sie nach diesem Vorfall eine gewissensmäßige Neuorientierung?"

Mark meinte, dass sich auch ihm gegenüber eine Schärfe in seine Stimme gemischt hatte.
„Am Wochenende nach diesem Vorfall, als ich wieder in Hamburg war, traf ich eine frühere Lehrerin, sie erzählte mir von einem Mann, der 1940 für Frieden und Menschlichkeit gekämpft hat. Er ist dafür fünf Jahre ins KZ gekommen und hat diese Haltung nicht aufgegeben. Das hat mich sehr beeindruckt. Ich habe daraufhin, noch an dem Wochenende, die Entscheidung getroffen, den Kriegsdienst mit der Waffe zu verweigern."

„Wussten Sie, als Sie sich dazu entschlossen haben, dass für Sie die Gefahr bestand, unter Arrest gestellt zu werden?"

„Ja, das wusste ich. Das ist ja auch am nächsten Tag beinahe passiert."

„Was ist da passiert? Davon steht hier nichts."

„Mir wurde befohlen, die Waffe in die Hand zu nehmen und angedroht, wenn ich es nicht tue, unter Arrest gestellt zu werden. Ich habe diesen Befehl verweigert und bin zu meiner Überraschung nicht eingesperrt, sondern zum Ordonnanzdienst eingeteilt worden."

„Uhum! Und wussten Sie, dass Sie durch die Anerkennung Ihrer Verweigerung einen fünf Monate längeren Zivildienst zu leisten hätten?"

„Ja, natürlich!"

„Uhum ..., ja, gut!"

Der Vorsitzende faltete die Zettel zusammen, die er vor sich ausgebreitet hatte.
„Was mich betrifft", er blickte Mark an und nickte ihm zu, „ich bedanke mich bei Ihnen für Ihre Offenheit, ich denke, wir haben genug gehört, oder?"

Lauf nickte. „Ja! Das sind tragende Indizien für eine Gewissensentscheidung!"

„Und Sie?", fragte der Vorsitzende die Beisitzerin.

„Es bringt ja sowieso nichts, was ich sage. Sie beide scheinen sich schon einig zu sein. Ich möchte hier nur noch raus!"

„Herr Hellberg, möchten Sie bitte draußen Platz nehmen, wir werden uns nun beraten und Ihnen dann unsere Entscheidung mitteilen!“

Kapitel 51
Der Vorraum

Noch im Verhandlungssaal, sogar noch beim Öffnen der großen Flügeltür war Mark sich sicher gewesen, gewonnen zu haben. Aber sich der aufkeimenden Freude hinzugeben, ja überhaupt nur einen Hauch davon zuzulassen, hatte er sich verboten.

Ein paar Minuten später, auf der Bank in dem komplett mit dunklem Holz vertäfelten Vorraum, der nur karg von einer Oberlampe beschienen wurde und keine Fenster hatte, die frisches, Freiheit verheißendes Licht hätten hineinlassen können, schwammen Mark in großen Zügen die Felle davon.

Hatte er sich das freundliche Gesicht des Vorsitzenden nur eingebildet?

Nein, nein, der hatte ihm doch wirklich freundlich zugenickt, und Lauf doch auch. Gut, mit der Frau war nichts zu machen, das ergab ein 2:1, aber das reichte, damit würde er durch sein. Ein weiteres tragendes Indiz für seinen Sieg war doch die Kürze der Verhandlung! Er sah nach oben zur großen Uhr, die über der doppelseitigen Flügeltür hing, es war gerade mal elf, das Ganze hatte eine halbe Stunde gedauert anstatt anderthalb Stunden wie in der ersten Verhandlung. Auch das sprach doch dafür, dass es gut gelaufen war.

Aber was diskutierten sie denn jetzt noch?

Mark sprang auf und drückte sein Ohr gegen das Holz der Tür. Der Pförtner hinter der Glasscheibe blickte kurz hoch, schüttelte den Kopf, vertiefte sich aber wieder in die Lektüre, die vor ihm auf den Tisch lag.
Ja, man diskutierte, vielleicht sogar lautstark.
Aber das Holz der ehrfurchtgebietenden Tür war zu dick und die Stimmen zu weit entfernt, um Worte zu verstehen.

Mark setzte sich wieder auf die Bank, und alles hatte sich einmal umgedreht:
Die Verhandlung war so kurz gewesen, weil der Vorsitzende von vornherein entschieden war, seine Anerkennung abzulehnen. Vielleicht blieb ihm gar nichts anderes übrig, vielleicht hatte der Major seinen Einfluss geltend gemacht. Nicht um ihn loszuwerden, wie Mark gehofft hatte, sondern um ihn endgültig zu vernichten. Und der Vorsitzende, der die Vorgaben des Majors umsetzen musste, hatte sich schuldig gefühlt, deshalb war er so freundlich gewesen, natürlich! Er war ein Wolf im Schafspelz, das war einmal aufgeblitzt, als er sich die Beisitzerin

vorgenommen hatte. Das bedeutete ein 1:2, und jetzt regte sich Lauf auf, deswegen diskutierten sie so lange.

Die Sache war gelaufen, Mark fühlte es deutlich, und zwar gegen ihn. Auch hatte er durch seinen „Anfall“ am Anfang vergessen, Stephans Versatzstücke anzubringen, das könnte sich hinten raus, in einer Verhandlung vor dem Verwaltungsgericht, noch als fataler Fehler erweisen ... Dann käme er nie mehr aus dem Scheiß-Bund raus! Und lebenslang würden Reserveübungen drohen ...

Nein! Darum ging es nicht!

Sie konnten ihn nicht zwingen, etwas zu tun, was er nicht für richtig hielt. Man konnte ihm Befehle geben, man konnte ihn einsperren, wenn er nicht gehorchte, man konnte ihn demütigen. Man konnte versuchen, ihn klein zu machen, man konnte ihn schlagen! Man konnte ihm seine Träume wegreißen und darauf spucken. Man konnte ihn verlassen und ihm das Gefühl geben, dass er keinerlei Wert besaß. Das hatten sie alles getan, aber ihn zu brechen, das hatten sie nicht vermocht.

Etwas in ihm war stark! Das konnte ihm niemand nehmen.

Wenn es um alles ging, dann kam eine Kraft in ihm durch, von der er nicht gewusst hatte, dass sie in ihm war, etwas

Größeres und Stärkeres als er. Ein unbezwingbarer Kern, den er nicht verstand und vielleicht auch nie verstehen würde. Aber er war da, er trug ihn in sich, so finster die Umstände auch sein mochten.

Und wenn er hier und heute scheitern würde?
Nun ja, dann würde er einfach weitermachen.
Und immer weiter.

Die Fensterluke öffnete sich.
„Herr Hellberg, es ist so weit, Sie können rein …“

Kapitel 52
Das Urteil

„… haben wir zu der mehrheitlichen Entscheidung gefunden, dass Art. 4 Absatz 3 des Grundgesetzes in Anwendung zu bringen ist. Dem Widerspruch des Antragstellers gegen den Bescheid des Ausschusses 4 für die Kriegsdienstverweigerung vom 29. 05. 1985 wird stattgegeben, der Bescheid ist fehlerhaft und wird aufgehoben. Die Kammer entscheidet somit, dass der Antrag des Antragstellers Mark Hellberg auf Anerkennung als Kriegsdienstverweigerer gerechtfertigt ist und befreit ihn mit sofortiger Wirkung von seiner Wehrdienstpflicht. Das Wehrdienstverhältnis wird in ein Zivildienstverhältnis umgewandelt."

Die Verhandlung war beendet. Mark, der an der Tischkante stand und sich mit einer Hand festgehalten hatte, sah zum Vorsitzenden.
Der Vorsitzende, der bereits begonnen hatte, die angehäuften Zettel in eine Ablage einzusortieren, fing Marks Blick auf und deutete eine Verbeugung an.
Mark nickte ihm zu.

Lauf war um den Tisch herumgekommen und streckte ihm die Hand entgegen.

„Herr Hellberg, meinen ganz herzlichen Glückwunsch, ich freue mich sehr für Sie!"

„Danke, Herr Lauf, Sie haben mir sehr geholfen. Sie haben sich so eingesetzt für mich, meinen tiefsten Dank."

„Ach, ich bitte Sie, das hätten Sie auch alleine geschafft. Wenn ich nur etwas helfen konnte, hat sich alles gelohnt."

Sie bemerkten die Beisitzerin, die zügig den Raum verlassen hatte, nun aber zurückgekehrt war und auf den Vorsitzenden zueilte.
„Wie Sie mich hier behandelt haben, ist eine Frechheit. Ich werde mich über Ihre Verhandlungsführung beschweren."

„Das können Sie", der Vorsitzende schaute kurz auf und wies in Richtung Ausgang, „draußen beim Pförtner machen."

„Tja", Lauf schüttelte den Kopf und lächelte Mark an. „Solche wie wir, Herr Hellberg, wenn ich das sagen darf, werden immer auf Widerstand stoßen. Ich bin auch den steinigen Weg gegangen, den Sie jetzt zurückgelegt haben. Früher war das noch schwieriger. Aber ich habe es nie bereut. Wenn ich Ihnen einen Rat geben darf, ohne anmaßend sein zu wollen: Gewöhnen Sie sich schon einmal daran, aber lassen Sie sich nie auf Ihrem Weg irritieren."

„Ja."

„Wissen Sie denn schon, wo Sie Ihren Zivildienst leisten werden?"

„Ja, es gibt wahrscheinlich eine Möglichkeit in einer Sozialstation."

„Uhum. Was werden Sie da tun?"

„Nicht viel", Mark lachte. „Ein bisschen einkaufen gehen für ältere Menschen."

„Ah, das wird sicher ein Spaziergang im Vergleich zum Bundeswehrdienst. Da können Sie sich erstmal von den Strapazen erholen, es sei denn ..."

„Ja?"

„Na, ich will Sie jetzt nicht überfordern, genießen Sie diesen Moment. Aber wenn Sie Lust bekommen sollten, wirklich etwas in der Welt zu bewirken, an der Quelle meine ich, dann hätte ich unter Umständen etwas für Sie."

„Was meinen Sie?“

„Tja, an der Uni, dort bin ich Dozent für pädagogische Psychologie, begleiten wir eine Einrichtung für verhaltensauffällige Kinder und Jugendliche. Sie müssten sich dann allerdings intensiv mit Psychologie beschäftigen. Ähem, es gibt viele von uns, wenn ich das sagen darf, Menschen wie Sie und auch ich, die in schlimmen Verhältnissen aufgewachsen sind. Und es gibt nur wenige, die sich ihrer Verwundung stellen, anstatt die erfahrene Gewalt weiterzugeben. Aber das ist jetzt auch alles viel zu viel. Lassen Sie sich das doch einfach mal durch den Kopf gehen.“

Lauf nickte ihm freundlich zu und gab ihm aus seiner Brieftasche eine Visitenkarte.
„Danke, das werde ich tun“, sagte Mark.

„Schön. Und jetzt wünsche ich Ihnen einen wundervollen Tag. Sie werden sicher erwartet.“

„Vielleicht gibt es da jemand“, grinste Mark.

Lauf lachte. „Na dann, viel Glück.“

*

Im Vorraum bog Mark ab, eilte die Treppe hinauf zum WC, stieß die Tür auf und huschte in eine Kabine.

Die Wahrheit war, dass er schon seit dem Beginn der Beratung auf die Toilette musste, es aber ausgehalten hatte, um die Urteilsverkündung nicht zu verzögern. Inzwischen hatte sich ein Druck in seiner Blase aufgebaut, der ihm erhebliche Verdrängungsarbeit abforderte.

Die Erleichterung, dass er es wirklich geschafft hatte, war bei ihm noch nicht angekommen. Aber das würde vielleicht einige Zeit brauchen, dachte er und zog an der Kette des Spülkastens.

„Ich bin frei", sagte er sich also vor, als er aus dem Gebäude hinaustrat.

Er nahm einen tiefen Atemzug.

Die Luft war angenehm warm, einige Wolken hatten sich über die Sonne gelegt und milderten die Hitze des einziehenden Sommers. Es war ein Licht, wie er es liebte, sein Blick griff weit hinaus auf die Außenalster, wanderte heran über die Straße bis zur abschüssigen Wiese.

Eine Gestalt kam den Weg herauf.
Nein, dachte Mark.
Doch, es war Lea, die letzte Person, die er sehen wollte.

Lea kam näher und lächelte zunächst. Als sie Marks Miene sah, huschte eine Verunsicherung über ihr Gesicht.
„Grüß dich."

Sie zögerte.
„Du hast es nicht geschafft?"

„Doch", sagte Mark, „ich habe es geschafft, ich bin frei."

„Wie schön, Mark, wie schön. Aber man sieht dir die Freude ja gar nicht an."

„Die ist mir gerade verflogen. Wieso bist du gekommen?"

„Was ist denn mit dir? Ich dachte mir, wir könnten etwas essen, einen Spaziergang machen und dann kann ich dich später zu Adamantos mitnehmen. Es ist alles vorbereitet, das wird so schön, wenn Adamantos hört, dass du es vollbracht hast. Das Gute in der Welt wächst, je mehr wir uns alle in der Menschlichkeit zusammenfinden und einander bestärken."

Sie waren ein paar Schritte den Weg hinunter zur Straße gegangen.

Mark blieb stehen.
„Ich glaube nicht", sagte er.

„Wie, was glaubst du nicht?"

„Ich glaube nicht, dass ich jetzt Zeit mit dir verbringen will. Und ich glaube auch nicht, dass ich diesen Tag bei Adamantos zubringen möchte. Ganz im Gegenteil."

„Wie bitte? Wieso bist du denn so abweisend? Die Verhandlung ist wohl schwierig gewesen, kein Wunder, dass du angespannt bist. Aber Mark, das Gute ist immer umkämpft. Wenn es köstlich gewesen ist, dann ist es immer umrungen gewesen. Und wenn Adamantos das sagt, nach allem, was er durchgemacht hat ..., zum Glück müssen wir nur an dem Geleisteten anschließen."

„Ich will dieses Zeug nicht mehr hören."

„Ich, ich verstehe nicht?"

Mark sah Lea in die Augen, er wollte sicherstellen, dass es ankam, was er ihr sagte.
„Ich habe kein Interesse, an dem Weg eines anderen anzuschließen. Ich will meinen eigenen Weg finden und nicht den eines anderen gehen."

„Was soll das heißen?"

„Das soll heißen, dass niemand einen Anspruch auf mein Leben hat, nicht du, nicht Adamantos, niemand von euch."

„Mark?"

Mark wollte weitergehen, doch Lea griff ihn am Arm.
„Du weißt nicht, was denen passiert ist, die Adamantos begegnen durften und ihn wieder verlassen haben."

„Was ist denen passiert?"

„Die Wenigen, die es getan haben, hatten danach Unfälle, sind krank geworden oder sie mussten sich umbringen. Es kann auch gar nicht anders sein, denn wie soll ein Leben gelingen, wenn man die Gnade dieses Weges zurückweist?"

Mark riss sich los.
„Du bist ja wahnsinnig. Jetzt erkenne ich es. Im Namen der Menschlichkeit übst du die letzte Unmenschlichkeit aus. Du bist eine besessene Fanatikerin. Lass mich in Ruhe."

Mark ging einige Schritte, drehte sich um.

Es schien ihm, als wolle sich Lea auf ihn stürzen.
„Stopp", rief er und hielt sie mit ausgestrecktem Arm und erhobener Hand auf Abstand.

„Mark, nach allem, was ich für dich auf mich genommen habe …"

„Genau. Ich will nichts mehr mit dir zu tun haben. Und ich warne dich, komme mir nie wieder zu nahe, kreuze nie wieder meinen Weg."

Mark wandte sich abrupt ab und ging weiter.
Lea blieb zurück.

*

Er drehte sich nicht mehr um, durchschritt das Gatter und bog die Harvestehuder Straße in Richtung Eppendorf ein. Er beschleunigte seinen Schritt, er wollte von dieser Straße wegkommen, er wollte die Entfernung zwischen sich und der stehengelassenen Lea zügig vergrößern, sie auch nicht mehr in seinem Rücken wissen.

Er überquerte den Mittelweg und wanderte in die Abteistraße. Es war schön hier zu spazieren, an den herrlichsten

Villen kam er vorbei. Er erreichte den Innocentiapark, eine kleine, versteckte Waldoase, atmete tief ein, um ruhiger zu werden.

Hier irgendwo musste Stephan wohnen. Und wo immer er jetzt gerade sein mochte, Mark schickte ihm aus dem an diesem späten Vormittag verlassenen Park eine Kusshand zu. Nicht einmal gekannt hatten sie sich, doch Stephan hatte sich für ihn eingesetzt. Er war für ihn dagewesen, ohne etwas von ihm zu erwarten.
Solche Menschen gab es auch.

Und Mark dachte an Helen.
Es war nur einen Katzensprung zur „Glocke“, und vielleicht arbeitete sie dort bereits. Aber vielleicht würde sie nicht erfreut sein, ihn zu sehen, würde sich überfallen fühlen.
Er wollte sie nicht überfordern, nein. Und es machte doch auch keinen Sinn, auf sie zu hoffen. Sie war vergeben, sie war bei Adamantos, und vielleicht würde sie sich nie aus ihrem Gefängnis befreien können. Vielleicht erwiderte sie seine Gefühle nicht.
Vielleicht, vielleicht.

Aber versuchen, es riskieren, das musste er, auch wenn sie ihn abweisen würde.

Er ging die Klosterallee entlang und näherte sich der „Glocke".
Die Tische waren bereits größtenteils besetzt, die Mittagszeit begann.
Er sah eine Gestalt ganz hinten, eine Frau mit langen Beinen und schwarzem, hochgestecktem Haar.
Sie stand mit dem Rücken zu ihm und deckte einen Tisch ein.

„Mark, Mark", hörte er.
Eine Hand von der anderen Seite winkte.
Stephan.

Er stand auf und rief ihm über die Köpfe der Gäste zu:
„Wie ist es gelaufen?"

Helen hatte sich umgedreht.
Einige Gäste legten Gabel und Messer ab und folgten ihrem Blick.
Helen schickte ihm ein fragendes Nicken.
„Hast du", las Mark auf ihren Lippen.

Mark streckte seine Hand kerzengerade in den Himmel und ballte sie zur Faust.
„Ich hab's geschafft", rief er.

Die Gäste, die das Schauspiel verfolgten, zumeist Studenten, die sich das Kantinenessen der nahegelegenen Uni ersparten, klopften auf die Tische.
„Wir wissen nicht, worum es geht, aber herzlichen Glückwunsch."

Stephan bahnte sich einen Weg, man rückte zur Seite.
Er beugte sich mit ausgestreckter Hand über eine Frau, die sich lächelnd duckte.
„Großartig, Mark."

Mark schlug ein.
Helen kam von der anderen Seite, die Arme ausgebreitet, sie lachte.
„Ich freu mich so sehr für dich, lieber Mark", rief sie.
„Darf ich ..."

Noch bevor er antworten konnte, hatte sie ihn umarmt.

Er spürte ihren Herzschlag an seiner Brust, sein Kopf ruhte sanft mit dem Kinn auf ihrer Schulter, und sein Blick folgte zwei Tauben, die aus dem Gestänge unter der U-Bahnbrücke hervorflatterten und sich mit kräftigen Flügelschlägen in einen strahlend blauen Himmel erhoben.

Kein Zweifel, der Frühling war vorüber.
Der Sommer hatte begonnen.

Und Mark glaubte, er würde wunderschön werden.

Über den Autor:

Mike Hellwig ist Schriftsteller, Maler und Therapeut. Bekannt für seine kompromisslose Authentizität leuchtet er in seinen Büchern die dunkelsten Ecken menschlicher Erfahrung aus – und zeigt, wie Verletzlichkeit zur Quelle von Lebendigkeit und Kraft werden kann.

In „Catch a Fire“ erzählt er zum ersten Mal seine eigene Geschichte – schonungslos, poetisch und voller Sehnsucht nach Wahrhaftigkeit.

Mike Hellwig, geboren 1964, lebt in Hamburg.

E-Mail: kontakt@mike-hellwig.de
Website: www.mike-hellwig.de

Printed in Poland
by Amazon Fulfillment
Poland Sp. z o.o., Wrocław

61490267R00224